U0165620

詞學菁華

張麗珠—著

五南圖書出版公司 印行

最美是詞！最愛是詞！

在素有「詩國」美譽的中華文化國度裏，詞允為文學史上一顆耀眼的明珠。

打從隋唐以來，一種參雜了胡樂的新興「燕樂」（宴樂）逐漸風靡；迥不同於廟享儀式中「雅樂」的典雅中正，那是節奏多變、樂曲優美而富於新鮮感的新聲。漸漸的，這種盛唐時在民間閭里孕育發展起來的合樂歌辭，經過中晚唐一些著名詩人的努力後，「由聲以定辭」、「依聲填字」的文學新體裁 —— 詞，便以其宛轉合度的音樂性、錯綜美感的長短句以及細膩深曲的抒情特質而興盛，並在宋朝達到了「凡有井水處即能歌柳詞」的盛況。傳說中，宣和年間有一位民間女子於上元夜竊取了宮廷賜酒的金杯，她就是以即席賦詞〈鷓鴣天〉而獲得徽宗寬宥的。至此，「宋詞」成為足與「漢賦」、「唐詩」相媲美的「一代有一代之文學」代表，並成就了我國韻文史上「詩、詞、曲」鼎立的不朽盛事。

翻開文學扉頁，那一頁頁悽惻怨悱、把人心思都說穿了的綺旎絕美，一篇篇吞天洗月、俯仰今古的落筆絕塵，教我們不能釋卷又無法忘情。徜徉在海棠依舊、月榭攜手的朝朝暮暮；春閨夢裏、淒涼別後的相思無盡；寂寞梧桐、獨上西樓的人生愁恨；一箭風快、人在天北的山長水闊；也或者是在天涯倦客、燈火闌珊的尋尋覓覓中，我們多情餘恨地和詞人淚眼相看。這些時而綺羅香澤的離懷別苦、時而天風海雨的盪氣迴腸，為感情處理一向保守的國人劃出了一片熱情洋溢的浪漫天空。在兩千多年知識文明的層巒疊嶂下，對長天大地釋放情感的渴望，成了我們與歷史最貼近的胸口。一唱三歎！道德與愛情的矛盾、騷雅與通俗的衝突、知識與狎邪的對立，在這裏都浪淘盡了。讓我們引吭放歌吧！以「唱徹陽關淚未乾，功名餘事且加餐」，以「古今如夢，何曾夢覺？」在相逢一醉的悲歡離合中，「楊柳岸、曉風殘月」，是千百年來最溫柔的一雙手。

目　錄

詞的整體觀

壹、「要眇宜修」的婉約美

　　王國維對於詞的整體觀描述，曾有一段精闢的言論，他在《人間詞話》中說：「詞之為體，要眇宜修。能言詩之所不能言，而不能盡言詩之所能言。詩之境闊；詞之言長。」其中「要眇宜修」，是就審美價值來說的，詞以能傳達幽隱深微之情的婉約、細緻，為其美善標準。[1]「詩之境闊；詞之言長」，則在指出詞這樣一種形式的藝術創作之精神特質以外，同時點明了詞的偏限性。所以詩不能委婉曲盡的幽約怨悱之情，詞能言之。因此詞能興發讀者意蘊深微的無窮感發，使人讀之低迴不已；但是詞所要求的要眇之美，也同時限制了詞不能盡言詩所能言的「感物吟志」，諸如陳述民間疾苦、彈劾暴政的杜甫〈三吏〉、〈三別〉一類作品，就不是詞所適合的表現內容；而〈長恨歌〉〈琵琶行〉等長篇敘事的內容，也非詞體所能勝任。是故整體說來，詞充滿了一種「深」、「狹」的特質。深，在其情長、淵永；狹，在其不宜淺露、直率，必須選對題材。

　　為什麼詞會充滿這樣的一種藝術特質呢？這就要從詞的興起來談了。詞之興起，本是「綺筵公子」在酒筵歌席上交付給「繡幌佳人」，而佳人遂「舉纖纖之玉手拍按香檀」以演唱的歌曲之辭。這種娛賓遣興之作，由於經常是一種「男子而作閨音」，以男性士大夫文人，模仿女子口吻、訴說女子情事的代擬之作，所以詞也就整體性地呈現了婉轉嫵媚的女性化特質，「詩莊詞媚」也成了一般人總論詩、詞的大分。這種情況在北宋蘇軾的「豪放」詞沒有興起以前，大體來說是沒有什麼太大變化的。

　　詞不同於唐代「聲詩」之選詞以配樂；也不同於「樂府詩」之先有歌辭後入樂；詞是先有樂調然後才填詞的。詞既是歌曲的歌辭，則

---

[1]　「要眇宜修」原出《楚辭‧九歌》的〈湘君〉篇，其原文曰：「美要眇兮宜修。」王逸註：「要眇，好貌。」「修，飾也。」要之，所指是一種婉約美好之姿、精微細緻之美。

其與音樂的關係當然是密不可分的。因此，對於從中唐以來便逐漸興盛的這一種新體式詩歌而言，音樂，扮演著推波助瀾之重要推動角色。唐代的音樂，可以分爲「雅樂」（先王之樂），這本是周代文、武諸王所留傳下來的古樂，但是迭經亂亡淪散，唐加以搜集、考定之後，製爲廟堂之音樂；其次是「清樂」（前代新聲），這是包括了漢樂府的「相和歌」與江南之「吳歌」、荊楚之「西曲」等各種民間音樂在內的一種音樂總稱；再其次是「宴樂」，亦可作「燕樂」，指當時所流行宴飲賓客時演奏的樂曲。這是多了胡樂成份、融合了外族胡部音樂於華夏音樂之中、介於清樂與胡樂之間的創作。而「詞」就正是爲了配合這種新興曲調所填寫的歌辭。是故《舊唐書‧音樂志》所言「自開元以來，歌者雜用胡夷里巷之曲」，就是指這類曲調而言。其後填詞的文人日眾，詞遂演爲中國韻文的一種重要體式。

　　由於詞在抒情題材上極力地向「深度」開發，和詩比起來，其在情感之刻劃上顯得要細膩許多。在蘇軾以曠放之筆賦予詞「言志」功能之前，詞和詩是有著極明顯分工的。歐陽脩論「詩」之創作時曾說：「內有憂思感憤之鬱積」、「興於怨刺，以道羈臣寡婦之所歎」（《居士集‧梅聖俞詩集序》），對詩的認識，仍不脫傳統的美刺功能；但是當講到詞時，他便說：「青春才子有新詞，紅粉佳人重勸酒」（〈玉樓春〉）、「因翻舊闋之詞，寫以新聲之調，敢陳薄伎？聊佐清歡！」（〈採桑子‧西湖念語〉）直把詞視爲嚴肅生活外的感情宣洩口，只是一種用以「勸酒」、「佐歡」的「薄伎」罷了。以當時領袖學界的歐陽脩而有這樣的說法，是很可以反映時人一般看法的。這樣一來，詞便可以擺脫教化包袱，不必揹負道德責任，而完全自由地馳騁在感情世界裏，恣肆地向深刻、細膩的情感「深度」來開發了。但也因爲如此，其題材便受到限制，而顯得狹隘許多。

　　以下即分就詞的若干審美特質，來談詞的「要眇宜修」──婉約之美。

一、以柔爲美

　　詞在整體的表現上，具有相當濃厚的「南方文學」特色。首先我們從詞人的籍貫來看，南人佔有壓倒性的絕大多數，宋代詞人中即便也有少數幾位著名的北人：朱敦儒、李清照、辛棄疾，但是他們的後半生也都是在南方度過的。南、北方文學在精神樣貌、表現手法方面，有著極大的差異。陸機〈文賦〉論文學創作時曾說：「遵四時以歎逝，瞻萬物而思紛；悲落葉於勁秋，喜柔條於芳春」，認爲氣候節令、山川風物都是觸動胸中沉鬱塊壘的誘因，對於文學藝術、創作者的心靈，影響是很大的。劉勰的《文心雕龍》也說：「春秋代序，陰陽慘舒，物色之動，心亦搖焉。」（〈物色〉）指出物色的變動，就是促使詩人感物沉吟、情靈搖蕩，進而產生創作靈感的泉源，所以「山林皋壤，實文思之奧府」；而對於屈原的《楚辭》之作，也說：「然屈平所以洞監風騷之情者，抑亦江山之助乎！」對於上述的理論，我們可以從南、北朝民歌迥然相異的風貌，進一步得到印證。

　　江南「吳歌」往往纏綿悱惻，但喜歡將感情諧聲在雙關語中，以含蓄的手法呈現；[2]北方歌謠則不加矯飾、情感率眞。以同樣描寫思春欲嫁的心情爲例，北歌謂：「驅羊入谷，白羊在前。老女不嫁，蹋地喚天。」（〈地驅歌〉）換成南方民歌，卻是「晝夜理機杼，知欲早成匹」（〈子夜夏歌〉）的嬌羞扭捏之態了；另外江南民歌呈現

2　南朝民歌不論「吳歌」、或「西曲」，都喜用雙關語，一種諧聲的隱語。其中有「同字」諧隱的，如：以布匹的「匹」諧匹偶的「匹」（例：「空織無經緯，求匹理自難」〈子夜歌〉）；以物的「同心」諧情人的「同心」（例：「不愛獨枝蓮，只惜同心藕」〈讀曲歌〉）；又如以果子的「子」諧歡子的「子」、消融的「消」諧消瘦的「消」、鳥類的「成雙」諧男女的「成雙」……另外也有取「同音字」作諧音雙關的，如以「絲」諧「思」、「蓮」諧「憐」、「藕」諧「偶」、「題」（或「蹄」）諧「啼」、「箭」諧「見」、「芙蓉」諧「夫容」、「梧子」諧「吾子」、「博子」諧「薄子」、「負星」諧「負心」……等，這類比喻，不僅活潑生動，也可以增加表情的含蓄委婉、表現民歌創作者的豐富聯想。

了一種「春林花多媚，春鳥意多哀」的綺靡富豔；北歌則表現出獨有的慷慨悲涼、豪健氣概，像：「敕勒川，陰山下，天似穹廬，籠蓋四野。天蒼蒼，野茫茫，風吹草低見牛羊」（〈敕勒歌〉），這種蒼茫的景象，就不是沉浸在春花嬌媚、習慣於波光帆影、摘菱採蓮的江南人士所能體會、想像。所以「駿馬秋風冀北，杏花春雨江南」，正可以做爲南、北自然風貌兩判的註腳。透過上述的觀察，則我們對於作者主要以南人爲主、充滿了「南方文學」情調的詞之柔媚性，應該是可以理解的。

　　江南多水，到處是山鄉水驛，瀟瀟春雨、濛濛煙波。太史公行天下，周覽名山大川，故文多奇氣；那麼，終日獨倚江樓，面對著搖曳碧雲、脈脈斜暉的詞人們，就宜乎以水的柔媚助長詞境的柔媚了。於是一幅幅交織著柳堤、煙埔、花橋、細雨、晚潮、歸棹……的畫面，在詞中出現了——「梳洗罷，獨倚望江樓。過盡千帆皆不是，斜暉脈脈水悠悠，腸斷白蘋洲。」（溫庭筠〈夢江南〉）「西城楊柳弄春柔，動離憂，淚難收。猶記多情曾爲繫歸舟。碧野朱橋當日事，人不見，水空流。」（秦觀〈江城子〉），是離恨悠悠也罷，是多情總被無情惱也罷，總之，那迷離、空濛、蒼茫、虛渺的「水」的意象群，提供了千迴百轉的柔情婉思絕佳氛圍。我們怎麼能夠想像這些使人悵惘的情傷、儂愁，不是發生在楊柳岸、春水邊、越溪旁、驛橋畔，或者江樓中、蓮舟裏呢？如果抽去了水，它們還能夠如此風釆照人嗎？所以多水的江南，正是孕育了煙水迷離、婉轉嫵媚詞境的最佳溫床。

　　柔媚的江南，柔化了詞人的心，再加上經濟的高度繁榮，「鐘鳴鼎食，侍妾滿前」、「市列珠璣，戶盈綺羅」，文人們早春探梅、暮春賞花、清明踏青、夏夜泛舟、中秋玩月、重陽采菊……；歌女們「舞低楊柳樓心月，歌盡桃花扇底風」——好一個「暖風薰得遊人醉，直把杭州做汴州」，於是宋人渡江以來的歡樂承平假象、富豔旖旎生活風情，構成了詞的「百年歌舞，百年酣醉」歡樂基調，同時也

催化了詞人的柔情、以及「斜橋紅袖」[3]的香豔性詞風。於是乎詞人以深情的筆調，寫出了幽微細膩的心緒；以精美婉轉的語言，刻畫了詞的綽約丰姿、綺靡華豔。我們試看溫庭筠的「玉樓明月長相憶，柳絲裊娜春無力。門外草萋萋，送君聞馬嘶。畫羅金翡翠，香燭銷成淚。花落子規啼，綠窗殘夢迷。」（〈菩薩蠻〉）詞中的「景」：弱柳、燭淚、落花、萋萋芳草，無一不交融著「情」之相思、夢殘、情迷，甚至馬「嘶」、與鳥「啼」，而呈現出一片纏綿悽婉的綺靡香豔。因此，深情、與柔婉，正標示著詞為南方文學特有的風貌。當然這與形成一般人認為「詞為豔科」的局面，關係也是很密切的。

二、以悲為美

對讀者來說，悲劇往往容易觸動人們的同情心，由於每個人或多或少都有一些過去的悲傷經驗，因此也就容易受到作品的引導，而消除了自我的主觀個體與客觀作品間之界限，設身在與作品相同的情緒處境中。所以哀傷往往別具一種由審美同情而來的美感經驗，一種「秀美」的審美感。因為秀美的東西經常是柔弱、嬌嫩、脆弱、溫順，帶有一點女性因素、柔順風韻在其中的美感特質。於是那使人垂憐的憂鬱、哀傷，便觸動、撩撥了讀者的心弦，使讀者也為之感傷，為之一掬同情之淚。因此當讀者展讀這些充滿了哀愁的作品時，惋惜感油然而生，一種感嘆世事不完美、有意無意希望事情是另一種樣子的遺憾；或者也帶有一些自憐意味在其中的同情。試以王昭君的悲劇為例：當「昭君之悲」從李白所描寫的：「昭君拂玉鞍，上馬啼紅頰，今日漢宮人，明朝胡地妾」（〈王昭君〉），到歐陽脩筆下的：「紅顏勝人多薄命，莫怨春風當自嗟」（〈再和明妃曲〉）、王安石的：「意態由來畫不成，當時枉殺毛延壽……君不見

3　韋莊〈菩薩蠻〉一詞，其中有云：「如今卻憶江南樂，當時年少春衫薄，騎馬倚斜橋，滿樓紅袖招」，對於江南的香豔柔靡，描寫可謂相當生動。

咫尺長門閉阿嬌，人生失意無南北」（〈明妃曲〉），從著墨於個人一時、一地之悲的描寫，到擴大爲對歷來美人、甚至全體人類共悲的控訴、無言的吶喊。則此時作品的張力，因爲揹負了人生的普遍悲感而增加了，而擁有一種可以向感情無窮開發的深度。因此也就得以其強烈感染力，引起讀者的強烈共鳴。

　　在極少女性文人的傳統社會裏，詞人們經常以「男子而作婦人言」之角色替代扮演，鮮明眞切地以女子口吻訴說憧憬愛情的細膩心緒。但是在不脫「男尊女卑」的傳統觀念裏、或潛意識心態下，那些描寫女子等待落空、愛情失落的詞篇，像是絕望的相思、被遺棄的悲哀、獨守空閨的淒涼寂寞、與幽約怨悱之情等，便成爲一種不可避免；更何況這些詞本來就是交付給酒筵中佳人演唱的歌詞，自然要以女子細膩心緒的深度刻劃，來賺人熱淚了。於是，詞經常呈現一種哀愁的淒美。我們看溫庭筠的〈更漏子〉：

玉鑪香，紅蠟淚。偏照畫堂秋思。眉翠薄，鬢雲殘。夜長衾枕寒。　　梧桐樹。三更雨。不道離情正苦。一葉葉，一聲聲。空階滴到明。

紅燭微暈、鑪香裊繞，這本是適合兩情繾綣的氣氛，於是益發增添了詞中那位正爲離情所苦、無心梳理殘粧亂髮的思婦之內心不能平靜。她因爲孤獨不能成眠，深感長夜漫漫何時盡！卻反而怪罪到夜半的梧桐雨擾人。於是就這樣地傾聽著門階上的細雨聲聲直點滴到天明。如此深情悲苦的哀愁形象，怎能不令女人同情與自憐、而男人深深愛憐呢！要之，是引人惻然心動的。

　　詞中描摹女子哀怨情思的篇章極多，再舉二例如下：

風乍起。吹縐一池春水。閒引鴛鴦香徑裏。手挼紅杏蕊。
鬥鴨闌干獨倚。碧玉搔頭斜墜。終日望君君不至。舉頭聞鵲

喜。——馮延巳〈謁金門〉

庭院深深深幾許。楊柳堆煙，簾幕無重數。玉勒雕鞍遊冶處。樓高不見章臺路。　　雨橫風狂三月暮。門掩黃昏，無計留春住。淚眼問花花不語。亂紅飛過鞦韆去。——歐陽脩〈蝶戀花〉

前者述說：「終日望君不至」的女子，其心情亦一如被吹縐的一池春水，再也無法平靜。而她在無可奈何、百無聊賴地「閒引鴛鴦」、「手挼紅杏」、獨倚欄杆之餘，也只好將盼望情人（或丈夫）歸來的最後一線希望，寄託在舉頭見鵲的喜兆裏。後者則描寫一個被禁錮在深深庭院裏的寂寞女子。這個庭院之大，只看如煙似霧的楊柳、無重數的簾幕，便可以知道。而這是個多麼大戶的人家，也就不言可喻了。她明知道丈夫玉勒雕鞍尋歡冶遊去了，卻必須獨自一人面對門外的「雨橫風狂」。但雨橫風狂的又何止是暮春之「景」而已？更是她難堪的處境、與破碎的心境；又明知留春不住，當然更留良人不住，卻仍一逕癡情地淚眼問花，只是花落紛紛，又有什麼人可以解慰她內心的孤寂與痛苦？這首詞對於被禁錮在象牙塔內、無力掙脫枷鎖的傳統女子之悲情，其描述可謂達到了頂點，也可以說是最深刻的代言之作了。

　　除了女子的幽約怨悱之情以外，文人之傷春、悲秋，對於春去秋來、花開花落的種種人生感慨，或是緣自浮世聚散的離情別緒等，也都在在構成了詞中的悲感。於是在詞中我們屢屢可見淚、夢、愁、怨、嘆……等充滿憂鬱情調的字眼；而韶華難駐、盛時不再、撫時感事、世路艱難……等，也就成了詞人、詞心欷歔憮然的觸媒。試以素有「傷心人」之稱的秦觀為例，他的作品充滿了一種令人泫然欲泣的綺思哀怨。如〈江城子〉下闋云：

韶華不為少年留。恨悠悠，幾時休。飛絮落花時候一登樓。便

作春江都是淚，流不盡，許多愁。

在這首詞中，本來就已經堆滿了胸臆的韶華之歎、悠悠愁思，再經飛絮、落花一催化，更是都化做了作者一眶如春江般的淚水，流不盡。另外如〈鷓鴣天〉所云：「枝上流鶯和淚聞，新啼痕間舊啼痕」，真令人不禁要想：這是何等的哀傷啊？以一張佈滿了新舊啼痕、淚流滿面的淚臉，去聽著樹上的鶯啼。再如「憑闌久，疏煙淡日，寂寞下蕪城」（〈滿庭芳〉）的悵惘、「多少蓬萊舊事，空回首，煙靄紛紛」（〈滿庭芳〉）的失落、「蘭苑未空，行人漸老，重來是事堪嗟」（〈望海潮〉）的逝水年華、「驛寄梅花、魚傳尺素，砌成此恨無重數」（〈踏莎行〉）的天涯離恨……等等，在這些琳瑯滿目的感傷之作裏，我們對於詞人的哀愁美偏嗜、悲愴感捕捉，當可有更深一層的體認。

當然，滿蓄憂鬱感傷情調的詞作還很多，不以秦觀為限。像是晏幾道的「落花人獨立，微雨燕雙飛」（〈臨江仙〉），那位癡立在落花、微雨中的癡人，癡望著雨中的落花紛飛、雙燕飛去，真不禁要令人想到「人生自是有情癡」的話了。又如：「衣上酒痕詩裏字，點點行行，總是淒涼意」（〈蝶戀花〉），以衣上的點點酒痕、與詩裏的字字行行，見證著作者飽含憂傷的心緒。再如「斷鴻聲裏，立盡斜陽」（〈玉胡蝶〉）、「衣帶漸寬終不悔，為伊消得人憔悴」（〈蝶戀花〉）的柳永；「愁腸已斷無由醉」（〈御街行〉）、「酒入愁腸，化作相思淚」（〈蘇幕遮〉）的范仲淹；「試燈無意思，踏雪沒心情」（〈臨江仙〉）、「物是人非事事休，欲語淚先流」（〈武陵春〉）的李清照……他們也都以一種哀愁的淒美、細膩的感傷情緒刻畫，牽動著讀者不可自已的感情。至於那位痛失江山，「無言獨上西樓」（〈相見歡〉）、「觸目愁斷腸」（〈清平樂〉）的李後主，他那種「心事莫將和淚說，鳳笙休向淚時吹，腸斷更無疑」（〈望江南〉）、「憑欄半日獨無言，依舊竹聲新月

似當年」、「問君能有幾多愁？恰似一江春水向東流」（〈虞美人〉）、「醉鄉路穩宜頻到，此外不堪行」（〈烏夜啼〉），以血淚來寫詞的深沉悲痛，自然就更不在話下了。

總之，「天教心願與身違」，這是人生所不能避免的，而這，也就構成了以抒情為主的「詞」的憂傷基調。

貳、健筆開新境的剛性美

　　自然界中本有兩種美，一種是如老鷹、古松般的陽剛美，一種則是如嬌鶯、嫩柳般的陰柔美。詞一向被公認屬於後者，它歷來都以表現「要眇宜修」之美的清切婉麗爲宗，所以形成了詞的婉約特質。但是當詞人中出現了橫放傑出，一如雄鷹傲視天下般的東坡豪放詞時，詞中的新境界被打開了。詞從此也得以其言志作用，而不再僅是交付給「繡幌佳人」演唱的「娛賓遣興」之作而已，和一向以傳達詩人之志見長的詩相分庭，得到文人的正眼看待了。詞並且因爲細膩入微的刻劃、感人之深，非其他任何詩歌體裁所能望其項背，每每能夠贏得讀者之一唱三歎，所以深深地得到了讀者之喜愛。

　　在東坡之前，其實也有一些抒發個人人生感慨、或是感時傷事的詞篇，像是李後主的「世事漫隨流水，算來夢裏浮生」（〈烏夜啼〉）、「林花謝了春紅。太匆匆。無奈朝來寒雨晚來風」（〈相見歡〉），就包含了一種對於「人生痛苦面」所做的深沉、理性反思。這也漸開詞人藉詞抒發心境之路，擺脫純爲閨情而寫的狹隘限制。他如馮延巳的「昨夜笙歌容易散，酒醒添得愁無限」、「誰道閒情拋擲久。每到春來，惆悵還依舊」、「河畔青蕪堤上柳。爲問新愁。何事年年有。」（〈鵲踏枝〉）也寫出了人生盤旋鬱結的諸多感發；再如歐陽脩的「離歌且莫翻新闋。一曲能教腸腸結。直須看盡洛陽花，始共春風容易別」、「人生自是有情癡，此恨不關風與月」（〈玉樓春〉），也在傷春悲秋、相思離別的感傷中，隱隱約約透露了作者的修養與胸襟。只是這類作品數量不多，也未能帶領風氣。另外如范仲淹、王安石等，也偶有一些說理之作，但是藝術性不足。所以真能夠在詞中獨樹一格，成功地將言志抒懷、與抒情加以結合，表現出作者獨特的個性風貌，而又能達到高度藝術成就，打開詞中新境界的詞人，畢竟還是要推蘇軾。

　　蘇軾是一位覃思深慮、機趣橫溢，嬉笑怒罵皆成文章的文學天

才。在他之前，罕能跨越閨情、傷情門檻的詞，到了他的手中，就一洗綺羅香澤之態，成為一種波瀾壯闊、氣象豪宕的詩歌體式了。但凡東坡意之所至，不論弔古傷時、悼亡送別、詠史說理，或者山水田園、或者自傷身世，其詞都能曲盡寫之，而且深具藝術光采，於是詞境別開天地地擴大與提昇了。

詞向來帶著濃厚的「南方文學」特色，已如前言。在他人筆下，多水的江南，是蓄滿了柔情意象的「乘彩舫，過蓮塘」（李珣〈南鄉子〉）、「春水碧於天，畫船聽雨眠」（韋莊〈菩薩蠻〉）；是充滿了相思離別、兒女情愁的「目送征鴻飛杳杳，思隨流水去茫茫」（孫光憲〈浣溪沙〉）、「棹舉，舟去，波光渺渺」（顧敻〈河傳〉）。但在於蘇軾，卻是以「一洗萬古凡馬空」之姿，舉首高歌「大江東去，浪淘盡，千古風流人物。」（〈念奴嬌〉）其辭氣邁往、落筆絕塵，一如天風海雨逼人而來，叫人不敢仰視。至於寫當前之景，在他人是「滿眼游絲兼落絮，紅杏開時，一霎清明雨」（馮延巳〈鵲踏枝〉）、「水風空落眼前花，搖曳碧雲斜」（溫庭筠〈夢江南〉）；在蘇軾，則是「亂石崩雲，驚濤裂岸，捲起千堆雪。」（〈念奴嬌〉）正如其詞中所自云「雄姿英發」般地、以萬波翻騰睥睨風月。再看東坡膾炙人口的〈水調歌頭〉：

明月幾時有？把酒問青天。不知天上宮闕，今夕是何年。我欲乘風歸去，惟恐瓊樓玉宇，高處不勝寒。起舞弄清影，何似在人間。　轉朱閣，低綺戶，照無眠。不應有恨，何事常向別時圓。人有悲歡離合，月有陰晴圓缺，此事古難全。但願人長久，千里共嬋娟。

中秋良夜，把酒對月，萬里離愁，千端萬緒。不過東坡畢竟不凡，雖然其情愈轉愈曲、愈曲愈深，但他終究還是豁達、還是能夠自解。最後他想：只要人能長久，那麼縱使相隔千里，也是共此明月的。於

是世事的一切不如意，就在此一念之間，雲淡風輕了。如此超曠的胸襟與意境，無怪乎後人說中秋詞自東坡的〈水調歌頭〉出，「餘詞盡廢」（《苕溪漁隱叢話》）。而東坡詞所受到的喜愛與推重，也就可見一斑了。

自從蘇軾賦予詞個性化與士大夫文人的生活、思想樣貌以後，詞終於開創了一新耳目的新境界。「詞品」被提高了，也就吸引了更多的士大夫文人紛紛從事於詞之創作。其後的詞人對於這樣的詞風，也迭有繼承。如南宋的張元幹、張孝祥、陸游、劉過等人，他們在歷經了北宋亡金之痛以後，觸目皆破碎山河、禾黍之悲，自然難掩胸中的慷慨悲憤，於是也都表現出和蘇軾豪放、飄逸、曠達、恢宏詞風一路的悲壯聲情來。尤其和蘇軾並稱的辛棄疾，更是龍騰虎擲地領袖南宋群英。他以吞吐八荒的氣概、拔地而起的磅礴氣勢，將豪放詞風推高到了最頂點。他對於偏安江左、報國無路的政局，不斷地發出撫時感事的鏗鏘巨音：「長恨復長恨，裁做短歌行。何人為我楚舞？聽我楚狂聲」（〈水調歌頭〉）於是詞在「閨音」以外，也可以是英雄之詞、豪傑之詞了；詞風除了纖美、柔美以外，也可以一如其詞所云「夜半狂歌悲風起」（〈賀新郎〉）般地剛美、宏美了。我們看稼軒的詞：

唱徹陽關淚未乾。功名餘事且加餐。浮天水送無窮樹，帶雨雲埋一半山。　　今古恨，幾千般。只應離愁是悲歡。江頭未是風波惡，別有人間行路難。——〈鷓鴣天〉

將軍百戰身名裂。向河梁回頭萬里，故人長絕。易水蕭蕭西風冷，滿座衣冠似雪。正壯士悲歌未徹。啼鳥還知如許恨，料不啼清淚長啼血。誰共我？醉明月。——〈賀新郎〉下闋

英雄失路、世事感愴，稼軒的心中有淚，故其筆下無一字不嗚咽。

元人張埜曾過稼軒鉛山墓，忍不住說道：「遐方異域，當年滴盡，英雄清淚。」（〈水龍吟〉）而稼軒的「悲歌」、「狂語」與英雄之詞，正道盡了一位一心「致君堯舜」、卻爲忠憤所激的志士，他在「英雄江左老」的悲痛之餘，也只有將「男兒到死心如鐵！看試手，補天裂」（〈賀新郎〉）的一腔豪情壯志與熱血憂憤，都化作了淋漓慷慨、迴腸蕩氣的金聲玉振之音了。

　　是以《四庫提要》論東坡詞云：「詞自晚唐、五季以來，以清切婉麗爲宗。至柳永而一變，如詩家之有白居易；至蘇軾而又一變，如詩家之有韓愈，遂開南宋辛棄疾一派。尋溯源流，不能不謂之別格；然謂之不工則不可。故至今尙與《花間》一派並行而不能偏廢。」是故蘇軾超逸曠達的詞風與辛棄疾豪雄悲鬱的詞風，也就在深狹、艷情、婉約的《花間集》以外，以其豪放激壯而不失深美閎約、變化多端卻富於雋永情味，受到了世人的推重與深深的喜愛，而獨樹一格了。

唐、五代篇

壹、詞的起源

　　中國古代音樂史上有著三大音樂體系，分別是漢魏以前的「雅樂」；漢魏時期的「清樂」；與隋唐以來的「燕樂」（亦作宴樂）。「詩」與「樂」之間，歷來即存在著密切關係：「詩言其志也，歌詠其聲也。」（《禮記‧樂記》）早在《詩經》的年代裏，詩、樂便已經開啓了合作關係，「三百五篇，孔子皆弦歌之，以求合韶、武、雅、頌之音」（《史記‧孔子世家》），就明白傳達了此一訊息。這是就雅樂的部份而言。漢魏六朝時，「詩」與「樂」再度遇合，更是產生了「聲情並茂」，文辭與音韻皆美、可歌的樂府詩。這就是融合了各地民間音樂、比起古樸簡單的「雅樂」要複雜多變的「清樂」。

　　然而隋唐以來，一種參雜了胡樂的新興「燕樂」，[4] 其豐富性、以及優美程度，都超過前代的音樂，於是又成爲當時風靡一時的新流行時尙。這種宴設用的燕樂，相對於廟享儀式中典雅、中正和平的「雅樂」而言，是一種「俗樂」；但是由於受歡迎的程度，遂促成了詩與樂的再一次合作新關係，「詞」就在這種遇合情形下產生。所以「詞」之爲義，本來就是指的隋唐時候合樂而歌的歌辭，後來才演爲韻文體式之專稱。另外，「聲詩」也在這種情形下大盛。它是以齊言的五、七言律詩或絕句，去配樂歌唱。「旗亭唱詩」的著名故事，[5]

---

[4]　燕樂有狹義、廣義之分，此處所言乃指廣義的燕樂而言。這種燕樂，外延非常廣泛，舉凡一切宴設用的音樂皆屬之。那是一種以北方中國音樂爲底子，參雜了胡部音樂及樂器在內，被胡樂化了的北方中國抒情音樂。其樂曲則由彈弦樂器（如琵琶）、吹樂器（如笙、笛）、以及打擊樂器（如羯、鼓）等種類極爲繁多的多種樂器演奏而成，故其節奏多變、樂曲優美、富新鮮感，深深風靡當時。

[5]　開元中，詩人王昌齡、王之渙、高適齊名。一日，天寒微雪，三詩人共詣旗亭飲酒，適逢梨園伶官、妙妓登樓會讌。三人以各擅詩名，每不自定其甲乙，遂相約密觀諸伶所謳，以詩入歌詞多者爲優。諸伶依次歌王昌齡、與高適詩，獨缺王之渙。王之渙謂彼皆潦倒伶官、下里

就是代表例子。此二者的差別在於「聲詩」是選辭以配樂。詩取現成名家詩篇；「詞」則是選調以塡辭，必須先選定詞調，然後依譜塡詞，所以是倚聲制辭。

由於「聲詩」之流行，因此當論及詞的起源時，便有人主張詞爲「詩餘」——由詩之演化而來。像李白的〈憶秦娥〉、〈菩薩蠻〉，就被認爲「皆絕句之變格，爲小令之權輿。」（宋翔鳳《樂府餘論》）至於如何從齊言詩演變到長短句？則又有從和聲、泛聲、虛聲、散聲演變而來，名雖不同、義實相近的說法。[6]都是認爲整齊的齊言詩不便於歌唱，爲求入樂之宛轉合度，於是在定式的詩句以外，添加一些使音韻和諧的字辭進去，後來又將這些「以辭配聲」[7]地方並入正格，逐逐漸演爲長短句。以上是「詞爲『詩餘』」者的主張。然而「聲詩」之形成，係由於詩人在創作詩歌時，本無合樂之觀念；一般樂工歌伎則又只擅演唱、不閑辭章，於是只能擇取名家詩篇，添加上述和聲一類的字辭，入於所擅長的曲調演唱之。這就形成了「聲詩」的「選辭以配樂」演唱方式。所以其不同於漢樂府之「由辭以定聲」，亦不同於詞之「由聲以定辭」。故實際上，「聲詩」之形成背景，與詞之由對燕樂趨時鶩新、「依聲塡字」而來，故調有定句、句有定字、字有定聲，本自相異。則聲詩之流行對於詞之

巴人，不識陽春白雪。因指諸妓中之最佳者曰：待此女所唱如非我詩，吾即終身不與子爭衡；如是我詩，則子等須列拜床下，奉我爲師。須臾，妓發聲果言歌其詩，因大諧笑。諸伶問知其故後，乃競拜、乞就筵席。三人從之，歡醉竟日。

6　況周頤《蕙風詞話》：「凡和聲皆以實字塡之，遂成爲詞」；《朱子語類・詩文下》：「後人怕失了泛聲，逐一添個實字，遂成長短句」；吳衡照《蓮子居詞話》：「凡虛聲處，悉塡成詞，不別用襯字，此詞所由興已」；江順詒《詞學集成》引《香研居詞麈》：「後來逐譜其散聲，以字句實之，而長短句興焉。」

7　演唱聲詩時，在整齊的詩句以外所添加的字句，可以有以下數種情形：一、純爲有音無義者；二、雖有音有義，但其義與原來的詩義無涉者；三、有音有義，且其義與原歌辭結合，有密切關係者；四、如〈陽關〉三疊一類，反覆疊唱的疊句。

形成與發展，雖然不免有其影響，但卻不是先有「聲詩」之吟唱而後才演化爲「詞」的先後繼承關係。

　　另外也有人主張詞是濫觴於諸如梁武帝之〈江南弄〉、陳後主之〈玉樹後庭花〉、隋煬帝之〈夜飲朝眠曲〉一類的六朝樂府。[8]他們提出詞與古歌謠的雜言句式，在句數、字數上，有相近似之處；在風格之蘊藉靡麗、務爲艷語上，也極爲近似；更重要的，詞之按牌調塡詞，也與若干樂府之同一詩題往往有多篇形式相同作品的情形相類似，所以主張詞可以溯源至六朝樂府。但是他們所提出的那些六朝宮體，只是流行在宮廷貴冑間一些詩人的應制、酬和之作，大不同於詞流行在「胡夷里巷」的精神。並且其所配合的音樂，也不是直接成爲詞興起基礎的「燕樂」。所以我們也難逕指六朝樂府就是詞的起源。倒是由於梵唱之風行，僧徒們往往精於音律、從事樂曲創作。於是一種齊梁之際便已有之、隋唐以來更如火如荼流行的「法曲」（宗教樂曲），在寺院僧徒之以鐃、鈸、鐘、磬、琵琶⋯⋯等多種樂器，演奏包括漢魏六朝舊曲、隋唐兩代新聲、相和歌、吳歌、西曲、佛曲化的中國音樂、華化的外來樂曲⋯⋯等多種樂曲的弘揚下，吸引了當時詩人文士之譜寫歌辭。法曲之盛，連宮廷亦不能免。玄宗既知音、且酷愛法曲，曾選坐部伎子弟三百人教於梨園，號爲「皇帝梨園子弟」；又自天寶十三載，詔令法曲與胡部合奏，「自此樂奏全失古法」（《夢溪筆談》卷五）。而這種雜揉了佛曲、道曲的樂奏新形式，正是當時所流行的音樂新形式。「詞」就是爲了配合這種新樂、演唱這種新曲的歌辭。所以這些佛曲、道曲，與一些後來演爲詞牌的梵曲，與「詞」之倚聲塡詞、競爲新聲，頗有密切關係。

---

[8]　明楊愼曾云：「詩詞同工而異曲，共源而分派。在六朝若陶弘景之〈寒夜怨〉、梁武帝之〈江南弄〉、陸瓊之〈飲酒樂〉、隋煬帝之〈望江南〉，塡詞之體已具矣。」（《詞品》序一）清沈雄亦云：「六朝風華靡麗之語，後來詞家之所本也。」（《古今詞話》卷上）凡此都是主張詞濫觴於六朝樂府。

　　論詞之起源，必自詞樂入手。因爲有「樂」始有「曲」，有「曲」始有「詞」。「燕樂」起於隋、唐之際，其「曲」始繁在開元、天寶年間，「詞體」之成立，則較曲之流行，還要更晚一些。因此盛唐時在民間孕育、發展起來的詞，[9] 經過了中、晚唐一些著名詩人的努力之後，遂以其合樂性、錯綜的長短句美感，與細膩深曲、「深」、「狹」的抒情特質等優勢，打破了詩歌的韻文獨尊地位，並且逐漸趨於成熟、定型，而成爲另一種新興的流行韻文體式——這就是詞的大致發展過程。

---

[9] 或謂李白有〈菩薩蠻〉、〈憶秦娥〉兩首詞，為文人填詞之始。宋代黃昇並謂此二詞為「百代詞曲之祖」（《唐宋諸賢妙詞選》）；但也有持反對意見者，認為李白根本沒有填過詞，這兩首詞不是李白之作，真正的作者不可考。茲將二詞錄之於下：
平林漠漠煙如織。寒山一帶傷心碧。暝色入高樓。有人樓上愁。　玉階空佇立。宿鳥歸飛急。何處是歸程。長亭連短亭。（〈菩薩蠻〉）
簫聲咽。秦娥夢斷秦樓月。秦樓月。年年柳色。灞陵傷別。　樂遊原上清秋節。咸陽古道音塵絕。音塵絕。西風殘照，漢家陵闕。（〈憶秦娥〉）

貳、《花間》鼻祖溫庭筠

　　詞是唐代創始的一種新文學體式。中、晚唐詩人採用了以民間流行的燕樂譜成的新曲，按拍填詞，於是形成了「長短句」之詞體。晚唐溫庭筠（812～870？）是詩人填詞的奠基者；[10]《花間集》則是中國文人最早的一本詞集。這是由後蜀趙崇祚所編，選錄了晚唐、五代詞人溫庭筠、皇甫松、韋莊、薛昭蘊、牛嶠、張泌、毛文錫、牛希濟、歐陽炯、和凝、顧敻、孫光憲、魏承班、鹿虔扆、閻選、尹鶚、毛熙震、李珣等十八家的詞作而成。其中所收錄的詞，主要以歌筵酒席中交付給歌妓演唱的歌詞為主；題材也多半是詠嘆愛情的篇章，主於抒發相思懷念、傷春怨別的艷事閒愁。

　　五代詞有兩大重鎮，分別是西蜀與南唐。在十世紀的前半期，我國歷史上出現了一次大分裂的時代，這就是「五代十國」時代。五代：後梁、後唐、後晉、後漢、後周，除了後梁朱氏以外，均非漢族，他們相繼統治了北中國五十三年。期間焚掠屠殺、動盪不安、生民凋弊不堪；反觀割據南方的諸國，除了北漢是沙陀人所建立以外，其餘九國：吳、吳越、前蜀、楚、閩、南漢、荊南、後蜀、南唐，皆為漢人所建，他們並未受到西北部族的侵略，諸國間的戰爭也少，相對的安定使得此中的文教發展超越了北方。尤其西蜀與南唐兩國，因為吸收了關中、中原一代的逃亡，君主也都務農桑、興水利，造就了分裂局面下罕見的經濟繁榮，而成為當時的兩個經濟重心，因此詞人的創作也就都集中在這兩個國度裏。西蜀詞，可以《花間集》為代表。《花間集》所選錄的詞人，除了溫庭筠、皇甫松

---

[10] 中唐詩人劉禹錫、白居易、張志和等，雖然也都留下了一、兩首詞作，但並不像溫庭筠那樣大量創作；而且他們所填的也多是比較常見的詞調，如〈長相思〉、〈憶江南〉、〈漁歌子〉一類的，不像溫庭筠嘗試運用了二十個左右的牌調。所以雖然中、晚唐以來，詩人因為喜愛流行的燕樂而嘗試者去寫作新曲歌詞，但都未若溫庭筠般投注如此大的心力。

的時代較早屬晚唐，以及和凝仕於後晉與蜀地無關以外；其餘的十五人，都或爲蜀人、或爲流寓仕蜀，所以基本上可以視爲西蜀詞的代表。至於《花間集》以外的另一五代詞重鎮：南唐詞，則主要以南唐朝廷爲領導，馮延巳與南唐二主是其代表。關於《花間集》詞人，我們選擇了溫庭筠與韋莊兩家來講；南唐詞則留待敘述完了《花間》詞人以後再來講述。

《花間集》是以艷爲美的；溫庭筠則是《花間集》美感類型的奠基者。歐陽炯在〈序〉中所說的「鏤玉雕瓊」、「裁花剪葉」，正是溫詞的最佳寫照。溫庭筠，字飛卿，太原人。是長期淹留南方、儼然以江南爲故鄉，詞中有著濃厚南國情味的北人。他在晚唐時和李商隱齊名，是世稱爲溫、李的著名詩人；也是文思敏捷、卻履試不中，善爲艷詞、卻詞艷人醜的不得志詞人。

據說溫庭筠的相貌奇醜，不稱才名，於是有人給他取了綽號叫「溫鍾馗」。又因他精通音律、擅爲詞賦，對於考場試賦所命的八韻，只要八叉手便能成八韻，所以又有人叫他「溫八叉」。然而他恃才傲物、喜譏諷權貴、多犯忌諱，所以不第。《唐詩記事》載，方其時，唐宣宗頗好歌《菩薩蠻》詞，宣付宰相令狐綯進新曲，宰相不能。於是商請溫庭筠爲假手代撰，戒令勿洩。但是溫庭筠不但很快地傳知他人，還譏諷宰相「中書堂內坐將軍」，腹內無學，綯由是疏之。又有一次，宣宗賦詩「金步搖」，未能對。諭令未第進士續之。溫對以「玉條脫」，帝賞之。但是令狐綯不知出自何典？詢之，溫答以《南華經》，且曰：「非僻書也。或冀相公燮理之暇，時宜覽古。」綯益怒，故奏溫有才無行，卒不登第。在失意中，溫庭筠放浪形骸、狂游狹邪，經常出入青樓，加之生性浪漫，往往「逐弦吹之音，爲側艷之詞」，又多次在考場中，爲其他舉人之假手，號稱日救數人。縉紳多薄之。所以《舊唐書》說他：「士行塵雜」。然而懷才不遇的境遇，豐潤了他的藝術生命，也激發了他的藝術才華。他

有《握蘭》、《金荃》兩集，惜皆不傳，[11]不過《花間集》收錄他的六十六首詞作，已經在數量上使他居於《花間》之首；而他的工於造語、流麗綺靡，更是後人所認爲的《花間》之冠。

溫庭筠站在唐詩、宋詞的分界嶺上。在他之前，是唐詩的極盛時代，從他以後，則開啓了五代、宋詞的無限發展。溫詞富豔穠麗、精妙絕人，但類多香軟、不出綺怨。喜歡透過對景物的描繪，以及經由對詞中人儀態、動作、衣飾、器用的描摹，達到對女子情感、以及心理活動的暗示，即他擅長藉造境來烘染情境，客觀寫情而不喜歡主觀敘述。另外他喜歡以精美語言和物象來渲染氛圍，因此詞風金碧華麗、色澤穠豔。諸如金鷓鴣、金翡翠、金鳳凰、繡羅襦、水精簾、鴛鴦錦、暖香、紅燭、玉釵、眉翠、鬢雲一類的華麗詞藻與穠豔物象，都是溫詞所喜用。

由於皇帝愛歌，宮廷傳唱；加上溫庭筠日與歌妓爲伍，也頗有一些艷情發生，於是宮妃的生活背景、香艷的眾家鶯燕，自然地都成爲他筆下艷事情愁的題材。他的〈偶游〉詩：「曲巷斜臨一水間。小門終日不開關。紅珠斗帳櫻桃熟，金尾屏風孔雀閒。雲髻幾迷芳草蝶，額黃無限夕陽山。與君便是鴛鴦侶，休向人間覓往還。」寫的就是不修邊幅、放蕩生活中冶遊青樓的經驗，以及與妓女間的大膽情事。又〈贈知音〉詩：「翠羽花冠碧樹雞。未明先向短牆啼。窗間謝女青蛾斂，門外蕭郎白馬嘶。」一對埋怨雞鳴報曉得太早、害得情郎必須早早離去，分明偷情的男女，也是不離乎狹斜生活中宮妃、歌妓、思婦、怨女的宮怨、或閨情之描寫。就題材而言，這是相當狹窄的。詩猶不脫此等題材，當然，最適合傳達幽約怨悱之情，最能夠表現委婉深情、細膩刻劃的詞，那就更不在話下了。於是一幅幅充滿了

---

[11] 《花間集》收錄有溫詞六十六首，後來王國維從《尊前集》、《草堂詩餘》各補得一首，從其詩集中補得兩首，合計七十首，復輯爲《金荃集》。另有劉毓盤輯《金荃集》二卷，得溫詞七十六首。

活色生香的仕女圖、一首首堆滿了離愁別緒的綺靡艷曲，就在溫庭筠的筆下源源產生了。試讀宣宗使宮嬪演唱、溫庭筠所密撰的〈菩薩蠻〉：

小山重疊金明滅。鬢雲欲度香腮雪。懶起畫蛾眉。弄妝梳洗遲。　　照花前後鏡。花面交相映。新貼繡羅襦。雙雙金鷓鴣。

作者從早晨的陽光，照在閨房內金碧的小山屏上，金光明滅閃爍，美人懶洋洋地起床寫起。她那蓬得烏雲似的髮，幾乎橫過了她雪白的臉頰；然後是慢吞吞的梳洗、畫眉、化妝、簪花、著裝，最後是照鏡。她在鏡中看見了自己的容顏，雖然與花朵互相爭豔比美，卻也只能顧影自盼。於是作者又著意通過了羅衣上成對的金鷓鴣，以對比詞中女子的形單影隻作結。通首詞不出於閨房門外，纏綿怨悱、又豔麗至極，標準的溫庭筠詞。

　　再看他另一首的〈菩薩蠻〉：

玉樓明月長相憶。柳絲裊娜春無力。門外草萋萋。送君聞馬嘶。　　畫羅金翡翠。香燭銷成淚。花落子規啼。綠窗殘夢迷。

詞中溫庭筠以柳絲裊娜，來寫那位含情脈脈的女子之嬌慵柔弱、無邊春情；又以香燭成淚，來雙關她送君時的不捨與哭成淚人。然而才剛別離，悵對玉樓明月，已經思念之情油然而生；最後又以花落鳥啼、殘夢迷情，來渲染、暗示詞中人的離情之苦。整首詞著一「憶」字，深狹的詞的特質，表露無遺。而其對於離情的描繪，不僅深情婉約，也刻畫曲盡。

　　另外如〈南歌子〉：

倭墮低梳髻。連娟掃細眉。終日兩相思。爲君憔悴盡，百花
時。

這首詞也是寫的別後相思之情。雖然詞中女子也梳了倭墮低髻、也畫
了連娟細眉，但是因爲終日思君的緣故，即使在百花最盛開、春光正
燦爛的時節，卻也已經飽受離情折磨，而憔悴不堪了。
　　再看一首溫庭筠在造景及用語上，都顯得極爲綿密的〈更漏
子〉：

柳絲長，春雨細。花外漏聲迢遞。驚塞鴈，起城烏。畫屏金鷓
鴣。　　香霧薄。透簾幕。惆悵謝家池閣。紅燭背，繡簾垂。
夢長君不知。

這首詞中有云「畫屏金鷓鴣」，王國維的《人間詞話》就是以這句飛
卿語，來自況溫詞的詞風。大體上說，溫庭筠詞中所呈現的，就是
這樣一種珠光氣、有如濃妝貴婦般的華麗富貴之感。在這首〈更漏
子〉詞中，夜盡更殘、春雨細細，先就已經烘托得一片迷惘悵然之情
了。然後花外傳來了銅壺的滴漏聲，這聲音原應極其靜悄，但在思婦
聽來，卻覺得已經足以驚起城烏、驚飛塞鴈了。這不但暗示了詞中女
子之苦於離情，輾轉不能成眠；同時也顯見她正豎起了耳朵，仔細傾
聽一切可能是心上人回來的聲音，以至於任何的風吹草動，都足以
造成她的心驚肉跳。然而等待落空，在無可奈何的情緒裏，在鑪香
裊裊、薄霧漫漫的冷寂夜裏，只有一個人獨守空閨，充滿了寂寞惆
悵。於是她怪罪惱怒到那畫屏上的金鷓鴣，可惱那金鷓鴣仍無知地兀
自喜悅著。有誰會知道昏暗的紅燭下、未被掀開的低垂繡簾裏，她正
苦苦等待心上人呢？整首詞利用環境的氛圍渲染，予人一種朦朧幽約
的悵然之感，藉此將思婦的空閨之怨傳達出來。而結尾的「夢長君不
知」，更挑明了君心不似我心，將少婦的閨怨推到了最高點。

　　不過在溫庭筠的穠麗詞風之外，也偶有疏淡雅致之作，且深受後人喜愛。只是他的這類作品不多。例如〈夢江南〉：

梳洗罷，獨倚望江樓。過盡千帆皆不是，斜暉脈脈水悠悠。腸斷白蘋洲。

雖然其題材仍不出狹隘的離愁別緒，但是詞中卻不再蹙金結繡，完全無藉乎色澤穠豔的字眼，卻也一樣營造出空等離人、從滿懷希望到失望無奈的悽惻心緒。尤其一句「過盡千帆皆不是」，傳神地將那種惴惴不安、鵠立引頸的熱切盼望之情表達出來。然而經過了這麼長久的迎接與等待之後，她所面對的，竟只是一片悠悠水流、與日漸暗沉的斜暉餘光。這也同時暗示了從晨起梳洗、到夕陽逐漸西沉的時光流逝，最後她的希望終究還是落了空，其腸斷，也就不言可知了。

　　綜觀溫庭筠之一生，實可以用「名士多風流」來形容，可惜他徒負不羈之才，卻罕有適時之用、流落而死。終落得仕途失敗、詞壇留名。但是「失之東隅，收之桑榆」，設非如此境遇多舛，他又何來這麼多的創作心力、時間，與夫詞壇之千載留名呢？而溫庭筠的深情創作，以及他的綺靡深婉詞風，也就為後世詞家所奉為「正宗」的婉約詞派開了先河。

參、淡筆濃情韋莊詞

　　韋莊（836～910），字端己，京兆杜陵（今陝西長安縣）人。著名的中唐詩人韋應物便是他的高祖父。少小孤貧，過著「數米而炊，稱薪而爨」的窘迫日子。唐僖宗時應舉入長安，剛好遇上黃巢兵變。他陷於重圍之中，與弟妹失散，又為病所困，直到第三年黃巢兵敗，始得乘隙逃離長安，寓居洛陽。壯歲以後南遊，游蹤遍及長江南北。待他考上進士，結束顛沛流離的生活，已是五十九歲之事了。後來他奉使入蜀，獲西川節度使王建賞識，二度入蜀時遂留蜀為掌書記（自後即終身仕蜀）。及朱全忠廢唐帝、稱後梁、唐亡，王建亦據蜀稱帝，號前蜀，即拜之為相，一切開國典制皆出其手，極貴顯。

　　當早歲韋莊流落洛陽時，曾經寫作一首一千六百六十六字的長詩〈秦婦吟〉，媲美〈孔雀東南飛〉的一千七百八十五字，故有「〈秦婦吟〉秀才」之稱。詩中他藉著逃出賊營的秦婦之口，道盡了戰亂中賊寇的種種殘忍暴行。該詩流傳極廣，頗受重視。但因詩中有云：「內庫燒為錦繡灰，天街踏盡公卿骨」，當韋莊貴顯以後，恐觸新朝宮闈隱情、遭訕謗之責，遂深諱此詩，致此詩被掩沒了千年之久。後來很多人甚至對於韋莊是否曾寫作此詩？以及其「〈秦婦吟〉秀才」稱號之由來，都感到懷疑。直到清光緒廿五年，在敦煌石室中發現了這首詩的幾種唐、及五代人手寫本，〈秦婦吟〉一詩才得以重新面世。

　　《花間集》主要以五代蜀中詞人的作品為主，其中首出者應推韋莊。他的詞名和晚唐溫庭筠相分庭，並稱為溫、韋。不過韋莊雖與溫庭筠齊名，兩人在詞風的表現上，卻相去甚遠。在不脫《花間集》的「共性」，都狹隘地以閨情為題材以外，溫詞偏愛濃豔富貴；韋詞則好清麗雅淡。尤其他擅長「淡筆抒濃情」，筆鋒疏淡、筆端卻蘊積無限深情，堪稱為一大特色；也是他個人獨特的「個性」所在。正因為他的詞看來似是信手拈成、信口說出，所以讀來極為輕鬆；然而讀

後，往往有著難以釋懷的無限深情激盪在胸中、澎湃不能自已，因此他的詞受到了後世深深的喜愛。他有詩集《浣花集》；至於詞作，則散見於《花間集》及《尊前集》。

雖然《花間集》所收錄的詞人，都不脫描寫閨情的艷詞普遍風格，但是韋莊的詞有一個很大的特點，即他的情感非常真摯，總給人一種「詞中人」呼之欲出的感覺。就是因為他的情太真，為此，有人附會了非常淒美的愛情故事在他、以及他的作品之上。例如〈荷葉杯〉一詞：

記得那年花下。深夜。初識謝娘時。水堂西面畫簾垂。攜手暗相期。　　惆悵曉鶯殘月。相別。從此隔音塵。如今俱是異鄉人。相見更無因。

這首詞寫得有憑有據，時間、地點、事由，清清楚楚，似非泛指一般情愛。全詞不著一字豔麗色彩，卻情意悽然，叫人不禁撫案太息。於是宋楊湜的《古今詞話》便造說韋莊有一寵妾，資質豔麗、兼擅詞翰，被貪好美色的王建託言「教授內宮詞樂」奪去；韋莊思念悒鬱，許多詞作便是為思念寵妾而作，除了上述這首感人肺腑、相見無由的〈荷葉杯〉以外，另外如〈女冠子〉、〈小重山〉、〈謁金門〉、〈浣溪沙〉等，也都是思妾之作。其詞中感情都表現得極為真切自然，如：

一閉昭陽春又春。夜寒宮漏永，夢君恩。臥思陳事暗銷魂。羅衣濕，紅袂有啼痕。　　歌吹隔重閽。遠庭芳草綠，倚長門。萬般惆悵向誰論。凝情立，宮殿欲黃昏。——〈小重山〉

夜夜相思更漏殘。傷心明月憑闌干。想君思我錦衾寒。　　咫尺畫堂深似海，憶來惟把舊書看。幾時攜手入長安。——〈浣

溪沙〉

從詞中的「一閉昭陽」、「宮漏永」、「倚長門」、「隔重闈」、「宮殿欲黃昏」等宮怨之描述；以及韋莊之與詞中女子咫尺相距卻不得見，只能「臥思陳事」，只能在不堪相思之苦的時候「把舊書看」。最後他不禁要問道：還能夠再與君「攜手入長安」嗎？由上述這些跡象看來，則傳聞中的故事似不無蛛絲之跡。不過這個故事後來被認為不足採信，因為根據近人夏承燾所撰的《韋端己年譜》考證，韋莊在入蜀時已經六十六歲，奪妾之說實屬謬妄。但是韋莊的詞情意悽惋、往往真情湧現，震人心絃，則是不爭的事實。

　　再看他兩首「聯章體」的〈女冠子〉，一首寫女憶男，一首寫男憶女：

四月十七，正是去年今日，別君時。忍淚佯低面，含羞半斂眉。　　不知魂已斷，空有夢相隨。除卻天邊月，沒人知。

這首詞有月、有日、有年，似有所指。全詞明白而直接，述說女子對男子的愛情。其中一句「忍淚佯低面」，不知打動了天下多少女子的心！真令人不禁要問，為什麼韋莊這麼了解女人的心？那忍不住即將要滴落的淚，不想讓情郎看見，只好裝做低頭的樣子，輕輕拭去。然而這樣的深情，心上人知道嗎？恐怕除了明月知我心以外，是沒有人會知道我的人、我的心，早就已經魂夢斷的了。

昨夜夜半，枕上分明夢見，語多時。依舊桃花面，頻低柳葉眉。　　半羞還半喜，欲去又依依。覺來知是夢，不勝悲。

這一首則是寫的男子對女子的愛情。「昨夜夜半」，就在昨夜的半夜時分，「枕上分明夢見」，千真萬確，我真的夢見妳了。而且還和

妳說了許多話。夢中的妳和過去並沒有不同，一樣地桃花美貌、一樣地頻頻低首、一樣地無限嬌羞。整首詞，我的懷念、我的悲傷，都是明明白白出自胸臆、脫口而出，再自然不過的；我的感情，是那麼地直接、那麼地率真，沒有一絲作態、沒有絲毫地矯飾，然而卻有一股莫名的、失落的苦痛，洶湧而來，襲上讀者的心頭、衝擊著讀者的胸口。那種每個人都曾經有過、失落的、難以挽回的、愛情的創痛與傷口，就這麼不經意地、被無情撩撥。所以韋莊的詞，深深地牽引著、引發著讀者的強烈共鳴。

　　從上述兩首詞我們可以看出，韋莊在詞中的感情是主觀的、是直接的，我手寫我心。他是「情勝辭」，因為情真，所以不必假借穠豔字眼、華美物象來修飾詞情；迥異於溫庭筠客觀抒情、穠麗作風的「辭勝情」。但是他所帶給讀者的情靈搖蕩，恐怕不是溫庭筠所能望其項背的。溫詞總是客觀冷靜；韋詞則主觀真實。所以雖然韋莊也寫愛情、相思，卻不像其他《花間》詞人，華靡而只如一幅幅沒有個性與生命的美人圖；反之，他的詞是個個「詞中人」呼之欲出的真情實感，使人讀之不勝欷歔。緣是之故，王國維說溫庭筠的詞是「句秀」；韋端己的詞則是「骨秀」。陳廷焯也說端己的詞「淒豔入骨髓」。

　　韋莊的詞以疏淡筆調反映出真實生活中的真實感受，擺脫了《花間》詞所特有的浮豔華靡色彩，在溫詞之外別樹一格，也開啟了文人塡詞抒懷的傳統。他有〈菩薩蠻〉五首，是晚年時在蜀追憶平生舊遊所作。他從當年離開舊地時寫起，中間敘述漂泊江南的生活，最後又以對洛陽的思念作結。這五首詞不可割裂，必須一氣呵成：

紅樓別夜堪惆悵。香燈半捲流蘇帳。殘月出門時。美人和淚辭。　　琵琶金翠羽。絃上黃鶯語。勸我早歸家。綠窗人似花。

人人盡說江南好。遊人只合江南老。春水碧於天。畫船聽雨

眠。　　爐邊人似月。皓腕凝霜雪。未老莫還鄉。還鄉須斷腸。

如今卻憶江南樂。當時年少春衫薄。騎馬倚斜橋。滿樓紅袖招。　　翠屏金屈曲。醉入花叢宿。此度見花枝。白頭誓不歸。

勸君今夜須沉醉。樽前莫話明朝事。珍重主人心。酒深情亦深。　　須愁春漏短。莫訴金盃滿。遇酒且呵呵。人生能幾何。

洛陽城裏春光好。洛陽才子他鄉老。柳暗魏王堤。此時心轉迷。　　桃花春水淥。水上鴛鴦浴。凝恨對殘暉。憶君君不知。

　　第一首寫初離乍別，雖然不脫韋莊「一生風月，到處煙花」之習，但是也可能果然有他從前所愛過的一個女子的身影在其中。從前面講過的「記得那年花下，深夜，初識謝娘時」、「四月十七，正是去年今日，別君時」，到「如今俱是異鄉人」、「憶來惟把舊書看」，再到「昨夜夜半，枕上分明夢見」，也許真的由於戰亂、或其他因素，韋莊和他所愛的人分離了，而且再沒有見過面，只留下無限相思。在這首詞中，韋莊則是沉澱了激情地平靜敘述著殘月出門時，美人含淚相送的情景。她所彈奏的贈別琵琶，聲聲都似勸我早回的殷殷叮嚀，訴說著綠窗下有個「人似花」的女子在等著、盼著你回來，這麼美麗的女子在等你，你還不早回嗎？又，再不回來，恐怕逝水年華，也都要如花般凋落了。整首詞，充滿了一種美人從美人圖中走下來、拉近了距離的親切與美感，呈現出生命與熱力，這和「可遠

觀而不可褻玩焉」的嚴妝貴婦，是大異其趣的。所以王國維就以這首詞中的「絃上黃鶯語」，來概括韋莊的詞風，以與溫庭筠「畫屛金鷓鴣」的富豔詞風作明顯的區隔。

第二首詞從紅樓來到了江南。江南是一個柔媚的地方，到過江南的人，無不稱許它的好——畫舫、春水、聽雨，這是「景」的柔媚；「皓腕凝霜雪」（雪白玉臂）的似月美人，可一點不比「綠窗人似花」的美人差啊！這是「人」的柔媚。但是韋莊心裏，滿滿的紅樓、滿滿等著他回去的「綠窗人似花」。所以儘管人人都說遊人只應終老於江南，韋莊卻想著：總要還鄉的。只是長安也好，洛陽也罷，故鄉到處一片戰亂。那殘破不堪的「內庫燒爲錦繡灰」、那骨肉離散的「天街踏盡公卿骨」，實在是有歸不得的苦衷啊！實在是還鄉「須斷腸」啊！所以「未老」還是暫時「莫還鄉」吧！

但是到了第三首，「如今卻憶江南樂」，韋莊不但未還鄉，且不得不也離開江南了。韋莊說在江南的時候，我思念紅樓，可是現在我又到了另一個他鄉，而江南，竟也有些許故鄉的味道了。（走筆至此，心中不免浮現幾年前的一首流行歌曲，它的歌詞訴說故鄉只不過是「一張張的票根」；「撕開後展開旅程，投入另一個陌生」，人生就是一站站不斷飄泊下去的旅程。）那個唐朝潦倒窮困的「瘦」詩人賈島，[12] 也曾經有過一首詩：「客舍并州已十霜，歸心日夜憶咸陽。無端更渡桑乾水，卻望并州是故鄉。」（〈渡桑乾〉）當他客居并州時，他日夜心繫著咸陽；可是當又渡過了桑乾水，去到那更遙遠的異地時，并州竟也有他的思鄉情愁了。所以當韋莊在蜀時，那眞正的故鄉：長安、洛陽、紅樓，都太遙遠了，於是只好想念江南吧！何況人生只有一次的青春年華：飄飄春衫、翩翩風度、達達馬蹄，都在江南度過了。雖然那時候心中另有所屬，讓秋月春風都等閒過，並不覺其

12　賈島的詩有一種寒酸枯槁的情調，很像孟郊。時人戲稱他們「郊寒島瘦」，不但說明了他倆清奇僻苦的歌風格，也說盡了他們的生活狀況。

樂；可是現在回想起來，覺得那畢竟還是快樂的。

　　清代常州詞派認爲韋莊的詞深具比興寄託。這五首〈菩薩蠻〉，是他「留蜀後寄意之作」，有故國之思（張惠言《詞選》）。那麼「騎馬倚斜橋，滿樓紅袖招」，我們除了體會字面上所呈現的、江南風情無限旖旎以外，我們也可以做這樣地解讀：也許當韋莊在江南時，曾經有過一段被賞識、欲任用之的得意遇合（或者也可以指愛情而言），只是最後他離開了。所以他說，如果人生再有一次這番際遇的話，他定然不會選擇離開，他將「白頭誓不歸」了；然而就在「誓不歸」中，我們感受了韋莊對還鄉無期的絕望心情──當他在江南時，一心指望著還鄉，所以不以江南之樂爲樂，最後並且離開；可是現在他絕望了。國破家亡，歸鄉路邈。早知如此，當初又何必離開？而如今既不能回頭，也只有向前了。所以就在他的無情、決絕語中，洩露了他實則淒楚、纏綿的故國之情，正是既不能哭，也只好笑，但是就在笑聲未歇處，我們似乎瞥見了他眼角所泛著的隱隱淚光。

　　前塵往事，翻騰胸中。人生幾何？去日已多。是離開了所愛的女子、悲悼愛情也好；是寄意故國、惓惓故君、悠悠鄉愁也罷，總之，往事難覓，唐朝已經滅亡了，昭宗已經被殺了；而王建卻正倚重著他呢！所以接下來的第四首，且把這無由紓解的一腔愁緒，交付給「金盃滿」，沉醉去吧！而就在那空洞的強顏乾笑、不由衷的應酬「呵呵」笑聲裏，我們看到了「須愁春漏短」，已經遲暮衰老的韋莊心中的痛。他沒有忘記紅樓、沒有忘記「早歸家」的承諾，只是往事已經難覓了；而這裏，也總算有著「主人心」的濃濃情誼，正以深情與醇酒慇懃相待呢！

　　第五首詞中，一切似乎塵埃落定了；他的心裏也認清「洛陽才子他鄉老」這樣的一個事實了。那位當年寫過「洛陽城外花如雪」（〈秦婦吟〉句）的洛陽才子，現在也只能把洛陽城裏的好春光、柳蔭濃綠的魏王堤，統統都裝箱收藏、鎖進記憶深處裏了。面對著今日綻滿蜀地的姹紫嫣紅桃花、鴛鴦戲水的春江綠，韋莊何嘗有心？他只

有一腔濃濃的鄉愁、一腔深深的思憶，在夕陽殘暉下，無限悵惘、無限淒迷罷了。

　　還有值得一提的是，韋莊的詞保留了若干民歌精神，部份詞作呈現出民間詞所特有的風貌。例如他以「代言體」、明白如話說出詞中人心聲的〈思帝鄉〉：

春日游。杏花吹滿頭。陌上誰家少年，足風流。妾擬將身嫁與，一生休。縱被無情棄，不能羞。

這真可以算得上一篇癡情女子為愛情無怨無悔的真心告白了。詞中韋莊將那位憧憬愛情、追求愛情，大有屈原「雖九死其猶未悔」架勢、一往情深、即使明知終將被無情棄，也願如飛蛾撲火般不惜獻身的女子之心事，和盤道出，其真情率性，令人動容。

　　再如〈歸國遙〉：

金翡翠。為我南飛傳我意。罨畫橋邊春水。幾年花下醉。
別後只知相愧。淚珠難遠寄。羅幕繡帷鴛被。舊歡如夢裏。

這首詞是以男、女對答的方式來寫，很像情歌對唱、或漁歌互答。詞的上闋是女子請飛鳥帶信，轉達她的情人，不要迷戀他鄉花草、他鄉榮華，要早早歸家；詞的下闋則是男子的回答。他說別後兩地相思，只是愧無良計得歸；我的淚珠又無法加以收集遠寄，否則妳就會明明白白看到我的心了。這首詞也有人認為是韋莊滯蜀未歸、思鄉心情的影射。但要之，這樣的一問一答、又倩飛鳥傳意，俏皮生動，呈現出民間詞所特有的活潑精神。

　　韋莊的詞清麗淡雅，每以通俗自然的筆調，寫出刻骨的深情，令人流連歇歎；在萬紫千紅的《花間集》作品中，可謂獨標一格，使讀者的眼前一亮。王國維的《人間詞話》就說韋莊的詞「情深語

秀」，規模雖不及後主（李煜）、正中（馮延巳），但「在飛卿之上」。又說：「觀昔人顏、謝優劣論可知。」（據《詩品》載，湯惠休嘗言「謝詩如芙蓉出水；顏如錯彩鏤金。」顏終身病之。）雖然審美價值是容許個人之主觀好尚出入的，所以謝靈運的詩如初發芙蓉，固有其自然可愛處；顏延之的詩鋪錦列繡，也自有其雕繪滿眼的美，但對於朝日下出水芙蓉的清麗自然丰姿，畢竟是沒有人會加以否認的。

肆、堂廡特大馮延巳

　　五代詞除了《花間集》絕大部份以組織精工的字句、隱約曲折的手法，來寫婦女情態、服飾，所代表的西蜀詞以外；就屬偏安於江南的南唐詞風最盛了。南唐詞主要是指南唐中主李璟、後主李煜和馮延巳的詞篇。南唐君主均頗好詞，據《南唐書》載，馮延巳嘗有〈謁金門〉詞云：「風乍起，吹縐一池春水。」中主戲曰：「吹縐一池春水，干卿底事？」馮對曰：「未若陛下『細雨夢回雞塞遠，小樓吹徹玉笙寒。』」中主悅之。——從這樣的記載，我們可以一窺南唐詞風之鼎盛。南唐盛名的代表詞人，有馮延巳和李煜。

　　馮延巳（903～960），字正中。早年隨侍南唐中主李璟於廬山讀書堂，李璟即位以後拜之為相。其後因為用兵失敗而罷去，為太子太傅以終。正中詞之梗概，我們可以自下列兩位詞論家的評論約略得之。劉熙載《藝概》云：「馮延巳詞，晏同叔得其俊，歐陽永叔得其深。」王國維《人間詞話》亦云：「正中詞，雖不失五代風格，而堂廡特大，開北宋一代風氣。」可見馮延巳對於北宋初期的詞風，是有「晏殊得其俊、歐陽脩得其深」，下啟晏、歐之影響的。也因此三人在詞風上頗有類似之處，經常為後人所混淆。[13]馮延巳的詞一方面體現著五代小詞傳統傷春怨別的纖美共性；另一方面又以其所特有的悲愁感，在描寫情愁之同時，注入了相當深度的人生感慨、沉鬱的感情境界，令人咀嚼、玩味再三。所以「堂廡特大，開北宋一代風氣」，應該可以從這個角度去理解。其詞後來輯為《陽春集》，存詞百餘首。

　　正中詞所最為人稱道的，首先便是他那特有的文雅氣息，一種雖也不脫傷春悲秋，卻呈現出優美、雅致情調的小詞。如〈鵲踏

13　馮延巳、晏殊、歐陽脩的詞，經常有互見的情形。一首詞有時候也收在馮延巳的《陽春集》、也收在歐陽脩的《六一詞》，或者晏殊的《珠玉集》裏，不知倒底是何人所作？

枝〉：

六曲欄干偎碧樹。楊柳風輕，展盡黃金縷。誰把鈿箏移玉柱。穿簾海燕雙飛去。　　滿眼游絲兼落絮。紅杏開時，一霎清明雨。濃睡覺來鶯亂語。驚殘好夢無尋處。

由於中主在位時，金陵方盛、內外無事，馮延巳與朋僚親舊們經常歡聚。爲了娛賓遣興，每自爲新詞以歌之，則在這樣的「應歌」環境下，其所塡的詞，自然也就不脫閨情離愁一類的描述了。不過他和《花間集》異趣的地方，在於他的詞每於清麗中寓著哀傷之韻致，似有一種莫名的哀愁隱約其中。試看在微雨中花瓣委地的紅杏、在春風中枝縷輕擺的柳條，加上滿眼游絲、滿地落絮，還有那一瞥即逝、悠然而去的燕影，以及撩人思緒的鶯語、無處尋覓的殘夢，這就構成了一幅美不勝收、琳瑯滿目，卻充滿著意象暗示、帶有憂鬱情調的金碧山水。所以王國維說，欲於馮延巳的詞中求句以形容其詞品，則「和淚試嚴妝」殆近之歟！是故馮詞的美，美得有些悵然、有些迷惘，但眞要問爲什麼？又在詞中找不到答案。這也就是正中詞的基調，一種在優美生活中所蘊著的、無法具體捕捉、卻眞實存在，彷彿你我都曾經有過的、屬於午後的怔忡、發懶、生活中的閒愁。

　　究竟爲什麼慣處榮華富貴、一向錦衣玉食，並沒有「感士不遇」一類遭遇的馮延巳，卻有這樣深沉的潛藏哀愁、盤旋鬱結的沉鬱頓挫感情？莫非這就是所謂的衰世之音？從整體來說，馮延巳的命運，其實是與南唐註定滅亡的命運緊密結合的。雖然當中主、馮延巳之時，南唐仍是好夢方酣，但是一種風雨飄搖的不安定感，已經在醞釀，而潛存了（只是唯有那極爲纖敏心靈的人才能感知）。所以馮詞充滿了一種「山雨欲來風滿樓」的感傷情調。而馮詞的感傷情調，也就正是「以血書之」的後主詞之先聲。似乎在經過了烏雲密佈的正中詞之後，也就宜乎後主詞之滂沱大雨了。

　　正中詞緣於春去秋來、花開花謝所產生的盛年不再、好景不常感慨，鍾嶸的《詩品》中也曾經加以討論過：

若乃春風春鳥、秋月秋蟬、夏雲暑雨、冬月祁寒，斯四候之感諸詩者也。嘉會寄詩以親，離群托詩以怨，至於楚臣去境，漢妾辭宮……凡斯種種，感蕩心靈，非陳詩何以展其義？非長歌何以騁其情？——〈總論〉

可見得大自然的四時變化、花落水流，在文人登山臨水、浪跡江湖或羈旅行役之際，往往都容易引發出內心的諸多感慨來，進而產生對人生的深刻反思，於是一種流連哀愁的悲秋之情油然而生。我們看馮延巳的〈采桑子〉，整首詞便充滿了一種蒼涼的情思，柔婉的哀淒：

花前失卻遊春侶，獨自尋芳。滿目悲涼。縱有笙歌亦斷腸。
林間戲蝶簾間燕，各自雙雙。忍更思量。綠樹青苔半夕陽。

馮詞的藝術型態，善於「以樂景襯哀」，喜歡傳達一種哀美的氛圍，是一種偏「冷」的色調。「縱有笙歌亦斷腸」，在狂歡中獨自啜飲著憂傷的苦酒，便是馮詞的典型。其實不論西蜀詞所表現出來的、屬於表象柔靡狂歡的生活樣貌；抑或南唐詞所呈現的、屬於深層感傷情緒的精神反映，要之，都是一種迥異於盛唐氣象、士氣不振的衰世文學。如此一來，我們便能把馮延巳的富貴華靡和感傷情懷結合起來了。在繁華熱鬧的「花前」，馮延巳所感受到的，是「失卻遊春侶」的悲愴、是「獨自尋芳」的蒼涼。而「綠樹青苔半夕陽」所給予讀者的視覺效果，也不是春暖花開、草木籠蔥的欣欣向榮；而是夕陽西下、一片靜寂的慘淡清冷。這也就是馮詞所擅長的，捕捉在剎那間忽然湧現的、喧鬧中的失落感，或是笙歌散盡以後的孤寂感。
　　我們再看他的〈鵲踏枝〉：

梅落繁枝千萬片。猶自多情，學雪隨風轉。昨夜笙歌容易散。
酒醒添得愁無限。　　樓上春山寒四面。過盡征鴻，暮景煙深
淺。一晌憑闌人不見。鮫綃掩淚思量遍。

他在詞中寫著一種愁，一種即使在笙歌狂歡、在藉酒以澆胸中塊壘之
後，都無法釋懷的愁。酒醒之後，詞中人所領受的，是四面寒山籠
罩下的無限孤獨感。馮詞喜歡藉由四面寒冷之包圍，劃清詞中人與外
界的聯繫通道，以對比、隔絕詞中人與喧鬧外界的距離，呈現其內心
之孤寂。然而這種孤獨感的產生，必須有其條件：一是對現實人生的
失望：「昨夜笙歌容易散」，賞心樂事、良辰美景，都是不能長久
的；反之，韶華易逝、人生參商、「過盡征鴻」、「憑闌不見」，則
是人生的常態。另一則是內心必須具有熾烈的感情，一如「梅落繁
枝」卻仍然多情眷戀、不忍委地的執著與掙扎，才能夠在拭去淚水
（「鮫綃掩淚」）以後，仍然堅持等待與思念（「思量遍」）。而這
種盤旋鬱結、沉鬱頓挫、卻堅定執著的感情，就是馮延巳的感情，也
正是馮詞所想要表達的感情意境。
　　有一種痛苦會使人上癮，那就是獨自咀嚼著一種他人無法領略箇
中痛苦滋味的感覺。就好比失戀了雖然很痛苦，但是此時多半的人還
是寧願獨處，喜歡一個人靜靜地回味，獨自擁抱那種心痛的感覺。有
時候雖然也明明已經忘記了，卻還要故意提醒自己去記憶，去回味
那種感覺，帶有一點自以為是的殉道崇高精神、也彷彿有意地用受苦
來昇華自己的靈魂。他總是期許自己在眾人的喧譁中，竭力保持眾
人皆醉我獨醒的清醒；總是具有一種深摯而執著、期望承擔人類苦難
的悲劇精神。（所以雖然我也狂歡，也是宴會中的一分子，甚至還是
主人，但我與眾人明顯地是不一樣的。）但這在於外人看來，則似乎
是一種多愁善感、甚至有一點自虐的傾向，一如中主對馮延巳所說
的：「吹縐一池春水，干卿底事？」只有最纖敏的人，才會把這種感
覺攬在自己的心靈上。然而它也不同於「為賦新詞強說愁」那種刻意

為之的無中生有、憑空捏造；而是真正出自詞人深刻感受的無法釋懷，所以情感深摯纏綿、不可自已。也因此能夠以其真實的生命感發讀者。

再看一首馮詞中極其烜赫，深受後人喜愛的〈鵲踏枝〉：

誰道閒情拋擲久。每到春來，惆悵還依舊。日日華前常病酒。不辭鏡裏朱顏瘦。　　河畔青蕪堤上柳。為問新愁，何事年年有。獨立小橋風滿袖。平林新月人歸後。

馮延巳以其特有的敏感，在錦衣玉食、高官隆位之外，感受到了人生無常的無限空虛。「誰道閒情拋擲久」，對於自己雖然已經盡力、卻無奈還是擺脫不了的春來惆悵，流露出失望、無力感。為此，他「不辭」日日病酒，縱然明知鏡裏朱顏消瘦，還是寧願求得一醉解愁。比較特殊的是，他選擇了在花前飲酒。如果我們比較溫庭筠、韋莊、馮延巳等三位詞人的詞風，便可以看出溫詞善於刻劃客觀的美感形象，予人以豐富的聯想，但較少直接的感動；韋詞則善於抒寫主觀的感情，以勁健直接的率真深情，強烈地感動讀者，但較少想像空間；至於馮詞所擅長營造的感情意境，則既以其豐富的優美意象，予讀者自由聯想，又以其深摯執著的深情，直接感發讀者的心。

是以為什麼要在花前飲酒？這就給了讀者很大的思想空間：如果你是想到了「花無百日紅」，那麼自然也就會聯想到青春易逝、盛年不再等一切與花之凋零、易摧折相關的「人無千日好」意象；如果你是想到了「有花堪折直須折」，那麼自然也會聯想到惜取少年、即時行樂等一切「人生得意須盡歡」的「莫待無花空折枝」意念；又如果你從「花前」想到了「人比花嬌」、「花面交相映」等一類的意象，那麼一幅聲色兼備、觥籌交錯的豪門華宴，就在你眼前展現了。……而這種種的理解，也都同時可以說明為什麼馮延巳要「不辭病酒」的原因。但是在這樣的笙歌狂歡之後，他卻是仍然清醒的，所

以還是有著一腔愁緒的存在，因此他最後選擇了獨處。而且是在一個冷風可以由四面灌入、無庇無蔭的小橋上獨自佇立。四周的極端清冷，正貼切著他既孤獨又寒涼的心境。也許也正是他高官隆位背後遭受無情攻訐、多方訕謗的現實生活寫照。所以末句的「人歸後」，就更進一步地直接說出了他的孤單寂寞，儘管表面上他被許多熱鬧的人群所包圍著，但實際上他是一個人踽踽獨行的，而這種在繁華熱鬧中的踽踽獨行，也就是我們讀馮詞的最深刻感受。

伍、感慨遂深李煜詞

　　李煜（937～978），字重光，南唐中主李璟第六子，他號鍾隱，以示無意政事，卻因諸兄早死而嗣位，史稱李後主。王國維說：「詞至李後主而眼界始大，感慨遂深，遂變伶工之詞而爲士大夫之詞。」雖然李璟也頗好詞，也有幾首好詞傳世，但是和後主在詞壇的地位比起來，是不能相提並論的。後主以前的詞人，包括馮延巳在內，多是一種「應歌」之作，是供歌妓在筵席演唱、爲娛賓遣興而作的歌詞。後主則以特殊的帝王身分，而且是一位亡國之君的特殊境遇，在幽囚極度苦悶的心緒中，藉詞來宣洩感情、紓發憂悶，遂使得詞從原來的伶工演唱之詞，提昇成爲文人言志抒懷、寄託情志的文學體式。所以詞是從一開始的娛賓到李後主的陶寫情性，才逐漸打開詞體抒情言志之新境界的。

　　後主精通音律、工善詩文、書畫、尤擅於詞，是一位傑出的藝術天才，也是一位優柔寡斷的帝王。他的天性仁厚、恤民如子；他待兄弟情深，當他的七弟（從善）被宋太祖留京不得歸時，他推卻一切宴會，爲文哀嘆：「無一歡之可樂，有萬緒以纏悲。」（〈卻登高文〉）當他的妻子死時，他親撰誄文悲悼，自稱鰥夫。但是當他面對當時幾乎已經統一全國的宋太祖時，則既不能整軍經武又不能任用賢能，除了奉正朔、納金帛以冀求苟安外，他實在拿不出任何有效的振作辦法。宋太祖的一切挾制與壓迫，他都接受；然而宋太祖開寶七年兩度詔其北上時，他因害怕而推辭不去，於是宋軍揮兵南下、直取金陵，後主在翌年城陷時肉袒降於軍門，南唐滅亡。

　　後主被俘至京，太祖命李煜白衣紗帽，待罪明德樓下，譏諷地封他爲「違命侯」。又因聞其善詩，命舉得意者一聯以對。後主沉吟後誦其詠扇曰：「揖讓月在手，動搖風滿懷。」（這和曹丕七步成詩之暗喻身世，是有異曲同工之妙的。本來雙關搖扇生風之意；此則喻己江山拱手、天搖地動。）於是太祖笑著對侍臣說：「好一個翰林學

士」（諷其不配做皇帝，只能做文人）。李煜若不爲君，當可如李白，以其風流灑落再爲人間添一位謫仙人；然而他卻是一位不幸身爲帝王的藝術家，悲劇在他身上也就不可避免地發生了。所以王國維說：「詞人者，不失其赤子之心者也。故生於深宮之中，長於婦人之手，是後主爲人君所短處，亦即爲詞人所長處。」後主身爲君主卻純眞如赤子的性情，使他「富貴時能作富貴語，愁苦時能作愁苦語」，並且更加淡語有味、淺語有致，而能傳達出人類普遍的同情共感，成就「無一字不眞」的字字有情。亡國之君的鉅變，敲擊在後主纖敏善感的多情心靈上，其所激越而起的水花，爲後人留下了一篇篇同聲一哭的至情之作。帝王事業榮辱止乎其身，成敗是一時的；後主質樸自然的白描詞作，卻是人間永恆的不朽樂章。

再說到李後主的感情生活，也是多采的。他娶了一位風華絕代、善歌舞、工琵琶，曾經重現自盛唐以後失傳的〈霓裳羽衣曲〉遺音、小名叫娥皇的周氏女爲后，也即大周后。後主前期頗有一些詞篇，是爲她而寫。兩人過著流連歌舞、不識人間愁滋味的鴛鴦愛侶生活。我們從〈玉樓春〉中可以明顯地看出後主宮廷生活的樣貌：

晚妝初了明肌雪。春殿嬪娥魚貫列。鳳蕭吹斷水雲間，重按霓裳歌遍徹。　　臨風誰更飄香屑。醉拍闌干情味切。歸時休放燭花紅，待踏馬蹄清夜月。

那一列列魚貫而立、膚白貌美的嬪娥；那通宵達旦、響徹雲霄的簫聲樂曲；加上徜徉其中意滿至極、醉拍闌干，直到月上簾櫳才歸去就寢的後主，一幅宮廷奢華、充滿歌聲舞影、聲色享受的生活素描，躍然在我們眼前。而除了大周后以外，那位後主曾爲她寫作〈菩薩蠻〉詞的小周后，也名聞遐邇。當大周后生病的時候，她正值荳蔻年華、年方十五的妹妹，進宮來照顧姊姊。於是多情的後主，便不禁爲她的美貌與才思所吸引，而與她談起戀愛了。試看〈菩薩蠻〉：

花明月黯飛輕霧。今宵好向郎邊去。剗襪步香階。[14]手提金縷
鞋。　　畫堂南畔見。一向偎人顫。奴為出來難。教君恣意
憐。

這真是一首大膽的偷情之詞。詞中將暗夜濃霧中，熱切奔向情郎、依
偎在情郎懷中顫抖的情竇初開少女的熱情與嬌羞，完全表露無遺。
後主背著生病的大周后，偷偷地和小姨子約會，竟然還留下歷史見證
的情詞，或許看在純情、衛道者的眼裏不禁要罵。但這就是李後主的
「真」，不加矯飾的多情。他愛大周后，但他同時也是一位宮嬪眾多
的多情君王。一如他被俘虜北上以後所寫的〈破陣子〉末句云「揮淚
對宮娥」：當國破家亡之日，他告別宗廟，僕僕北去，不說自己愧對
列祖列宗，竟還說最難忍是面對宮娥垂涕不已。他真率、毫無掩飾地
承認自己優柔的多情，他絕無拘束、大膽地直抒胸臆；他也可以不
寫、不說、不被罵，但那就不是真純如赤子的李後主了。不過，這生
命前期短暫的風花雪月快樂，後主畢竟還是付出了「生命中不能承受
之重」的亡國慘痛代價。然而這悲痛的人生大洪爐，淬鍊出了中國詞
史上最璀璨一頁的李煜後期詞篇來。

　　王國維說：「尼采謂『一切文學，余愛以血書者。』後主之詞，
真所謂以血書者也。」後主後期的詞，殆可以用字字血淚來形容。
先從後主被虜北去說起吧！當後主隨著宋將曹彬北去時，天正下著
雨。船到中流，後主回望崔巍的故城，淒然淚下。他賦詩道：「江
南江北舊家鄉，三十年來夢一場。吳苑宮闈今冷落，廣陵台殿已荒
涼。雲籠遠岫愁千片，雨打歸舟淚萬行。兄弟四人三百口，不堪閒坐
共商量。」此去後主再也不是什麼帝王身分了，甚至連自由都失去
了。加上宋君臣不時的冷嘲熱諷，後主猶如生活在煉獄一般受著精神
折磨。因此他後期的詞篇，幾乎都沉溺在故國的回憶中。只有在這些

---

[14] 剗本有削平之意，此處是作以襪貼地解。

回憶中，他才可以短暫地忘卻現實中的不堪。後主至宋京後，追敘當日辭廟北上時的情景，他寫道：

四十年來家國，三千里地山河。鳳閣龍樓連霄漢，瓊枝玉樹作煙蘿。幾曾識干戈。　　一旦歸爲臣虜，沉腰潘鬢消磨。最是倉皇辭廟日，教坊猶奏別離歌。揮淚對宮娥。——〈破陣子〉

一句「四十年來家國，三千里地山河」，何等磅礡的帝王氣勢啊！放眼中國詞史，只有李後主夠資格講這種話。後來的東坡詞再怎麼豪放，也只能夠寫長江，寫「大江東去」，眞正曾經擁有國家、擁有山河，最後並且深陷在痛苦回憶中的人，中國詞壇上只有李後主一人。他回憶著當時聳入雲霄的宮殿閣樓、聚煙纏蘿的珍貴花木，對比著今日的腰瘦了、鬢斑了。他從一個養在深宮、不識干戈的帝王，到一個倉皇辭廟、宮娥相送的亡國俘虜，眞是情何以堪啊！所以他在〈清平樂〉中寫道：

別來春半。觸目愁腸斷。砌下落梅如雪亂。拂了一身還滿。
雁來音信無憑。路遙歸夢難成。離恨恰如春草，更行更遠還生。

他以拂了還滿、拂不去、如雪花紛飛般的落梅，來比自己的無盡愁思；以行遠更生的春草，來比自己的歸不得離恨。著此簡單數語，已經催得離人滿腔辛酸了。面對生命中如此短暫的快樂，後主怎能不感到人事無常呢？更何況身爲帝王、錯扮了角色，也不是自己所能夠選擇的人生；至於幸或不幸？相信在後主已經不能一概而論了。

　　另一首名篇〈相見歡〉，同樣寄託了後主對生命中良辰不再、美景難續的深沉嘆息：

林花謝了春紅。太匆匆。無奈朝來寒雨晚來風。　　胭脂淚。
相留醉。幾時重。自是人生長恨水長東。

歷經了清晨寒雨、夜晚寒風的無情洗禮，那嬌嫩的春花怎能不凋零
呢？然而世間如此匆匆的，又豈止風雨中早謝的春花？寫作這首
〈相見歡〉時，後主已經不復南唐君王了。那鋪天蓋地、無邊無際的
愁緒，讓他一開篇就說：「林花謝了春紅。」王國維曾說：「以我觀
物，故物皆著我之色彩。」當一片花落，已經足教人傷春了，連杜甫
也曾感傷「一片花飛減卻春」，很難忍受「風飄萬點正愁人」的愁
緒，何況後主所看見的，是滿林春花都落盡了春紅。然而，是「借花
起興」也好、「以花喻人」也好，即使後主如此筆力萬鈞，都還不足
以形容他的萬緒纏悲。就在後主的深沉悲痛中，我們看到了不僅僅屬
於後主個人一時一地的哀傷，而是屬於人類全體共悲的無常。無怪乎
王國維說後主儼然有釋迦、基督擔荷人類罪惡之意。也因此這一時期
的後主詞，體現了一種大開大闔、從大處落墨的藝術特徵，具有無遠
弗屆的強烈感染力，無論在思想內容或藝術技巧上，都可以說已經達
到了小詞的最高境界。
　　幽禁他鄉的日子，多少的思鄉情愁都只能化作了望鄉的淚水。一
次又一次的，後主登上了高樓，憑欄遠眺；冀望在飛越萬水千山的
假想中，思鄉的情緒能稍獲得紓解。但是他一再的失望了；這就和
「借酒澆愁愁更愁」的道理是相同的。思鄉就像一江向東留去的春
水，是永遠也流不盡的！因此他愛上高樓，愛遠望；但是他也怕上高
樓，怕遠望；他甚至絕望地告訴自己「獨自莫憑欄」，因為鄉愁難耐
啊！於是他寫下了多首感人的詞篇：

無言獨上西樓。月如鈎。寂寞梧桐深院鎖清秋。　　剪不斷。
理還亂。是離愁。別是一般滋味在心頭。——〈相見歡〉

人生愁恨何能免。銷魂獨我情何限。故國夢重歸。覺來淚雙垂。　　高樓誰與上。長記秋晴望。往事已成空。還如一夢中。——〈菩薩蠻〉

簾外雨潺潺。春意闌珊。羅衾不耐五更寒。夢裏不知身是客，一晌貪歡。　　獨自莫憑欄。無限江山。別時容易見時難。流水落花春去也，天上人間。——〈浪淘沙〉

他總是一個人默默地登上了高樓。在一彎新月的光照下，鄉愁顯得格外難忍；他也體悟了人生本來就有免不了的愁恨，只是為什麼我的愁苦如此之甚呢？故國只有在夢中才能夠重回了，他總在淚濕衾枕中悠悠醒轉；何況那狠心的宋君，故意只給了他一條不能抵禦五更寒冷的薄衾——而後主只有在夢中才能夠暫時忘卻異鄉的悲痛，獲得短暫的快樂；至於現實人生裏，早已是流水落花春去、人生長恨水長東了。

　　如此巨大的生活落差，狠擊在後主深情敏銳的心靈上，譜成了人間一首首蕩氣迴腸、令人掩卷的詞篇。他以單純明淨的語言、深度準確的刻劃，再自然不過地抒寫著自己的感情；沒有過多的塗抹、裝飾，沒有物象的羅列、堆砌，他在《花間集》「鏤玉雕瓊」、「裁花剪葉」的精美以外，以最真切、自然的感受，深深地扣動著讀者的心弦。後主的無限江山，已是別時容易見時難了；往事早已成空，明月也只有空照秦淮，天總教心願與身違的。對於後主來說，現在除了夢鄉與醉鄉以外，世路還有那一條堪行？於是他寫下了〈烏夜啼〉：

昨夜風兼雨，簾幃颯颯秋聲。燭殘漏斷頻敧枕，起坐不能平。世事漫隨流水，算來夢裏浮生。醉鄉路穩宜頻到，此外不堪行。

壺漏已盡、天色將明，但是後主依然輾轉、長夜不寐地傾聽著秋風秋雨。他的心潮也如風雨交加般地不能平息。最後在後主愈掙扎愈是莫名的痛苦中，他只好自我解嘲道：人生本來浮生一夢，世路難行，那就醉鄉路穩宜頻到吧！

從〈玉樓春〉志得意滿的「醉拍闌干」，到〈烏夜啼〉藉著醉酒逃離現實、暫求解脫的「醉鄉路穩」，其間的悲痛是何等深沉啊！就在後主起坐不能平，不能有片刻平靜的心湖裏，他對未來惶懼了，這種無盡的折磨還要持續多久呢？於是後主寫下了斷腸淒切的〈虞美人〉：

春花秋月何時了。往事知多少。小樓昨夜又東風。故國不堪回首月明中。　　雕闌玉砌應猶在。只是朱顏改。問君能有幾多愁。恰似一江春水向東流。

春花、秋月，皆人間至美，然而對後主來說，還有什麼意義呢？在無盡的往事中，後主不勝黯然神傷──良辰依舊，美景還在，只是人事已非；我的愁、我的淚，就像那一江永遠不能停止奔流、無盡無休的春水。在後主的詞篇中，我們看到了什麼叫做「亡國之音哀以思」。

緊接著的七夕夜，後主生日。他因悲作樂，命妓歌唱，聲聞於外，太宗聞之而怒；又因後主詞中每云「一江春水向東流」、「小樓昨夜又東風」，太宗疑後主愛用「東」字，是思念江東、暗圖恢復之意，於是當夜便派人賜其牽機毒藥。可憐這位「滿鬢清霜殘雪思難禁」（〈虞美人〉）的亡國君主，終於從他緬懷故國、夢斷鄉關的痛苦中解脫了，時年四十二。

直抒胸臆的後主詞，純以白描取勝，後人愛極了他的詞。周濟《介存齋論詞雜著》曾以「粗服亂頭，不掩國色」來比後主不假雕琢的詞風；王國維也說後主的詞是「神秀」也（另溫庭筠的詞是「句

秀」，韋莊的詞是「骨秀」）。正由於後主之情深，所以其詞往往能以情勝；在韋莊、馮延巳之時以詞自抒情性之外，做到扭轉詞「應歌而作」的時代風氣；將詞從粉黛釵裙的狹小圈子，引入直抒人生感懷的大道中，並且推向宇宙人生的高度與廣度，完成了詞從「娛賓遣興」到「以詞言志」的轉變。尤其他千錘百鍊卻不見斧鑿痕跡，自絢爛中褪盡芳華，出色而本色的藝術表現力，更是深深地扣動了所有中國人的心絃。李煜在政治上雖然失敗，在文學上卻成就了後人難以企及的詞中帝王之境。

北宋篇

陸、宋詞中的北宋社會素描

　　詞歷經了唐、五代的發展，由溫庭筠和李煜所代表的言情與言志兩種詞風，分別在接下來的宋詞中，得到了不同的繼承與發揚。北宋的詞可以約略分爲三期：第一期是北宋初年晏殊、歐陽脩所代表的、不脫五代詞風的婉約小令詞。第二期是以柳永、蘇軾爲代表的慢詞長調興盛期。第三期是以周邦彦爲代表、講求藝術技巧的格律派全盛期。

　　北宋初期的社會，歷經了太祖與太宗的開疆肇基，眞宗與仁宗的長期內治，社會上呈現著自從五代紛擾以來久違了的承平氣象。農田水利之進步，農業生產水平高於盛唐；火藥、指南針、活字版之發明，標示著科學文化之銳進；造船、礦冶、紡織、製瓷、造紙等工業、手工業之發展，眞珠、匹帛、香藥、書畫、珍玩、犀玉之買賣，還有那「直至三更」、「車馬闐擁，不可駐足」的夜市，以及燈燭輝煌，不可遍數的酒肆，在在都宣示著宋代的經濟繁榮、文化鼎盛。我們從《東京夢華錄》的描述，諸如：「垂髫之童，但習鼓舞；班白之老，不識干戈。」「舉目則青樓畫閣，繡戶珠簾；雕車競駐於天街，寶馬爭馳於御路。」「金翠耀目，羅綺飄香。新聲巧笑於柳陌花衢，按管調弦於茶坊酒肆。」「集四海之珍奇，皆歸市易；會寰區之異味，悉在庖廚。」……便可以窺見宋代社會物阜民豐之一斑。

　　太平日久，北宋在結束了干戈紛擾的五代紛爭之後，社會上一片人物繁阜的昇平氣象。「五陵年少，滿路行歌」，花光滿路、簫鼓喧空，這種競誇華麗的無限春游，自然免不了侍姜歌妓之點襯。《東軒筆錄》就記載了宋祁晚年在任內編修《唐書》時，「每宴罷盥漱畢，開寢門，垂簾，燃二椽燭，媵婢夾侍，和墨伸紙，遠近皆知爲尙書修《唐書》，望之如神仙焉。」又因爲他有很多內寵，後庭曳羅綺者甚眾。有一次在錦江宴客時，因微寒令婢就取半臂（半袖小衣，即

今背心），結果諸婢各送一枚，一共送了十幾枚。宋祁望之茫然，恐有厚薄之嫌，竟不敢穿，就這樣忍著冷回去。

北宋一代在偃旗息鼓、偃武修文的政策下，就這樣的展現著盛世熙攘、歌舞昇平的表象。蘇軾的〈教戰守策〉固然諄諄居安思危之意，但也正反映了一般百姓心中兵燹戰亂之遠離。於是上自宮廷、顯宦，下至士夫、走足，甚至妓女，幾乎人人都能填詞或唱詞。《宣和遺事》也記載了這樣的一個故事：上元（元宵節）之夜，到處張燈結綵、燈市如畫。依俗這一夜可以通夜觀燈賞月、狂歡不歸，更是平日深居閨中的宋代婦女，僅有的自由外出機會。宣和年間的一個上元夜，徽宗親臨端門觀燈，並在宮門外賜給每位觀燈者一杯酒。一名女子因為在飲後竊取了飲用的金杯，被衛士發現而押至御前。該女子遂賦〈鷓鴣天〉詞曰：「月滿蓬壺燦爛燈，與郎攜手至端門。貪看鶴陣笙歌舉，不覺鴛鴦失卻群。天漸曉，感皇恩。傳宣賜酒飲杯巡。歸家恐被翁姑責，竊取金杯做照憑。」於是徽宗很高興地不僅送了她金杯，還派遣衛士送她回家。

又，《貴耳錄》記載，徽宗與名詞人周邦彥同時喜歡上了汴京名妓李師師。他經常紆尊降貴微服夜幸其家，後來更乾脆從內宮築了一條通道直往她家。一日周邦彥正與師師談笑間，忽聞皇帝到來，只好連忙躲到床底下；徽宗則喜不自勝地掏出一顆江南初貢的新橙送給師師。事後周邦彥填了一首〈少年游〉：

并刀如水，吳鹽勝雪，纖指破新橙。錦幄初溫，獸香不斷，相對坐調笙。　　低聲問：向誰行宿？城上已三更。馬滑霜濃，不如休去，直是少人行。

詞中不僅描述了皇帝獻橙欣喜誇耀之狀，還將其厚顏央求留宿的閨房調情戲語，豪不保留地和盤托出。後來徽宗皇帝聞詞而驚，怒將周邦彥以廢弛職事，解送出京。逾數日，當徽宗再度來到師師家時，正

值她外出送周，久候且見其歸時愁眉淚睫，帝不悅地問道「復有詞否？」師師奏以〈蘭陵王〉。歌竟，徽宗喜，復召為大晟樂正。

　　雖然宮廷軼聞不盡可信，但是其所透露的，不僅是一幅充滿了佳節遊賞之樂的盛世太平之圖，也是宋代朝廷君臣上下好詞的不爭事實。而這樣一個「鐘鳴鼎食，侍妾滿前」的繁榮社會下的產物，像是酒樓、茶坊、教坊、妓院、勾欄（劇場）等一類的場所，以及享樂主義的思想風尚等都屬之。所以遊宴的侈靡、歌樓舞榭的櫛比鱗次，助長了本是音樂文學的詞之盛行。詞就在宋代社會十里笙歌、萬戶羅綺的繁榮沃壤中，得到了蓬勃滋長、多元發展的養分，也因此出現了作手如雲、絢麗多采的詞壇盛況。於是詞人們唱著唱不完的「彩袖殷勤捧玉鐘，當筵拼卻醉顏紅」、「才子詞人，自是白衣卿相……忍把浮名，換了淺斟低唱？」「今宵酒醒何處？楊柳岸，曉風殘月。」（晏幾道〈鷓鴣天〉，柳永〈鶴沖天〉、〈雨霖鈴〉）歌女們也唱著：「舞餘群帶綠雙垂，酒入香腮紅一抹」、「舞低楊柳樓心月、歌盡桃花扇底風」、「戶外綠楊春繫馬，床頭紅燭夜呼盧，相送還解有情無？」（歐陽脩〈玉樓春〉，晏幾道〈鷓鴣天〉、〈浣溪沙〉）……要之，這種「市列珠璣，戶盈羅綺」的社會條件，正是發展詞的最佳溫床。是故北宋初期的詞，直至蘇軾以橫放傑出之態突起詞壇以前，幾乎就是五代詞的閒情描寫——綠窗朱戶、紅樓惆悵的詞風延續，與昇平氣象、風流韻致的閒適生活素描。

柒、圓融閑雅晏殊詞

　　北宋初期的詞以延續五代婉約詞風的小令詞爲主，其領袖首推晏殊（991～1055）。晏殊是宋代詞壇上少見的幸運兒，他七歲能屬文，十四歲即以神童入試。與千餘進士並試於廷中，神氣不懾，援筆立成，獲得皇帝眞宗的嘉賞，賜同進士出身；仁宗時仕至同中書門下平章事（宰相）、兼樞密使；晚年遭謗降爲工部、戶部尚書，知永興軍，稍遇挫折。晏殊平生獎掖後進不遺餘力，一時俊彥，如范仲淹、韓琦、富弼、歐陽脩、王安石等，皆出門下或提攜。其詞集爲《珠玉集》，存詞百三十餘首，但其中有一些作品和馮延巳、歐陽脩因風格相似不能分辨而互見。

　　晏殊和馮延巳都曾經仕至宰相，所作也多出自嘉會燕飲、酒餘歌殘的環境之中，是以晏殊的詞基本上不脫五代詞風，然而他和馮詞最大的不同點在於：馮延巳是強敵壓境下偏安小國的憂患宰相；晏殊則是全國統一昇平盛世下的太平宰相。只此一點，已經足以形成兩人內蘊氣質上的極大差異了。也因此晏殊以其社會地位，而影響了他富貴閑雅的審美情趣，形成他和馮延巳在極其類似的詞風中之最大差異。大抵說來，晏殊的詞富貴閑雅、雍容大方，與宋初的太平國勢，時代色彩走向相一致，具有濃厚的貴族氣息。不過所謂的富貴氣，並不是靠著金玉錦繡的字面裝飾堆砌出來的，而是富貴生活中自然流露出來的高雅趣味。晏殊曾經評論「軸裝曲譜金書字，樹記花名玉篆牌」爲「乞兒相」，認爲眞正的富貴應如：「樓台側畔楊花過，簾幕中間燕子飛」、「梨花院落溶溶月，柳絮池塘淡淡風」，因爲「窮兒家有這等景致也無？」（吳處厚《青箱雜記》）是以言富貴唯言氣象，就像「鉛黛所以飾容，而盼倩生於淑姿」（《文心雕龍・情采》），粉黛胭脂固然可以增麗容顏，但是眞正的顧盼之美，必定出自內在的淑姿。

　　所以善言富貴者，必要能夠提煉出富貴生活中所蘊涵的雍容器

度、文雅氣息，我們看晏殊的〈清平樂〉：

金風細細。葉葉梧桐墜。綠酒初嘗人易醉。一枕小窗濃睡。
紫薇朱槿花殘。斜陽卻照闌干。雙燕欲歸時節，銀屏昨夜微
寒。

前人常以「珠圓玉潤」來形容《珠玉集》；劉熙載也說：「馮延巳
詞，晏同叔得其俊。」的確，晏殊的詞，在富貴中表現了一種極為俊
美的風格。在這首詞中，金風、梧葉、小窗、銀屏、綠酒、斜陽、
紫薇、朱槿、雙燕，在在都給人雅致、秀美的感覺。雖說寫的風吹
葉落，但那風是一種細細的風，葉也是慢慢的墜，不是風狂雨橫式
的；銀屏雖然偶寒，但只是微寒；綠酒也只是初嘗，並非酒入愁腸般
的；詞中人更在斜陽的餘照下濃濃沉睡，安詳而靜謐。全詞都給人一
種細、小、輕、緩的富貴優游之感。

　　接著再看兩首〈浣溪沙〉：

一曲新詞酒一杯。去年天氣舊亭臺。夕陽西下幾時回。　　無
可奈何花落去，似曾相識燕歸來。小園香徑獨徘徊。

一晌年光有限身。等閒離別易銷魂。酒筵歌席莫辭頻。　　滿
目山河空念遠，落花風雨更傷春。不如憐取眼前人。

詞中沒有雕琢的痕跡、濃豔的字眼，詞氣平和而溫厚，顯得十分淡
雅，卻予人無窮的詩意，其中並且不乏傳誦千古的名句。晏殊的詞和
馮延巳相仿，基本上都是屬於「酒席文學」，因此也經常是對於一些
細微的感傷情緒捕捉。不過他雖然寫感傷、離別，卻異於五代詞人濃
烈、執著的哀美深情，而是一股淡淡的憂傷襲上心頭。表現了一個達
官貴人因對生活進行反思而產生的淡淡惆悵、人生感喟，一種富貴

之餘的閑雅情思，所以比較能夠掙脫「情」的束縛、牢籠，而較少「傷痕」烙印，有著更多「思」的意境。詞謂：「空念遠」，以念遠爲「空」，傷春哀悼都是沒有用的、於事無補的，還不如：「憐取眼前人」，珍重現在所擁有的。其詞顯得較爲圓融平靜，表現出深度的思想內蘊來。因此晏殊的詞，雖然不脫五代詞風，卻能以其不同凡俗的理性深思，受到後人的重視；只是不可諱言的，這種富貴生活、婉約情志的抒寫，畢竟因爲題材的限制而顯得狹隘。是故晏殊詞終究不能突破五代花前月下、傷春悲秋的內容格局。

晏殊的詞除了雍容諧婉以外，對偶之流利工麗與善用問句，亦爲其詞之二美。他兼具了語言美與音韻美的對偶，除了前述的「無可奈何花落去，似曾相識燕歸來」、「滿目山河空念遠，落花風雨更傷春」以外，像是：「居人匹馬映林嘶，行人去棹依波轉」（〈踏莎行〉）、「一霎好風生翠幕，幾回疏雨滴圓荷」、「乍雨乍晴花自落，閑愁閑悶月偏常」（〈浣溪沙〉）……，也都受到讚譽。尤其晏殊喜歡在片末（或篇末）以問句作結來渲染意境，增加意境的迷離，使得富於餘韻，而達到「歌盡意不盡」的高度藝術成就，更爲其詞之特色。試看〈采桑子〉：

時光只解催人老，不信多情。長恨離亭。淚滴春衫酒易醒。
梧桐昨夜西風急，淡月朧明。好夢頻驚。何處高樓雁一聲。

從表面上看，「好夢頻驚」當然是和「高樓雁一聲」密切相關聯的；但是認眞想來，眞正令人心驚的，是在時光催人老的「感時」恨恨中，還有面對「傷別」。對於這些生命中不可避免的春去秋來、花開花落、聚散無常，怎能不令人心驚膽顫呢？但是著詞尾一句「何處高樓雁一聲？」便將上述種種傷春悲秋、感時傷逝的情緒化解了。他將好夢頻驚歸於雁叫聲擾人清夢，不僅耐人尋味、餘韻無窮，且正所謂能「入乎其中」，又能「出乎其外」。入乎其中，所以能感；出乎

其外，所以能悟。能將深情消解於平淡，所以情緒也就能夠依舊保持平和，而不致如李後主「自是人生長恨水長東」、「流水落花春去也」般的入而不返、執著痛苦無解。所以晏殊的詞在感性中顯出理性，具有珠圓玉潤般的雅潔溫潤之感。

晏殊善於以問句作結，予人以無窮遐思，並傳達出作者心中的不盡之意，這種表現方式在其詞作中屢屢可見，除了「何處高樓雁一聲？」以外，如：「夕陽西下幾時回？」（〈采桑子〉）「爲誰消瘦減容光？」（〈浣溪沙〉）「山長水闊知何處？」（〈蝶戀花〉）「垂楊只解惹春風，何曾繫得行人住？」（〈踏莎行〉）「衷腸事，託何人？」（〈山亭柳〉）……，在在都使得全詞感情更濃摯、境界更無窮，而且丰姿綽約、婉約生色，故能爲北宋倚聲家初祖。

〈蝶戀花〉也是晏殊的代表作之一：

檻菊愁煙蘭泣露。羅幕輕寒，燕子雙飛去。明月不諳離恨苦。斜光到曉穿朱戶。　昨夜西風凋碧樹。獨上高樓，望盡天涯路。欲寄彩箋兼尺素。山長水闊知何處。

這一首詞很受後人青睞，本是寫的離情之苦，卻怪一夜月光平添無限相思，兼以秋風蕭瑟、山長水闊、書信無由，悵惘至極！但是王國維對該詞情有獨鍾，別出心意地以其後闋的「昨夜西風凋碧樹。獨上高樓，望盡天涯路」，作爲推闡古今成大事業、大學問者所必經之境界；[15]並認爲其與《詩經·節南山》：「我瞻四方，蹙蹙靡所騁」（我瞻望四方，竟是如此地跼蹐狹隘，沒有我的容身之處），具有相

15　《人間詞話》云：「古今之成大事業者，必經過三種之境界：『昨夜西風凋碧樹。獨上高樓，望盡天涯路。』此第一境也；『衣帶漸寬終不悔，爲伊消得人憔悴。』此第二境也；『眾里尋他千百度，回頭驀見，那人正在，燈火闌珊處』此第三境也。」但是王國維也說：「遽以此意解釋諸詞，恐爲晏歐諸公所不許也。」

似的「詩人憂生」意味，大抵在蒼茫寂寥之中，表現了一種雖然有些迷惘困惑、不知出路、無所適從，但卻執著不悔的深摯追尋。

整體說來，由於晏殊一生富貴，所以縱使對於生命無常有些感慨，大抵也都還能夠保持平和圓融的胸襟；不過這並不是說他絕對沒有激昂之音，像標明小題「贈歌者」的〈山亭柳〉，就是一個例外。晏殊晚年受到詬陷而罷相，[16]降為工部尚書，復至戶部尚書，知永興軍、徙河南府，後來才以疾請歸京師。這對於他來說，要算是一生中最大的挫折了。因此在這首特別題為「贈歌者」的詞中，他可能藉他人酒杯澆自己胸中塊壘，（詞本來就是給歌女唱的，何須標明「贈歌者」？並且這是晏殊唯一加上標題的一首詞，或為掩飾。）所以雖說是贈歌者，實為自陳心意。因此在晏殊眾多的詞作中，就這一首例外地發出了激烈的慷慨高調，其詞如下：

家住西秦，賭博藝隨身。花柳上，鬥尖新。偶學念奴聲調，有時響遏行雲。[17]蜀錦纏頭無數，不負辛勤。　數年來往咸京道，殘杯冷炙謾消魂。衷腸事，託何人？若有知音見採，不惜唱遍陽春。一曲當筵落淚，重掩羅巾。

西秦，與永興軍暗合（陝西咸陽一帶，軍是行政區劃之意），可能是晏殊晚年知永興軍時所作。賭博藝隨身，是歌者自負一身好才藝，

16　宋朝有一個相傳的「貍貓換太子」故事：仁宗本是李妃所生，然而劉后陷害李妃，說她生了怪胎，並將其子據為己有，是為仁宗。李妃死後，當時在劉后專政下為李妃寫墓誌銘的晏殊，對於此事不敢提及；但是當劉后死後，晏殊卻以其「沒而不書」遭謗。另外又因為他動用了勞役繕修官舍（北宋官員經常如此，故時人頗認為「非其罪」），也遭到政敵攻擊，此二事致使晏殊罷相左遷。

17　念奴是唐玄宗天寶時宮妓之第一，是有名的善歌者；響遏行雲則用《列子・湯問》之典：秦青撫節悲歌，聲振林木，響遏行雲。要之，二句皆云歌者歌藝之好，是最尖：出類拔萃，新：新穎的。

不論什麼時髦新穎、或是高度藝術表現的歌曲，她都能與眾歌者爭奇鬥艷，所以也總算不負辛勤地、獲得了無數纏頭蜀錦（贈彩、賞賜）。然而就如白居易〈琵琶行〉中所言「今年歡笑復明年，秋月春風等閒度」，在暮去朝來之間，總有顏色故去的一天。老驥終必伏櫪，英雄總會老去，於是當恩寵衰褪以後，「門前冷落車馬稀」，數年來往咸京道的結果，所獲得的竟然只是令人黯然的殘杯與冷炙而已。杜甫曾有詩云「殘杯與冷炙，到處潛悲辛」（〈奉贈韋左丞丈二十二韻〉），此際，歌者也好，晏殊也好，又何嘗不是悲辛滿腹呢？又如何能不深嘆知音難尋呢？

　　總結晏殊的一生，畢竟還是如意貴顯、心境舒泰的時候居多，所以其詞風也大抵以平靜圓融旁觀世情的為主；至於偶一為之的高音烈響，就如同他晚年稍遇挫折的仕途一般，是一個意外的音符。

【附錄：晏幾道】

　　晏殊（大晏）有子晏幾道（小晏，1030？～1106？）亦為詞壇天才，少年時即獲仁宗賞識。是詞壇上繼李璟、李煜父子以外的另一對父子詞人，有《小山詞》傳世。然而在晏殊死後其家道式微，而他也只任過小官，終日歌酒疏狂，終成破落子弟。

　　晏幾道的性格孤傲，不依附權貴，不作趨時之文，一生不踐諸貴之門。黃庭堅為他序《小山詞》說他有「四癡」，致境況不佳：仕宦連蹇而不能一傍貴人之門，是一癡也；論文自有體，不肯作一新進士語，又一癡也；費資千百萬，家人寒饑，而面有孺子之色，此又一癡也；人百負之而不恨，己信人終不疑其欺己，此又一癡也。──其耿介天真、磊落尚氣，致一生潦倒、飽嘗世態炎涼，實於此可以想見。甚至連大詩人蘇東坡憑黃庭堅之介紹，想要見他一面，他也謝絕，還說：「今日政事堂中半吾家舊客，亦未暇見也。」

　　於是他的歲月多半消磨在歌樓舞榭之中，他的詞也多半是為歌妓而作，頗失門下老吏之望，咸謂其才有餘而德不足。故黃庭堅言：「諸公雖愛之，而又以小謹望之，遂陸沉於下位。」他的詞中有很多深受後

人喜愛、傳唱後世的佳句，像是：「衣上酒痕詩裏字。點點行行，總是淒涼意。」（〈蝶戀花〉）「落花人獨立，微雨燕雙飛」、「當時明月在，曾照彩雲歸」（〈臨江仙〉）「今宵賸把銀缸照，相逢猶恐是夢中」（〈鷓鴣天〉）……，其詞風要皆纏綿而淒婉。

捌、意興飛揚歐陽脩

歐陽脩（1007～1072），字永叔，號醉翁。又以其一老翁，沉浸於「藏書一萬卷、三代以來金石遺文一千卷、琴一張、棋一局、酒一壺」五物之間，悠然自得，故自號六一居士。他四歲而孤，但敏悟過人，由母親鄭氏親自教導，用荻草在地上畫字學書。曾經他在舊書箱中發現了韓愈遺稿，讀而慕焉，至忘寢食，於是思與之並，立志追與並轡。歷任館閣校勘、龍圖閣直學士、參知政事、刑部、兵部尚書等職，為當時之文壇泰斗，有宋代文學之父、一代儒宗之美譽；三蘇、曾、王等多出其門。

歐陽脩的詩、文、詞皆頗負盛名。有《新唐書》、《新五代史》等史書、《六一居士集》，以及《六一詞》（又名《歐陽文忠公近體樂府》）、《醉翁琴趣外編》等詞集；[18]並且領導北宋詩家反對當時以摹仿晚唐雕飾浮華詩風為主、領袖文壇的「西崑體」，為宋詩奠定下良好基礎。不過在歐陽脩光芒四射的背後，實際上也有著多次被貶官遷徙的仕途辛酸。他天資剛健、見義勇為，雖機阱在前，亦觸之而不顧，致放逐流離至於再三。不過他都能志氣自若，以「醉翁之意不在酒，在乎山水之間」（〈醉翁亭記〉），以及如蘇轍所言「使其中坦然不以物傷性，將何適而非快？」（〈黃州快哉亭記〉）的心境泰然處之，所以他能窮盡山林佳勝與四時美景的無窮之樂。也因此他的詞風婉約深摯與疏朗明快兼而有之，並不見傷痕痕跡。

詞對於歐陽脩來說，是一種在文以明道、詩以美刺之外的感情宣洩口。但他寫情不落於俗鄙，並且言近旨遠地呈現出深刻意蘊，這是歐詞的一大特色。他在過去詞作常有的傷春悲秋、感時傷逝之外；更提供讀者一個思想上的空間，在延續五代詞風的同時，又表現出與宋代一統江山、泱泱大風同步的思想深度。所以他在馮延巳

---

18 歐陽脩的詞集中，《六一詞》所收的詞較為莊雅；《醉翁琴趣外編》則較為艷冶。

「風乍起，吹縐一池春水」、「昨夜笙歌容易散」、「日日花前常病酒」——「開北宋一代風氣」之詞作外；復能在婉約情詞中，展現出宋人特有的理性色彩和理性思致。

歐陽脩認為詩、詞具有明顯的分工角色：詩主於諫，而詞就嫵媚多了。它是一種用來遣興、助歡的文學體式，不必要以那麼嚴肅的態度來對待。因此對於詞的創作，歐陽脩很多是出之於游戲之作，故《鶴林玉露》說：「歐陽公雖游戲作小詞，亦無愧唐人《花間集》。」也因為歐陽脩有這樣的「文體分工」觀念，在他的詞作中，有很多是綺艷小詞。正是藉著這些婉約嫵媚的優美小詞，將一位名臣碩望、「一代儒宗」的詩文「莊重」面目以外、生命中之「風流」側面，融入真實的日常生活之中。是故以晏殊之剛峻，而詞多柔媚；以司馬光、寇準之耿介，而詞亦婉柔澹遠，皆不類其為人，何況是感情豐富如歐陽脩者！也因此面對政敵之藉私生活為攻擊題材，或是如後學者之出於維護辯以「小人或作艷曲，謬為公詞」（《樂府雅詞》引曾慥語），其實都是一種借題與畫蛇之舉罷了。

因「青春才子有新詞，紅粉佳人重勸酒」（〈玉樓春〉）而填詞的歐陽脩，正因對於詞的創作能夠完全擺脫言志、載道的束縛，所以他的詞有很多是描寫閨情離愁的題材，表現出婉約雋永、輕柔嫵媚、不脫《花間》與南唐餘緒的詞風來。試看《踏莎行》：

候館梅殘，[19] 溪橋柳細。草薰風暖搖征轡。離愁漸遠漸無窮，迢迢不斷如春水。　　寸寸柔腸，盈盈粉淚。樓高莫近危闌倚。平蕪盡處是春山，行人更在春山外。

詞中寫的雖是離愁，但是細、漸、迢迢、寸寸、盈盈等字眼，在在都給人柔婉的感覺，用情用得極平和。而且賦別時的「草薰風暖」也讓

19　候館：樓可以觀望者也。《周禮‧地官》：「五十里有市，市有候館。」

人覺得溫煦，並不像馮延巳的「獨立小橋風滿袖」、「綠樹青苔半夕陽」那種偏「冷」色調，予人「哀美」的美感經驗。所以這首詞雖然道出了一腔如春水般迢迢不斷的思念之情，但卻是氣和心平，情緒並不過激的連綿無窮、和婉有致婉約深情。

　　歐詞雖多描寫閨情、不脫五代餘風，但多能展現文人雅趣而不落俗套，故王國維說：「詞之雅、鄭，在神不在貌。永叔、少游雖作艷語，終有品格。」例如歐詞中有一首描寫夫妻閨房情趣的〈南歌子〉，全詞寫來恩愛脫俗，傳神又活潑，深受後人喜愛，其詞如下：

鳳髻金泥帶，龍紋玉掌梳。去來窗下笑相扶。愛道畫眉深淺入時無。[20]　　弄筆偎人久，描花試手初。等閒妨了繡功夫。笑問雙鴛鴦字怎生書。

該詞寫著新婚夫婦甜美、熱烈的愛情生活。晨起，新嫁娘用金泥帶束起了鳳凰式的髮髻，再插上刻有龍紋的玉製掌形梳子，然後便是兩人流連閨房的恩愛調笑。全詞詞意淺顯，不假雕飾，但夫妻間恩愛的情意表露無遺。其中「笑相扶」、「偎人久」，雖然寫得露骨、卻真實；「弄筆」又何其不勝嬌羞狀！使人終不致有流俗之想，「終有品格」是也。而如此妨害了繡功夫，理當趕緊把握時間才是，她卻又心不在焉、別有所指地淘氣問道：雙鴛鴦字怎樣寫？含蓄醞藉卻滿蓄的無限深情在詞中盪漾開來，全詞讀來情味非常雋永，令人賞玩再三，誠為閨情詞之高格也。

　　言近指遠的深意，是歐公情詞的特色；無怪乎劉熙載說：「馮正

---

[20] 朱慶餘有〈近試上張水部〉詩云「洞房昨夜停紅燭，待曉堂前拜舅姑。妝罷低聲問夫婿，畫眉深淺入時無？」借新婦之口，自陳「臨試忐忑，未知文章是否合時？」的心意；但歐陽脩此處則是直接襲用字面之意，以表述夫妻情深。

中詞，歐陽永叔得其深。」而最能展現歐陽脩生命態度的，是他的
〈玉樓春〉：

尊前擬把歸期說。未語春容先慘咽。人生自是有情癡，此恨不
關風與月。　　離歌且莫翻新闋。一曲能教腸寸結。直須看盡
洛城花，始共春風容易別。

在說這首詞之前，我們先看一個關於歐公的故事：當歐陽脩擔任西京
（洛陽）推官時，曾與一妓往來密切。那時候錢惟演任西京留守，梅
堯臣、尹洙等歐之好友都在其幕下。[21]錢愛歐詞而不可得，遂宴諸人
與妓於後園。客人畢至，獨不見歐與妓；良久，二人始匆匆趕到，錢
故意責妓遲到，妓云「中暑，往涼堂睡覺，失金釵，猶未見。」錢
即謂願得歐詞一首，便爲代償失釵。歐於是當席賦〈臨江仙〉云：
「柳外輕雷池上雨，雨聲滴碎荷聲。小樓西角斷虹明。欄杆倚處，待
得月華生。燕子飛來窺畫棟，玉鉤垂下簾旌。涼波不動簟紋平。水精
雙枕，傍有墮釵橫。」眾人擊節，錢亦遂令公庫代償失釵。（《堯山
堂外紀》）這則故事或可做爲歐陽脩「人生自是有情癡，此恨不關風
雨月」的註腳，正可以用來說明他在一代碩儒以外感情豐富的生活側
面。
　　在這首〈玉樓春〉中，我們看見了歐陽脩的用情態度。他無疑是
多情的；但是對於離合聚散，他雖有不忍，卻並不耽溺。反之，他勸
人「離歌且莫翻新闋」，因爲「一曲能教腸寸結」啊！這裏反映了
他「莫爲傷春歌黛蹙」（〈玉樓春〉）的人生觀，教人不要把心緒
停留在傷逝的憂傷中，且把憂傷的情緒拋除，轉爲對有限人生的欣
賞吧！所以他說：「直須看盡洛城花，始共春風容易別。」好好珍

21　錢惟演與楊億、劉筠等館閣之臣並爲「西崑體」之領袖；梅堯臣、尹洙二人則皆與歐唱和之
　　好友，共反「西崑體」。

惜眼前的一切美好吧！趁著洛陽花還美的時候，就盡情把握吧！如此，就算離開了，就算春盡了，也已經「無憾」了。在多情的「情癡」之餘，歐陽脩更有一份通達、飛揚的人生意興，能夠將失意轉為豁然，將悲慨轉為欣賞，張、弛之間，情感收放自如，所以蘇洵說他：「揖讓進退，最有姿態。」這也就是歐陽脩雖然一再被貶謫，但他的詞中，卻始終能夠保持「鳥歌花舞太守醉」、「籃輿酩酊插花歸」（〈豐樂亭遊春詩〉），多情深摯，心境又不失疏朗遣玩的原因。

「無憾」的人生是盛世高音！唯太平之世為能得之。倘若處在亂世，轉燭飄萍、命如草芥，理想緣何實現？故文天祥說：「皇路當清夷，含和吐明庭。時窮節乃見，一一垂丹青。」處太平世或衰亂世，進德修業和慷慨忠烈的立身之道，各有不同。雖然亂離或承平？不是個人所能決定；但是如果有幸生在清平時節，就要理想高遠、志向遠大、珍惜擁有，並創造人生。而為何以「看盡洛城花」作為「無憾」人生的象徵呢？

富貴圓滿、雍容華麗的牡丹花，有著「國色天香」、「花中之王」的美名，一直以來就是國人喜愛的氣象表徵，清末並被當作國花。婦女髮飾上常見簪著牡丹花，國畫中花團錦簇的牡丹圖，也歷久不衰地被當作吉祥贈畫。歐陽修所處的宋代的社會，歷經北宋初期的太祖與太宗開疆肇基、真宗與仁宗的長期內治，呈現了自從五代紛擾以來，久違了的承平氣象，同時也延續了唐人對牡丹花的愛好。唐玄宗和楊貴妃曾在沉香亭賞牡丹，李白以〈清平調〉：「雲想衣裳花想容」、「一枝紅豔露凝香」、「名花傾國兩相歡」……，寫出了這場名花與美人的牡丹盛宴。唐代官員在京城賞牡丹，甚至成為當時官僚心目中的中樞地位象徵。詩人劉禹錫就說：「臨到開時不在家……春明門外即天涯。」他說如果缺席了京城的牡丹花開，離開長安城，出了春明門（長安城門），便處處都是天涯。

偃旗息鼓、偃武修文的宋代，物阜民豐，十里笙歌、萬戶羅綺，北宋顯宦和文人雅士，也多在洛陽城中修府第、築花圃，種植了各式

牡丹。每逢花期，整座洛陽城人聲鼎沸的賞花、賣花人，蔚爲太平勝景。當時京都不分貧富官庶，都出門賞牡丹，竟日遨遊。花光滿路、簫鼓喧天，笙歌樂音不絕於耳，到處是華麗的侈靡遊宴、櫛比鱗次的歌樓舞榭。歐陽脩說他自己，「曾是洛陽花下客」，〈謝觀文王尚書惠西京牡丹〉中又說：「我年時才二十餘，每到花開如蛺蝶。姚黃魏紫（兩種名貴的牡丹品種）腰帶鞓（ㄊㄧㄥ，皮革腰帶，色紅），潑墨齊頭藏綠葉。」雅愛牡丹的歐公，每當花開，追逐牡丹如蝴蝶。當時的西京留守錢惟演喜好文學，各地才子菁英每每薈萃在洛陽錢氏幕府中，就像名貴的姚黃、魏紫牡丹爭奇鬥妍般。

牡丹花是繁榮富庶的象徵，從唐代長安的「花開時節動京城」，到宋代洛陽的「牡丹尤爲天下奇」、「洛陽牡丹甲天下」，洛陽牡丹，接阡連陌，花朵碩大，一團團、一簇簇，香氣撲鼻。繽紛的花色：「豆綠」、「脂紅」、「藍田玉」、「黑灑金」……，目不暇接，有藍、紫、黑、紅、綠、粉、黃、白等，每年四、五月開花，豔冠群芳。歐陽脩說：「天下眞花獨牡丹」、「洛陽地脈花最宜，牡丹尤爲天下奇。」當時品種多達九十幾種，負盛名的就有二十幾種。如此盛況，允爲群芳所嫉，更是經濟繁榮、文化鼎盛的太平之世光景。因此「看盡洛城花」既是時代氣象，也與歐陽脩遄飛的意興、生氣蓬勃的洛陽生活融爲一體。洛陽的人文影響了歐公的胸襟氣度，洛城賞花既是他豪邁的回憶、珍重的青春剪影，也是他用以闡述人生應該盡情揮灑、勿留遺憾的象徵代表。因此關於離別，如果人生中滿眼繁華的牡丹花（象徵美好事物），都已賞盡、且已開遍（象徵充分發揮），「那美好的仗，我已打過」，所有該珍惜的都珍惜了，該努力的也都努力了，則在飽飫人生的華美後，即便要離開，也已不留遺憾，而能瀟灑作別。那麼，這就是一個不虛此行，沒有留下缺憾的圓滿人生了。

所以歐陽脩雖然多次遭到貶謫，但不論夷陵也好、滁州也好，他都能以泰然的心情坦然接受，並且欣然地融入當地居民的生活，與民同樂。因此他的詞風，也有一些受到民歌影響。試看〈生查子〉：

去年元夜時，花市燈如晝。月到柳梢頭，人約黃昏後。　　今
年元夜時，月與燈依舊。不見去年人，淚滿春衫袖。

這是一首很有民歌風味的小詞，雖然寫的男女之情，但也相當程度地
反映了宋代習俗上元夜燈節的盛況，以及前所言宋代婦女僅有這一夜
可以自由外出的情況，否則也不必一個前盟便要等到一年後才來踐約
了。全詞具有民歌明白如話、不假雕飾、感情活潑眞實、使人琅琅上
口的特色，可謂兼具時代與民間色彩的小詞。
　　由於歐詞具有若干民歌精神，所以他寫詞也經常不寫則已，一
寫便連續十幾、二十幾首使用同一詞牌。像〈玉樓春〉就有二十幾
首；〈漁家傲〉也從正月寫到十二月；描寫西湖之美的〈采桑子〉有
十三首之多……，這是詞中的一種「定格連章」，也是民間樂曲流
行的一種形式。（在敦煌民間曲辭中，早有〈十二時歌〉、〈五更
轉〉一類的「定格連章」體式。）至於爲什麼要一口氣連寫這麼多首
呢？這是由於詞人被觸動的感興一發不可收拾，源源不絕若泉之始
達。當然，這也必須要深具才情的人才能做得到，否則一首便已才思
枯竭了。試看歐陽脩晚年致仕、歸隱西湖所寫的格調清新自然、曲風
疏朗明快的〈采桑子〉（第四首）：

群芳過後西湖好，狼藉殘紅。飛絮濛濛。垂柳闌干盡日風。
笙歌散盡遊人去，始覺春空。垂下簾櫳。雙燕歸來細雨中。

詞中所寫的西湖，是穎州的西湖，在安徽阜陽西北，並非一般人所
熟知的杭州西湖。歐陽脩在中年時一度出官穎州，他非常喜歡這裏
的一切，曾說將來老了就要定居在這裏。當他六十餘歲，歷經了宦
海浮沉、政治波瀾，也受盡了政敵的攻擊與誣衊，決定辭官歸隱以
後，他果然選擇回到了西湖——「平生爲愛西湖好，來擁朱輪。富貴
浮雲。俯仰流年二十春。　　歸來恰似遼東鶴，城郭人民。觸目皆

新。誰識當年就主人。」（〈采桑子〉十）二十年前舊知府歸來，滿心欣喜地寫下了這一組歌詠西湖美好的〈采桑子〉，這組詞並有一段「西湖念語」的前言，述說他在面對曲水臨流時，一詠一觴的雀躍，以及聽取蛙鳴時，歡然會意的快然自足。

當一個人歷經了「看山是山」、「看山不是山」，最後再來到「看山是山」的內心明晰澄澈最後境界時，一切的是非風雨都在雲山之外了，都已經不起波瀾了。於是此際，展現在眼前的一切，無一不美好。歐陽脩以這樣的眼光看待世情，那麼即使「群芳過後」的西湖，自然也是美的；哪怕殘紅狼藉、飛絮滿地，在他心裏，都是美的。所以歐陽脩正是以他那份飛揚的意興感染著宇宙間的一切萬物，當然是「何適而非快」了。所以十幾首〈采桑子〉，無論是「殘霞夕照」、「輕舟短棹」也好，「荷花開後」、「春深雨過」也好，總之，那「畫船載酒」、「鷗鷺閑眠」的西湖，那「綠水透迤，芳草長堤」、「百卉爭妍，蝶亂蜂喧」的西湖，即使已是群芳褪去了華采，在「富貴浮雲，俯仰流年二十春」的歐陽脩心中，都是自有其美的。從繁華勝景到富貴浮雲、從爭妍鬥麗到群芳消褪，正是歐陽脩「看盡洛城花」以後的澄然。他正是以「垂柳闌干盡日風」的閒淡自適、「雙燕歸來細雨中」的裊裊餘情，自我實踐了「始共春風容易別」，完成了他所處的宋代盛世之音，完成了他的「無憾」人生。

玖、落拓不羈話柳永

　　詞至柳永（987？～1053？）如花之怒放。柳永是第一個傾全力寫作慢詞長調的詞人。[22]令詞與慢詞是北宋詞壇同時發展的兩種創作流派。宋初宰輔名臣晏殊、歐陽脩等，主要以婉約的令詞為寫作形式；代表市井文學的柳永，則在間作令詞以外，主要以慢詞為創作形式。宋詞從柳永以後，便逐漸步入了慢詞長調的全盛發展期。

　　柳永，一個官場失意卻情場得意的落拓不羈風流才子。他初名三變，字耆卿。排行第七，人稱「柳七」，崇安（今福建）人。他的一生只任過卑微小官，最高的官位也不過是屯田員外郎，故世稱「柳屯田」。他的祖父以儒學著名，父親曾經入仕南唐，為監察御史。入宋以後，又官至工部侍郎；他的叔父、兄長等也都名登仕版。所以他是在一個儒學仕宦家庭中長大的。這樣的家風，影響了柳永的用世之志，也造成了他一生在浪漫性情、音樂才華與用世志意上的矛盾與悲劇。

　　柳永風流俊邁，一生風月，生性非常浪漫。他精曉音律，樂工每得新腔，必求永為之辭。當他落榜時，他唱道：「幸有意中人，堪尋訪」，當他悲傷時，他過著「且恁偎紅翠」（〈鶴沖天〉）的生活，一生總在煙花巷陌中淺斟低唱。甚至最後當他流落不偶、卒於襄陽時，死之日，家無餘財，還是由眾歌妓為之合資葬於南門外的。她們並且每於春月上冢憑弔，謂之「弔柳七」。這樣的浪漫性情，卻生在這樣的儒學仕宦家庭，這就造成了柳永不能放棄科舉功名、看不破名韁利鎖、一生過著心為形役的悲苦人生。

　　不過柳永確實是有強烈用世之志的。他曾經擔任過浙江定海一

---

[22] 關於詞的分類，歷來有兩種分法：一是按音樂節拍的長短，把詞調分為令、引、近、慢；另一則是按字數的多寡，把詞調分為小令、中調、長調。但一般為了行文方便，經常只將詞大分為令詞與慢詞長調兩大類。

處海邊管鹽的卑微小官，眼見貧困的鹽民過著艱苦的日子，他寫了一首反映鹽民困苦生活、感人至深的〈鬻海歌〉。[23]他說：「煮海之民何所營？婦無蠶織夫無耕」，在「衣食之源太寥落」的情況下，只能將海水煮成鹽鹵再曬製成鹽。但是煮鹽的柴火從哪裏來呢？這就只好「採樵深入無窮山，豹蹤虎跡不敢避」了。然而這樣「未遑歇」、「炎炎熱」的結果，卻也不過「秤入官中得微值」，都還不夠償還假貸的利息，更不用說應付「官租未了私租逼」了！因此所有的鹽民們，「雖作人形俱菜色」。最後柳永並且大膽呼籲代鹽民請命道：「願廣皇仁到海邊」、「君有餘財罷鹽鐵」，柳永如此地仁厚關懷，為他贏得了定海縣地理方志記載，有宋三百年來少數的名宦之一。柳永並不是沒有理想的人，只是戲劇化的遭遇，造成了他一生的時運不濟悲劇。

當柳永在一次科舉的落榜之後，他半發牢騷、半自排遣地填了一首〈鶴沖天〉，他說：「何須論得喪？才子詞人，自是白衣卿相。……且恁偎紅翠，風流事，平生暢。……忍把浮名，換了淺斟低唱？」這首傳唱的柳詞招致了「留意儒雅，務本向道」的仁宗皇帝極度地不滿。後來，在另一次的科考中，仁宗復見柳三變之名，便特意將他削落進士榜，且說：「此人任從風前月下，淺斟低唱，何要浮名？且去填詞！」所以自後柳永自嘲「奉旨填詞柳三變」。不過在這樣的挫折之後，他遂更名柳永了。（惟大部分的學者認為他以疾故，改名為「永」，以祈長壽。）

23　〈鬻海歌〉云：煮海之民何所營？婦無蠶織夫無耕。衣食之源太寥落，牢盆煮就汝輸征。年年春夏潮盈浦，潮退刮泥成島嶼。風乾日曝鹽味加，始灌潮波塯成鹵。鹵濃鹽淡未得間，採樵深入無窮山。豹蹤虎跡不敢避，朝陽出去夕陽還。船載肩擎未遑歇，投入巨灶炎炎熱。晨燒暮灼堆積高，才得波濤變成雪。自從潟鹵至飛霜，無非假貸充餱糧。秤入官中得微值，一縑往往十縑償。周而復始無休息，官租未了私租逼。驅妻逐子課工程，雖作人形俱菜色。煮海之民何苦辛，安得母富子不貧！本朝一物不失所，願廣皇仁到海濱。甲兵盡洗征輸輟，君有餘財罷鹽鐵。太平相業爾惟鹽，化作夏商周時節。

　　柳永的詞傳唱極廣，人稱：「凡有井水處，即能歌柳詞。」金主完顏亮也在讀了柳永詠錢塘富麗的〈望海潮〉之後，欣然有慕於「三秋桂子，十里荷花」，而興起了投鞭渡江之志。柳永自己也以為在詞上的成就，當可以博得本身也愛好詞、又樂於獎掖人才的宰相晏殊之愛賞與拔擢，於是在詞忤仁宗、吏部不放官的情況下，他去見晏殊了。晏殊見面問道：「賢俊作曲子嗎？」柳永答：「祇如相公亦作曲子。」晏殊卻說：「殊雖作曲子，不曾道『綵線慵拈伴伊坐』。」柳永只好黯然退下。（《畫墁錄》）同樣愛好詞，但是存在雅士之詞與市井坊曲間的雅、俗鴻溝，晏殊其實是鄙視柳永的。

　　不僅晏殊卑視柳永，當時的文士也普遍都以「薄於操行」而看不起柳永，即與柳永同為慢詞大家的蘇軾亦不例外。曾經，蘇軾與從會稽回來的秦觀見面，他說：「不意別後，公卻學柳七作詞。」秦觀忙答：「某雖無學，亦不如是。」蘇曰：「『銷魂當此際』，非柳七語乎？」（《歷代詩餘》引《高齋詩話》）從以上的記載，我們得到了如下的訊息：即士人誠然以不學無術看待柳永，但柳詞影響傳衍之廣卻也於此反證。因此蘇軾的詞風固然迥異於柳永、且不滿於柳詞多遊狹邪，卻也不能無視於柳詞流傳廣遍的事實。所以他曾經問善歌的幕士道：「我詞何如耆卿？」幕士答以：「柳郎中的詞適合十七、八歲女子，拿著紅牙板，唱著『楊柳岸，曉風殘月。』學士之詞則須要關西大漢、銅琵琶、綽鐵版，唱『大江東去』。」東坡對這樣的比較很滿意，這是一種著眼於藝術風格剛柔不同的譬喻，也頗能點出兩人若干的精神差異。所以對於當時同為領導慢詞長調的蘇、柳兩大家，時人有「豪蘇膩柳」之稱。（不過，被稱為「膩」柳——軟綿綿，也是柳永的悲哀之一；柳永其實也有很多不膩、高處不減唐人的好詞。）

　　為什麼柳詞不為士林所重，卻能受到如此廣大的人口喜愛？則這就要落到柳永精曉音律上來說了。晏、歐等當朝權貴多只是偶作小詞，柳永則全力填詞且流連風月，而流行於歌樓舞榭的慢詞，和上層文士喜愛的令詞以及婉約莊雅的審美觀，具有兩種不同的審美意

趣、藝術風格和寫作技巧。令詞，一如詩中的「絕句」，在不多的字句裏，多用「興」筆，因物起興、觸景生情，其語彙精美、意境佳勝，往往美極了。慢詞長調則由於字數、片數較多，必須講究謀篇，多使用鋪敘展衍的「賦」筆來寫，因此不像令詞般密集緊湊、辭美韻勝，其精神要從整首詞來看。而且在新曲競繁下，嫻熟樂調、適合歌唱、流行在市井坊間的柳詞，為了配合歌曲迴環往復的旋律、緩慢的節奏，其用語也多俚俗淺露的「通俗化」語言，因此常被認為韻終不勝、沒有餘韻。但是反過來說，橫放傑出而同樣是慢詞大家的東坡詞，則常因不諧音律而被說是「曲子中縛不住者」，不如柳詞盛行。

再者，北宋令詞與慢詞的興盛雖然都在同一時期，但是由於創作文人的境遇殊別，不僅在語言使用上有雅、俗之別，即在書寫對象上，也有很大的不同。從五代以來，寫作令詞的詞人如韋莊、馮延巳、李煜、晏殊、歐陽脩等都具有貴族身分，即不得志的溫庭筠也主要以宮嬪后妃、貴婦等為其所寫作的對象或傳唱者。反觀柳永，卻是一位失意落魄、流連風月的下層文人，柳詞的唱者與聽者，也大多是風塵歌妓、市民聽眾等芸芸眾生。其所譜寫的內容，自然多是市民生活中的凡夫俗子、男歡女愛、偎香倚暖的「世俗化」生活樣貌和思想色彩。因此出現在柳詞中的，經常不乏心娘、佳娘、蟲娘、酥娘、英英、秀香、瑤卿……一類地位卑下的青樓女子。是故柳永長期流連坊曲、屈居下層社會，柳詞真切、入骨地反映了現實生活中的世俗面，其所特具的市民文學烙印，就是使他遭到上層文士擯斥的重要原因之一。

柳永《樂章集》中謳歌男女戀情，淺白家常具有通俗性，而且能夠展現高度鋪敘技巧、反映下層社會生活樣貌的作品很多，試看其〈定風波〉：

自春來、慘綠愁紅，芳心是事可可。日上花梢，鶯穿柳帶，猶

壓香衾臥。暖酥消，膩雲嚲。終日厭厭倦梳裹。無那。恨薄情一去，音書無個。　　早知恁麼。悔當初、不把雕鞍鎖。向雞窗，只與蠻箋象管，[24]拘束教吟課。鎮相隨，莫拋躲。針線閒拈伴伊坐。和我。免使年少光陰虛過。

從題材說，該詞也是描寫思婦的相思情；但從內容和藝術手法看，則詞中新穎地塑造了一位具有鮮明個性，迴非傳統文人筆下溫柔婉約典型的女子新型態，她是柳永筆下被賦予鮮活生命的女子突破性書寫——柳永寫出了愛情多元面向下的一個新面向。

　　然而「雅、俗之別」正是貴族文學和市民文藝的扞格不能相容之處。前述晏殊曾經說過真正的富貴在於氣象，不在於字面的妝點金玉。那麼無疑的，這首〈定風波〉中的慘綠愁紅、香衾、暖酥、膩雲等，都不是喜好富貴氣的上層文人所欣賞的；再說，是事可可、無那、恁麼等充滿了市井俚俗的語言，也不是講究婉約情致的臺閣名臣所能夠接受的，無怪乎晏殊會貶落柳永。〈定風波〉一詞寫的是思婦的相思之情。面對一片春景，詞中女子卻無視於奼紫嫣紅、日上花梢、鶯穿柳帶；她所感受到的，是慘綠愁紅、無所事事、百無聊賴，是肌膚消瘦、鬢髮散亂、憔憔倦懶，只為情人一去音書全無。但是她接著卻嗔悔道：早知如此，就鎖住雕鞍不教他離去；情願每日閒拈針線伴他讀書、終日兩相隨。這麼淺露直接的相思之詞，並沒有什麼餘韻可以發揮，所以不喜柳詞的人，便嫌他直露、不求委婉、韻終不勝；反之，好柳詞者，卻認為寫的暢快淋漓、直率奔放。

　　柳永完全顛覆了傳統的溫柔敦厚女子溫婉形象。從來文人筆下的愛情模式，多侷限在「女子以逆來順受、怨而不怒的溫婉柔情，博得男子垂憐」的舊窠中；而柳永筆下卻出現了敢愛敢恨、可以大膽爭取

---

24 暖酥：皮膚。膩雲：頭髮。雞窗：書窗。蠻箋象管：言紙筆。古蜀地所產彩箋為蠻箋，象管乃象牙製成之筆管。

愛情自主權的女子個性化描寫（如「鎮相隨，莫拋躲……和我，免使年少光陰虛過」）；而對於被辜負了的愛情，她們也可以有權加以盤問責備了，（如〈錦堂春〉的「依前過了舊約……幾時得歸來，香閨深關……不與同歡。盡更深，款款問伊，今後敢更無端？」）這就不僅僅是停留在順從的「思君」、「憶君」層面，成為感情備受壓抑、只能單相思的男人玩物了。或許這樣卑俗淺近的文字，誠然不能為文士們所接受，也使柳永遭到了「薄於操行」的指責。但是我們卻不能不承認，在思想觀念上柳詞確有重大的突破，而這或許也是柳詞受到青樓歌妓特別喜愛的一個原因吧！

　　柳詞之盛極於歌樓舞榭、柳永本身也贏得了無數愛慕，除開前述所言的文字通俗淺近、符合大眾需求原因以外；個性化的女子形象刻畫，女性不再是被剝奪了愛情意識與思想自主權的一群，真正貼切女性心中的渴想，應該是更重要的原因。柳永可說是第一個能夠平等看待兩性關係，具有雙向愛情意識，能以男子身分向女子表達愛戀、相思的詞人。（如〈蝶戀花〉：「衣帶漸寬終不悔，為伊消得人憔悴。」）從晚唐、五代以來，雖然詞人多好為閨閣之詞，但是在「男尊女卑」的傳統觀念下，他們都是一廂情願地塑造「乞憐」的「思婦」形象；他們以代擬的方式（「男子而作婦人言」），代女子訴說離別的相思之苦，以及別後的憔悴、消瘦減容光、斷腸空垂淚……，完成了「閨怨」的女子典型。總之，是鮮少有作品正面承認男子愛情的。就這一點而言，柳永實在是一個突破者。他豪不遮掩地恣意坦承自己的愛情：「願人間天上，暮雨朝雲長相見」（〈集賢賓〉）、「算得人間天上，唯有兩心同……待作真個宅院，方信有初終」（〈洞仙歌〉）、「枕前言下，表余深意，為盟誓：今生斷不孤鴛被。」（〈玉女搖仙佩〉）……當然這在道學家眼裏是「多遊狎邪」的，何況這些詞一點也不含蓄醞藉，柳詞也就不免地以其俗艷而不為士林所重了。不過他們也不能不承認柳詞所達到的「千夫競聲」局面，確實為詞的傳播開創了一番新境界。從前只侷限在貴族陣營裏娛賓遣興、抒寫情致，與百姓生活有著明顯距離的詞，現在終也

可以落到勾欄瓦舍等下層社會來反映百姓生活樣貌、不再高高在上了。

　　此外，柳詞之突破傳統窠臼，還有更重要的意義。正因為柳永能夠以男子身分來寫相思，所以他能夠走出戶外，能夠跨越閨閣門檻，而從較高的視角、較廣的視野，來寫離愁閨情，這就使得詞境獲得了進一步的開拓。試看其〈曲玉管〉下闋：

暗想當初，有多少、幽歡佳會，豈知聚散難期，翻成雨恨雲愁。阻追遊。每登山臨水，惹起平生心事，一場消黯，永日無言，卻下層樓。

這是何等真摯的思念之情！沒有雕琢地、坦白直接地說出自己黯然的心情。更重要的，雖寫離情，卻在主題上突破了傳統的思婦閨閣愁緒，走向了淹留旅人的山邊水涯，一舉衝破去婉約令詞的空間侷限、相當程度地擴大了詞境。

　　再看一首堪稱柳永代表作、寫羈旅行役的〈八聲甘州〉：

對瀟瀟暮雨灑江天，一番洗清秋。漸霜風淒緊，關河冷落，殘照當樓。是處紅衰翠減，苒苒物華休。唯有長江水，無語東流。　　不忍登高臨遠，望故鄉渺邈，歸思難收。嘆年來蹤跡，何事苦淹留。想佳人妝樓顒望，誤幾回天際識歸舟。爭知我、倚闌干處，正恁凝愁。

這首詞在登高望遠中訴盡了自己淹留的無奈。他不僅寫自己的鄉關之思，他同時還寫不忍佳人在妝樓上引領鵠望、飽嚐「過盡千帆皆不是」磨難的心情，解意地分擔佳人苦楚，成為流傳名句。但其實遠在異鄉的他，又何嘗不也正在憑闌凝愁呢！柳永的體貼深情，就像寶玉癡立在雨中獃看著齡官畫薔，他只是憐惜齡官的不勝驟雨，卻沒有想

到自己也是渾身濕透（《紅樓夢》）。柳永深情、憫然地想爲對方承擔憂傷。如此眞率、深摯的雙向愛戀，並不把女子視爲玩物，怎不贏得飄零煙花巷陌、內心無限悲苦的青樓女子之深深愛慕呢？也無怪乎在他死後是由群妓合資埋葬的了。

　　詞中，氣象博大地從暮雨灑江天、霜風凄緊、關河冷落，寫到無語東流的長江水，一片蕭索清冷的秋肅氣象，當頭籠罩。這位太平盛世的失意文士、窮愁潦倒鬱鬱不得志的詞人，「苒苒物華休」正是他的心情寫照，何況還有那關山阻隔的相思之情！他把用世志意的落空和相思情愁揉合了來寫，直壓得人透不過氣來。而如此開闊盛大的境界，即連向來輕視柳永的蘇軾，也不得不發出了讚歎。此外柳永的詞音樂性極強，曲韻宛轉動聽，尤其善用領字，展開層層鋪敍。像這首〈八聲甘州〉中的「對」、「漸」、「望」、「嘆」、「誤」等字之運用，不僅提振了層遞的鋪敍、而且節奏出色，即使在失傳了樂調的今日，全詞讀來仍然聲情搖曳，非常優美。

　　因此柳詞固從「批風抹月」中來，柳詞的眞正好處，卻不在那些浮艷通俗的閨閣情詞。由於前述柳永的浪漫性情、音樂才華與他的用世志意矛盾、牴觸——對於仕宦顯達，他顯然是不能忘情的；但是對酒當歌、浪漫狎妓卻又使他飽嚐詬毀，也因此造成了他坎坷仕途、潦倒窮苦的悲劇人生。這樣的現實不如意，即使在他名登進士版以後，仍舊沒有獲得改善，他一生到底只任過卑微小官。然而儒學仕宦家風的影響，柳永儘管在歷盡挫折之餘，也始終沒有放棄仕途求進；掙不脫的名韁利鎖牽絆，註定了柳永一生在淺斟低唱之餘的飄泊羈旅命運。這是柳永的悲哀，但卻也同時成就了柳詞中的最精彩部份。

　　柳永在傳唱廣遠、通俗淺近的大眾化情詞以外，眞正使他獲得高度藝術評價的，正是這些羈旅行役的作品。因爲柳永不能放棄蠅頭利祿、蝸角功名，只好繼續忍受著冉冉光陰、歲華搖落、驅驅行役的羈旅悲哀。他的相思離情因此跨越了閨閣限制，走向登山臨水的無窮遠處。因此外在的大自然起興和他內在的鬱抑情結，結合得恰

到好處，情感純粹而眞摯，氣象高遠而疏宕，不但在詞境上獲得進一步的開拓，也爲他贏得了「不減唐人高處」，媲美唐詩高境的美譽。「盛唐氣象」是一座文學的高山。唐人以蓬勃的思想、飽滿的情感、高昂的基調、明朗的風格、豐富多樣的題材，使得外在的聲律辭藻和內在的慷慨之情完美結合，平中可以見奇、悲中可以見壯，形成了具有恢弘壯闊氣勢、泱泱之風的文化風貌。而蘇軾，正是以如此高譽說柳永的。

柳永另一首傳唱極廣、同樣被視爲代表作，且人稱「宋金十大名曲」的〈雨霖鈴〉：

寒蟬淒切。對長亭晚，驟雨初歇。都門帳飲無緒，留戀處，蘭舟催發。執手相看淚眼，竟無語凝噎。念去去，千里煙波，暮靄沉沉楚天闊。　　多情自古傷離別。更那堪、冷落清秋節。今宵酒醒何處，楊柳岸、曉風殘月。此去經年，應是良辰好景虛設。便縱有、千種風情，更與何人說。

在將要離去的時刻，寒蟬、驟雨、日暮，在在都催化了離人的滿腔愁緒；但〈雨霖鈴〉不止是以寒秋、暮色、急雨來烘托「都門帳飲無緒」的悲苦淒涼，更重要的，是帶出了將別未別之際，離人痛苦的複雜心緒變化，那種從白天直拖到昏黃暮色，「對長亭晚」、「蘭舟催發」的離情依依、難分難捨。

面對無法掌握的未來，多想繼續原地「留戀」；然而蘭舟待發，聲聲擂鼓急急催促，想再多說什麼，卻凝噎得說不出話來，千言萬語只化成了無言的「淚眼」凝視。尤其「念去去」以後的未來想像和內心獨白，「去去」之遠，相見渺茫無期，今後就只能獨自一人面對沉沉暮靄下的遼闊楚天了。這樣的惶恐、孤單無助與淒涼，怎一「悲」字、「愁」字、「苦」字了得！

在虛、實交映的現實與想像後，大處落筆「多情自古傷離別」，

又將離情之苦推向世人的普遍性，激發讀者的共鳴。談未來？唯一可以確定的是：今夜在舟中酒醒夢迴時，這一葉漂流的扁舟，雖然不知道將停泊於何處？但是故鄉和心愛的人都已遠離；而舟中會有一位孤獨的行人，行人有著一顆寂寥的心，心會隨著蕭蕭疏柳、習習曉風和一彎殘月，恨然痛澈！那麼，往後縱有再多的良辰好景，怕也只如李後主「春花秋月何時了」般徒增悲嘆了，正所謂：「從此無心愛良夜，任他明月下西樓。」所以就算再有千種風情，「更與何人說？」著此一嘆，奔馬收韁、止而不止，眾流歸海、盡而不盡，留下餘恨無窮。

在〈雨霖鈴〉全詞入聲韻的吞咽頓挫中，我們看見了柳永嚴肅的，不同於秦樓楚館中嬉笑調戲、恣意浪漫的，挫傷累累的心。這是一個失意的下層文人的生活樣貌，也是歷來寒士的共悲，為了功名前途、為了衣食生活，必須吞下苦楚的傷心淚水，整理行囊，繼續趕路。

「游宦成羈旅」是柳永一生的悲哀；但是這樣的浪跡天涯，也正是促使他尤工於行役之詞的原因。古人言「詩，窮而後工。」柳永何嘗不然呢！再看〈夜半樂〉：

凍雲黯淡天氣，扁舟一葉，乘興離江渚。渡萬壑千巖，越溪深處。怒濤漸息，樵風乍起，更聞商旅相呼。片帆高舉，泛畫鷁，翩翩過南浦。　　望中酒旆閃閃，一簇煙村，數行霜樹。殘日下、漁人鳴榔歸去。敗荷零落，衰楊掩映，岸邊兩兩三三，浣紗遊女。避行客、含羞笑相語。　　到此因念：繡閣輕拋，浪萍難駐。嘆後約丁寧竟何據。慘離懷、空恨歲晚歸期阻。凝淚眼、杳杳神京路。斷鴻聲遠長天暮。

當柳永浪跡浙江時，他作了這首詞中罕見的敘事詞。前二片著重在鋪敘，從凍雲黯淡的天氣裏，他乘著一葉扁舟，帶著興致出遊開始寫

起。之後渡過了狂濤，越過了萬壑千巖、越溪深處，逐漸地怒濤漸息、樵風乍起，他帶著幾分瀟灑意味地高舉片帆，翩翩過南浦了。全詞著一「渡」字領字，便展開了層層的鋪敘，宛如鏡頭流動。而既是浪跡江湖不由己，他也想那就盡情欣賞此地的煙村之美，以化解客中鄉情吧！哪知忘不了的思鄉愁緒還是被那笑相語的浣紗女、鳴榔歸去的漁人勾起，作者的一腔離情硬是被整個地撩撥上來了。於是就在殘日、敗荷、衰楊等寫景中，我們依稀看見了作者的低迷內心。所以緊接著的第三片就從眼前的景觀中神觀飛越、急轉直下：在這麼充滿了回家暗示的意象中，他怎能不悲嘆我的家在哪裏呢？想到臨行前佳人的殷殷叮囑，竟成了沒有歸期、不知何日方能實現的盟誓！悲愴的他，也只能在遼遠的斷鴻聲裏、長天日暮下，淚水凝眸、望斷故鄉路。就在柳永的志意追尋落空中，他放開來寫、沒有矜持地，以情愁結合了高遠的景物，寫出了詞的高遠境界來。他的詞有形式上鋪排的開拓，也有內容上外向拓展、跨越閨閣亭園的突破；更重要的，在「風流浪漫詞人」的面目以外，他更以一顆真摯、誠懇的詞人的心，活躍跳動在我們眼前，使人讀其詞而低迴、而流連，久久不能自已！而慢詞也就在柳永之後大行於世，開啓了真正的「宋詞」新天地。

壹拾、橫放傑出蘇軾詞

　　蘇軾（1038～1101）堪稱中國文學史上最耀眼的一顆星，他以橫放傑出的姿態崛起於宋代詞壇，睥睨地雄視著千古。他是曠世的奇才，一生悠游自在地徜徉在藝術創造的文藝殿堂之中，馳騁在詩、詞、文廣袤的文學之林，而他是在苦難中完成了自己的。

　　蘇軾，字子瞻，眉州（今四川）眉山人。神宗時因與王安石論政不合，貶黃州，築室於東坡，故號東坡居士。著有詞集《東坡詞》，又名《東坡樂府》；並與父親蘇洵、弟弟蘇轍，一門三傑俱揚名於世，世稱三蘇。蘇軾的用世之志是在小時候就顯露出來的。他幼時從母親程氏讀《後漢書》，當讀到范滂「登車攬轡，慨然有澄清天下之志」，後來並且因為堅持理想在黨錮之禍中犧牲了性命時，他問母親：「軾若為滂，母許之否？」母親答以：「汝能為滂，吾顧不能為滂母耶？」後來在蘇軾屢遭貶謫的一生中，這種艱危中操守不屈的精神果然獲得了實現。儘管蘇軾在仕途上有著諸多不如意，他始終堅持理想、不懼權貴。即使在他貶居海南島，過著「五日一見花豬肉，十日一遇黃雞粥」的生活時，他也始終沒有改變有為有守、熱情曠達的操持與胸襟。

　　當新黨得勢時，蘇軾因為所見不同不願屈從王安石，曾以直言貶為杭州通判，再轉赴密州、徐州、湖州。後來當他在湖州任上時，又因為詩文被摭拾說是有意訕謗朝廷而下到御史臺獄。[25]當時蘇軾用以自況心意的「根到九泉無曲處，此心唯有蟄龍知」（〈王復秀才所居雙檜二首〉之二），說柏樹的根即使在九泉深處也還是正直不屈的，這份忠直怕只有蟄伏在地下的龍才能了解吧！但由於天子一向是「飛龍在天」的，怎可說是「蟄龍」呢？該語竟被曲解成具有

---

[25] 漢御史府中種有柏樹，故世稱御史臺為柏臺；又因為柏樹上常棲有烏鴉，所以也叫烏臺。歷史上有名的烏臺詩案，便是指的蘇軾因詩文獲罪的這件事。

叛逆之志，蘇軾因此罪幾至死。幸好神宗愛才，他說蘇軾詠的是柏樹啊！而且如果說到「蟄龍」便是有背叛之意的話，那麼諸葛亮的「臥龍」，是否也意味著圖謀篡位呢？所以東坡後來便被貶爲黃州團練副使。這時他過著衣食難周的拮据生活，後來才在朋友的資助下關地躬耕，築「雪堂」於東坡以居，日與田父野老相從溪山間，並號爲「東坡居士」。這是他一生中最艱苦、卻也最自得其樂的時期。

　　歷經這麼多的挫折磨難後，當哲宗繼立、太后再度起用舊黨，[26]東坡也獲得東山再起機會時，他依然嚴正不阿地堅守理想，並沒有夤緣求進、隨聲附和。於是他又因爲和舊黨好友司馬光、程頤等人議政不合，自請外調杭州。在紹聖年間哲宗親政以後的新舊黨爭中，東坡並再遭御史臺以詞命劾貶寧遠軍節度副使、惠州（今廣東惠陽縣）安置；居三年，又貶瓊州（今海南島）。初東坡僦官舍以居，有司猶謂不可，他只好買地築室。幸得當地百姓爲擔磚塊、土石，助成其室。東坡於是與幼子日以讀書爲樂。後來徽宗即位時他獲移廉州（今廣東合浦），又遇大赦還，卻在當年卒於常州，年六十六。東坡一生顛沛多舛的仕途，從來就沒有減損過他的豪邁曠達與用世之志，他一逕地關愛著百姓。在密州時他曾經救過旱災、收養棄子；在徐州時曾經抗洪護城，並有詩寫道當時爲救黃河水災而與居民共築堤岸，當回家時才看見了靴子上滿滿濺的都是黃泥。也給當地人民留下了「賢吏」的印象；在杭州時，他因爲疏濬西湖淤泥而興建蘇堤，同時成就了西湖十景的「蘇堤春曉」；出知穎州時，他致力於紓解民困、賑濟災民；晚年貶惠州時，他眼見居民渡江海之難，爲百姓修建橋樑。……東坡一生貶謫無數，貶謫之遠，歷代士人罕有出其右

26　神宗死，太子哲宗繼立，年僅十歲，由祖母宣仁太后（英宗皇后，神宗母）垂簾聽政，改次年爲元祐元年。此時新法完全遭到廢除，司馬光、文彥博等舊黨悉被委以重任；主張變法的新黨人物盡被罷黜。史稱爲「元祐更化」。但是當元祐八年宣仁太后死、哲宗親政、並改次年爲紹聖元年以後，隨即明令紹述神宗新法、罷免舊黨、任用新黨，史稱爲「哲宗紹述」（或「紹盛紹述」），這就是影響宋代政治安定甚鉅的新、舊黨爭。

者，而他則灑脫地說：「問汝平生功業，黃州惠州儋州。」這就是東坡，一位忠義持守，在苦難中不失其曠逸襟懷、在憂患中依然愛民達觀的曠世天才。

　　蘇軾的灑脫、豪邁，是在他幼年時就植下根基的。當他小時候讀到了《莊子》：「藐姑射之山，有神人居焉……吸風飲露、乘雲氣、御飛龍，而遊乎四海之外。……大浸稽天而不溺，大旱金石流、土石焦而不熱」（洪水滔天祂也不會被淹死；大旱使金石熔化、土石枯焦，祂也不會受傷害），以及「鵬之背，不知其幾千里也；怒而飛，其翼若垂天之雲」一類的故事時，便歎道：「吾昔有見，口未能言；今見是書，得吾心矣。」所以在他的內心深處，彷彿早就能夠體會、認識這種境界，只是不知道如何形容罷了！而這種超曠高遠的人生境界，也從此一直深深地影響著蘇軾。當他二十二歲參加科考時，當時的主考官歐陽脩以〈刑賞忠厚之至論〉（不論刑、賞，都要刻以「忠厚之至」為念）為試題。東坡在文中舉例：「堯之時皋陶為士；有犯罪者，皋陶曰殺之者三，堯曰赦之者三。」歐陽脩非常欣賞這篇文章，在拔擢了蘇軾之後曾經詢以典出何處？沒想到他竟然回答：「想當然耳！」出自於他的個人推理。可見他不僅具備了豐富的想像力，更有一份超然灑落寓於性情之中。

　　超凡、灑脫磊落，是蘇詞睥睨詞壇、雄視千古的最突出之處。蘇軾仕途多蹇，但是他都能夠豁達自適，無論窮通皆泰然處之，並且把這一切生活體驗統統都寫進詞裏，開拓了詞境、完成了詞的「士大夫化」。歷來的「詞為豔科」、「詞以婉約為主」等傳統觀念，一直是對詞很大的一種侷限；詞境雖然也在李煜「感慨遂深」的故國之嘆、以及柳永閨閣情詞走向登山臨水的開拓下，有了些許的擴大，但是大致上仍未能鬆動束縛詞壇的婉約空氣，必須要等到蘇軾更進一步地把觸角伸入了社會生活領域，凡所有宦海浮沉、人生遭遇、交遊酬賞、流連山水……，以及進與退、起與落、悲與歡的感情，甚至人格修養等，一個士大夫應有的全部生活樣貌，都在詞中顯影了，這才可以說是真正地擴大了詞境與內容。一個纖敏多情的詞人歷經了這麼多

的磨難，不能沒有痛苦，如果沒有深切的感受，是絕計寫不出那麼多感人詞篇的，更不可能成爲千古以來幾乎是最受歡迎的詞人。東坡的曠達，宛如歷經浴火的重生鳳凰，是一種鉅大創痛後的澈悟心境，因此在東坡詞中，也經常出現幽咽怨斷之音；只是在經過了一番深痛的反思後，他往往都能夠超曠地超脫，最後都能將悲痛的情緒消解於無形。

　　說到箇中苦酸，東坡曾嘆：「嗟我本狂直，早爲世所捐！」（〈懷西湖寄晁美叔同年〉）也曾自我解嘲地寫作一首〈洗兒戲作〉詩：「人皆養子望聰明，我被聰明誤一生。唯願孩兒愚且魯，無災無難到公卿。」他甚至幽默地開自己玩笑：「遣子窮愁天有意，吳中山水要清詩。」（〈和晁同年九日見寄〉）他說老天爺就是因爲想要多讀些好詩，所以故意讓這麼多的窮愁磨難來淬勵我的心靈、凝鍊我的詩篇。又說自己：「崎嶇世味嘗應遍」（〈立秋日禱雨，寄靈隱寺，同周、徐二令〉），他樂觀地想今後應該再沒有什麼更難以忍受的磨難了吧！我受的應該已經夠了吧！這是一顆敏感心靈受傷後的笑中帶淚幽默，多少的辛酸與無奈，他想：一笑看待吧！往這裏一想，似乎也就有了一種「天將降大任於斯人」的安慰、而減輕痛苦了。東坡的眞性情，使他在仕途上歷盡坎坷；但也正因如此，他的詞篇能以眞性情感人，元好問說：「自東坡一出，情性之外不知有文字，眞有『一洗萬古凡馬空』氣象！」（《遺山文集・新軒樂府引》）這也是世人對東坡詞的一致看法。因此詞的發展到了東坡，一變而爲抒寫懷抱、議論古今，能夠眞正反映士人人格及風格的文學體式了。至此，詞總算擺脫「綺羅香澤之態」的旖旎婉約樣貌了。

　　東坡的坎坷境遇以及瀟灑達放的個人特質，使其詞中總是交替迭現著窮、通，悲、歡的情緒，既有消沉的感傷、也有豪放的達觀，既融貫了得意時的「淡然」，也參雜了失意時的「泰然」，總是深深地扣動了讀者的心弦。試看他在中秋夜懷念其弟子由的〈水調歌頭〉：

明月幾時有？把酒問青天。不知天上宮闕，今夕是何年。我欲乘風歸去，唯恐瓊樓玉宇，高處不勝寒。起舞弄清影，何似在人間。　　轉朱閣，低綺戶，照無眠。不應有恨，何事長向別時圓。人有悲歡離合，月有陰晴圓缺，此事古難全。但願人長久，千里共嬋娟。

這首詞是蘇軾在密州時因懷念遠在齊州的弟弟蘇轍而作。在東坡飽經流離憂患的一生中，能有幾回兄弟團圓的中秋良夜？「把酒問青天」的心緒是悲戚的，「起舞弄清影」的身影是孤單的。隨著朱閣、綺戶逐漸低沉的月影，照著輾轉反側不能成眠的東坡，這位月光流照下的離人，他的心中實在是充滿遺憾的，但是最後他還是化解了。月豈能常圓？人又豈能長久不分離？所以退一步想，兄弟只要彼此健在、共此明月而兩心相繫，那麼也就算是人生另一種形式的圓滿、福份了吧！

　　東坡就是以這樣帶有哲思的人生理趣來看待缺陷，尋求心境安寧的自處之道。因此在東坡的「情」中，往往能夠提煉出「思」（理性深思）來。他的詞不僅讓讀者動容，更令讀者沉思再三。他有一首〈定風波〉，描寫負罪放逐黃州時曾在沙湖道中遇雨，當時同行皆感狼狽，唯獨東坡以任天而動、隨遇而安的胸襟當之，泰然自若。已而天亦遂晴，於是他寫下了這首盛名詞作：

莫聽穿林打葉聲。何妨吟嘯且徐行。竹杖芒鞋輕勝馬。誰怕。一蓑煙雨任平生。　　料峭春寒吹酒醒。微冷。山頭斜照卻相迎。回首向來蕭瑟處。歸去。也無風雨也無晴。

這首詞真可謂東坡一生坦蕩、胸懷灑落的最佳寫照。在風風雨雨的人生旅途上，東坡就是以「何妨吟嘯且徐行」的氣度，踽踽獨行在浮沉的宦海中；哪怕有著穿林打葉的大雨，他也泰山崩於前而色不變地一

樣竹杖芒鞋，在一蓑煙雨中豪氣邁往地無畏前行。也許難免也有料峭春寒吹得人不禁寒顫的時候，但是當越過了山頭，又見一抹斜照當頭相迎。儘管已是餘暉，溫暖還是有的。這也正是東坡從不絕望、頑強的達觀，就像罅隙中雖然低微、卻展現著永不屈服旺盛生命力的小草一般，東坡的人生也許有著大起大落的種種磨難，但是他對人生的熱情是始終不變的。他就是以這樣的熱力強烈感染著讀者，撼動著讀者的心靈。然而當我們讀其詞而猶自為他不勝唏噓時，他卻已經風雨過後、雲淡風輕了；當回首來時路，早就已經也無風雨、也無晴了。

　　東坡的氣度令人擊節，胸襟亦非常人所及，無怪陸游說：「取東坡諸詞歌之，曲終，覺天風海雨逼人。」（《老學庵筆記》卷五）陸游並以東坡的〈七夕詞〉為例：一般人寫七夕，大多著墨於「盈盈一水間，脈脈不得語」的淒美愛情；但是東坡寫七夕卻道：「客槎曾犯，[27]銀河波浪，尚帶天風海雨。相逢一醉是前緣，風雨散，飄然何處？」（〈鵲橋仙‧七夕送陳令舉〉下闋）他以七夕為題，卻不是寫愛情、而是送別友人。他說風雨過後，人生各自飄零，這離合聚散是何等的無奈與不堪啊！這和銀河相望的牛郎織女比起來，可也一點不稍遜啊！東坡那種「天外黑風吹海立，浙東飛雨過江來」的氣勢與詞風，如海上風濤、萬里卷潮，直壓得人喘不過氣來。此等氣勢也同樣呈現在他寫給相知相惜之好友參寥的〈八聲甘州〉：

有情風萬里卷潮來，無情送潮歸。問錢塘江上，西興浦口，幾度斜暉。不用思量今古，俯仰昔人非。誰似東坡老，白首忘機。　　記取西湖西畔，正春山好處，空翠煙霏。算詩人相得

---

[27] 據《博物志》載，有海上之人見每年八月必有海槎（木筏）來，於是齎一年糧，乘之往天河，因見婦人織、丈夫飲牛。問之不答，遂被遣歸。——此人即是嚴君平所謂「某年某月日，客星犯牛斗」之人也。或曰：天河與海通。

如我與君稀。約他年東還海道，願謝公雅志莫相違。[28]西州路不應回首，爲我霑衣。

這首詞揉合了大開大闔的自然氣象和東坡的嗚咽之音。參寥是一位與東坡有著深摯情誼的僧人；當東坡貶黃州時，他不遠兩千里相隨、留住期年；當東坡晚年又貶海南時，他也想要過海尋訪，爲東坡書信所勸阻，兩人情深可見。元祐四年東坡因與舊黨論政不合再度出官杭州，兩年後他又被召回、爲翰林學士，在離杭前他寫了這首詞送給參寥子。東坡開篇便感慨地說：「有情風」把錢塘江潮從萬里外席卷而來，卻又「無情」地把江潮送回——東坡這是語語雙關。他的一生不也像極了潮來潮往的江波嗎？去來之間，自己何嘗做得了主？

對於生命中不斷的漂泊流離，東坡有著深深的悲慨，卻只能無奈。不過當看著渡口斜暉時，他有了比較超曠的體悟：他從無窮盡的江景轉移到了千古興亡的人事上。錢塘江上、西興浦口，幾千年的潮來潮往不都在彈指間化成煙消雲散了嗎？人生何能自免於此？那又何必苦於鑽牛角尖呢！把自己放在無限開闊的歷史視野中，或許就比較容易和命運與遭遇和解吧！

轉念之後，東坡仕途上的一切辛酸悲慨，就都無足道了。收拾好情緒，他覺得要更珍惜有限生命中的一切美好，像是江山美景、珍貴友誼一類的。他說，我要長記我們共遊西湖畔的煙靄空翠，還有那大好春山所有的美好；又說，雖然此刻我們不得不離別了，但是我要和你訂下一個像謝安許願「東還海道」那樣的後約，而我一定不會像謝安齎志以歿地抱著遺憾而終，使得後人在路過西州門時回首霑衣

---

28 晉謝安本隱居於會稽東山，為朝廷所請，出山官至宰相，後來因為受猜忌出官到新城。臨去前他許願將來終老時，一定要從海道回到會稽東山。可是當他病重還都時，他是被人從西州門抬回來的。當時的知名士羊曇，為謝安所愛重，他在謝安死後對此極為哀痛，曾輟樂彌年，並且從此行不經西州路。

的。該詞真所謂揉合了天風海濤之曲與幽咽怨斷之音，讀來令人掩卷
太息。

東坡詞的幽咽，與他滿懷政治理想的落空、失望，是離不開關係
的。他除在年少時便以「范滂」氣節自許外；當二十出頭，他與十九
歲的弟弟一齊登上進士榜時，真可謂一代碩彥，英姿颯爽。東坡是一
位深具理想抱負，憂國憂民的詩人文士。他和弟弟子由，從滿腔豪情
壯志，思佐聖君再現河清，到後來非其所願的政爭糾葛，一再地貶謫
流離更非他所始料。這樣的理想落空、仕途受挫，以及誣陷詬毀的種
種磨難、放逐，都以鏗鏘巨響重重捶擊在東坡善感的心靈上。〈沁園
春〉便道盡了這樣的心路歷程和情志感慨，那是在貶赴密州途上寫給
子由的。詞云：

孤館鐙青，野店雞號，旅枕夢殘。漸月華收練，晨霜耿耿，雲
山摛錦，朝露團團。世路無窮，勞生有限，似此區區長鮮歡。
微吟罷，憑征鞍無語，往事千端。　　當時共客長安。[29]似二陸
初來俱少年。有筆頭千字，胸中萬卷，致君堯舜，此事何難。
用舍由時，行藏在我，袖手何妨閒處看。身長健，但優游卒
歲，且鬥樽前。

野店、孤館、旅枕，一段孤寂旅程的展開，以及滿懷落寞的心緒，已
經不言而喻了。在晨霜、朝露、雲山之月華未斂時，東坡已經勞生
地奔波在無窮、「長鮮歡」的世路上了。往事千端雲湧心頭，只能化
作一聲聲的長嘆、吟詠。如此不堪的仕途失望，怎不教滿懷「致君堯
舜」理想的他，憑征鞍、黯然無語呢？想當初兄弟二人英姿勃發地來
到汴梁，挾著筆頭千字、胸中萬卷的千般銳氣，滿心以為從此就是輔

---

[29] 此處係借唐都長安以代宋都汴梁。

佐聖君的棟樑之材了；孰料今日竟落得袖手閒看的局面，這才悟出了
孔子說：「用舍由時」、「行藏由我」的道理啊！面對這一切，東坡
除了無語之外，只能無奈！所以最後他自我安慰：只要身長健地優游
卒歲、又能以詩酒自娛，就算是人生圓滿了。而在東坡極力拉自己一
把的隨緣自適中，我們彷彿看見了「早生華髮」的東坡，一步一蹣跚
地在仕途中奔波趕路。

　　歷經了這樣大起大落、幾起幾落的東坡，自然經常慨嘆人生，他
曾說：「人生如逆旅，我亦是行人」、「此生此夜不長好，明月明年
何處看？」「長恨此身非我有，何時忘卻營營？」「與君各記少年
時，須信人生如寄！」回頭想來，他也不免覺得人生仿如一夢中。在
痛苦之餘，他就是經常用「夢」來比擬人生、自求通脫的。他說：
「世事一場大夢，人生幾度新涼！」又說：「休言萬事轉頭空，未轉
頭時皆夢。」固然人生到頭來是萬事皆空；但是未到盡頭時，又何嘗
真實了？不過也是一場夢罷了！這是何等深沉的痛澈啊！再如他頗富
盛名的名篇〈永遇樂・彭城夜宿燕子樓，夢盼盼，[30]因作此詞〉，也
是用夢來說人生：

明月如霜，好風如水，清景無限。曲港跳魚，圓荷瀉露，寂寞
無人見。紞如三鼓，鏗然一葉，黯黯夢雲斷。夜茫茫，重尋無
處，覺來小園行遍。　　　　天涯倦客，山中歸路，望斷故園心

---

[30] 盼盼乃徐州奇色，善歌舞。徐州尚書張建封納之於燕子樓，三日樂不息，獨寵嬖焉。既薨，
盼盼感激深恩，誓不他適，後往往不食，遂卒。一說白居易為校書郎時，遊淮泗間，張建封
曾宴請之，席中並出盼盼在歡。後來白居易在張建封死後十餘年，曾贈〈燕子樓三題〉予盼
盼。盼盼傷情，漸至於死。其詩如下：
滿窗明月滿簾霜。被冷燈殘拂臥床。燕子樓中霜月夜，秋來只為一人長。
鈿暈羅衫色似煙。幾迴欲著即潸然。自從不舞霓裳曲，疊在空箱十一年。
今春有客洛陽迴。曾到尚書墓上來，見說白楊堪作柱，爭教紅粉不成灰。

眼。燕子樓空，佳人何在？空鎖樓中燕。古今如夢，何曾夢
覺？但有舊歡新怨。異時對，黃樓夜景，[31]為余浩歎。

　　詞寫東坡夜宿徐州燕子樓，夢關盼盼而驚醒，於是撫今追昔地感傷他
守徐州時也曾修建黃樓，然則異日人們會在黃樓憑弔東坡嗎？詞中情
感宕跌不已，層層轉折，不斷轉進。

　　東坡先從如霜明月、如風好水、瀉露圓荷、曲港跳魚等無限清景
開始寫起；接著一轉，在這靜得連落葉墜地都鏗然有聲的深夜裏，那
就遑論三更的鼓聲了！於是東坡被驚醒、夢斷，並且索性就在小園
中散步。這裏又一轉：不覺間心事齊湧上了心頭，想到自己是個飄
零天涯、渾身倦透的失意文人，只能在此地客鄉苦思歸路、望斷欲
歸心眼，內心真是無限悲淒！再一轉——但是千古興廢往事何嘗不
也如此呢？此刻夜宿的燕子樓不也曾經刻畫了一段淒美的愛情故事
嗎？而今樓中佳人已矣！空留穿簾飛燕，一切興廢不都印證了旋生旋
滅的「古今如夢」嗎？只是身在夢中，人如何能夠自我醒覺地置身
夢外、不隨夢中情景而哀淒呢？所以東坡嘆：人生唯有舊歡與新怨
罷了！快樂都是存在回憶的，真實生活則只有無窮盡的憾恨啊！至
此，東坡情緒黯然地遂又有了另一轉：他說我今在徐州弔古、燕子樓
中夢盼盼；將來人們對著黃樓夜景，也會想起興建該樓的失意文人蘇
東坡嗎？

　　在東坡的詞中，像這麼悲痛的幽咽之音雖然也有，但大多時
候，他都能夠自我超越地從痛苦中超拔，而得到解脫。東坡的人生
哲學一如其詩，是「水光瀲灩晴方好，山色空濛雨亦奇。若把西湖
比西子，淡妝濃抹總相宜。」（〈飲酒湖上初晴後雨〉）晴好，雨
也好；淡妝，濃抹皆相宜的。因此他能夠通透人生，從萬事萬物的

31　蘇軾守徐州時，河決澶淵。徐當水衝，城幾壞；水既去，軾請增築徐城。為大樓於東門之
　　上，堊以黃土，曰：「土實勝水」，故名之曰黃樓。

「皆有可觀」、「皆有可樂」處加以欣賞，總能做到無往不好、隨遇而安。也因此東坡每每在深慨之後，便能夠雨過天青，大地又再還我一個清朗乾坤──「苦雨終風也解晴」、「天容海色本澄清」（〈六月二十日夜渡海〉），總能夠再以灑脫的歡顏面對人生，重新出發。他賦〈臨江仙・夜歸臨皋〉，就呈現了這樣的一種徹悟心境：

夜飲東坡醒復醉，歸來彷彿三更。家童鼻息已雷鳴。敲門都不應，倚杖聽江聲。　　　長恨此身非我有，何時忘卻營營。夜闌風靜縠紋平。小舟從此逝，江海寄餘生。

在東坡夜飲、晚歸、無人應門下，他信步來到了江邊聽著潮聲。在來往的潮音中他體悟了人生如寄、光陰過客的道理。既然此身並非吾人所長有，為什麼還要汲汲營營追求、不能放下名利之心呢？心下這麼一澄然，心頭便是夜闌風靜、波紋不起了。既然如此，那也不妨從此就一葉扁舟飄逝江海、寄此餘生啊！東坡這首詞是在放逐黃州時所寫，據說當他與數客飲酒江上夜歸時，當時江面際天、風露浩然、有當其意者，於是東坡作歌詞與客大歌數過後而散。翌日即盛傳東坡夜作此詞後，已經掛冠服江邊、乘舟長嘯去矣！郡守聞之大驚，恐州失罪人，[32]遂急忙命駕往謁之。至，則見東坡鼾聲如雷猶未起。後來消息傳到了京師，連神宗皇帝聽了竟也不禁起疑。

　　東坡的詞風在一般人所盛稱的超曠以外，還自有一股豪放的氣勢，驚駭讀者耳目，一如其詞所自云的「驚濤裂岸」般，試看東坡聲震詞壇、千載傳響的〈念奴嬌・赤壁懷古〉：

大江東去，浪淘盡，千古風流人物。故壘西邊，人道是，三國

---

[32] 東坡之流放黃州，是屬於限定居住。

周郎赤壁。亂石崩雲，驚濤裂岸，捲起千堆雪。江山如畫，一時多少豪傑。　　遙想公瑾當年，小喬初嫁了，雄姿英發。羽扇綸巾，談笑間，強虜（檣艣）灰飛煙滅。故國神遊，多情應笑我，早生華髮。人間如夢，一尊還酹江月。

讀此詞，真有萬里江濤奔赴眼底、千年興衰齊上心頭之感。著一句「大江東去」，何等開闊的儻人氣象躍入眼簾。然而更令人驚心動魄的是：隨著這滾滾不盡東流水逝去的，是千古以來任憑你多麼蓋世豪傑、英雄風流，也逃躲不過的——終歸煙滅。東坡詞的美，是一種突破傳統「煙雨濛濛」婉約畫面，轉向「亂石崩雲，驚濤裂岸」、山川人物的瑰奇壯麗之美；是一種令人駭目驚心，充滿剛性美的審美情趣。這就為一向婉約的正統與傳統詞風，打開了一條「一新天下耳目」的豪放之路。

東坡詞不但以其曠達的人生觀、多樣的內容題材、深度的思想意蘊，高標遠致地展現了士大夫文人的審美情趣，完成了詞的「風格即人格」士大夫化，使詞體擺脫了歷來應歌、佐歡的狹隘卑弱地位，詞體因之而尊。他並且還以其特有的雄渾豪邁之氣，點染了詞境、提高了詞格，使詞不再侷限於溫存軟語的舊窠。因此東坡詞總是寓有人生感慨及通達事理的瀟灑於其中，在思想境界上有著相當深度。是故他在感傷完了「即如周瑜那般功蓋一世的英雄豪傑、也都不能免於隨著時間流逝；則仕途多舛、宦海浮沉如己者，復何庸言」後，便懸崖勒馬地、及時調整自己的情緒了。他自嘲早生華髮就是因為每每多情自苦，所以最後他豁然地想通了人生不過一夢，何必自苦若此？還是珍惜有限人生，敞開心胸、盡情地受用這如畫美景、江風明月，瀟灑地飲酒吧！是故前人以「神仙出世之姿」形容東坡詞（劉熙載《藝概》卷四），就是因為其詞能夠一洗歷來的綺羅香澤之態，以無窮的清新之意出之，脫然於塵表之外，予人耳目一新的士大夫文人感受。加上東坡個人纖敏的詞人特質，總是深切地捕捉了凡人所共有的

人生無常、流年逝水等無形嚙咬人心的感傷情緒，卻又當之以無限開朗的胸襟，將其化解於無形之故。讀東坡詞，詞畢，頗有一種「萬籟俱寂，唯蟲聲唧唧爲余浩嘆」之感。

雖然東坡〈念奴嬌・赤壁懷古〉所懷的赤壁，並不是周瑜談笑用兵的赤壁，但是誠如金聖歎批杜甫〈北征〉詩之「猛虎立我前，蒼崖吼時裂」，說：「詩人之眼，上觀千年，下觀千年。杜甫行至此處，就分明見有一虎，讀者要問虎在何處？哀哉小儒！」東坡感嘆逝水流年，弔古即所以傷今，正是借他人酒杯，以澆自己胸中塊壘，亦如前述晏殊借歌者之口自述內心悲愴，又何必斤斤於東坡所賦之赤壁是否破曹的赤壁呢？

東坡詞的豪放之美，人所共知；其韶秀之美，卻未必人人皆知。一般來說，以詩詞詠物既不易討好，又不易爲之；然而東坡寫楊花的〈水龍吟・次韻章質夫楊花詞〉，全詞幽微曲折、氣韻生動，兩宋以來詠物詞幾無人能出其右，《詞源》稱爲「壓倒古今」：

似花還似非花，也無人惜從教墜。拋家傍路，思量卻是，無情有思。縈損柔腸，困酣嬌眼，欲開還閉。夢隨風萬里，尋郎去處，又還被鶯呼起。　　不恨此花飛盡，恨西園、落紅難綴。曉來雨過，遺蹤何在，一池萍碎。春色三分，二分塵土，一分流水。細看來不是楊花，點點是離人淚。

該詞是東坡爲次韻章質夫而作，章質夫是遊宦，東坡是罪臣，皆不無逐臣棄婦之感，一如那委地無人惜的楊花一般。是以該詞語語雙關，句句不離花，又句句非花；句句寫花，又句句寫人。

詞中，那不起眼、毛茸茸一小朵，沒有花色、花香，只落得拋家傍路、折損柔枝似斷腸、無情有思的，是幾乎從沒有人認眞看待它也是「花」的楊花。楊花落土，那細小茸毛包裹著小黑點的花形，像極了張不開的睡眼；儘管已是盡了力想要撐開睡眼，卻不能夠。那種力

不從心萎落地面的無奈感，尤其是竟又隨風飄蕩的現實不堪感，加上清晨再一陣曉雨侵洗的雨後零落，更是打得這暮春時節僅僅剩餘的一點點春色──楊花，不是委塵土、就是隨流水。咦？詞中寫的，究竟是花乎？人乎？東坡的答案是：都是。這一切，處處都像是東坡的寫照啊！所以當定睛細看時，東坡忽然覺得飄零流離的，其實並不是楊花，而是點點的離人淚啊！

　　東坡詞在婉約韶秀的多元風格外，復有深情無限的一面。極其纏綿幽怨的〈江城子‧乙卯正月二十日夜記夢〉，就是一首東坡思念亡妻、賺人熱淚的悼亡之作：

十年生死兩茫茫。不思量。自難忘。千里孤墳，無處話淒涼。縱使相逢應不識，塵滿面，鬢如霜。　　夜來幽夢忽還鄉。小軒窗。正梳妝。相顧無言，唯有淚千行。料得年年斷腸處，明月夜，短松岡。

這首詞固然是為悼亡而作，但是其所以如此悲淒的原因，更在「生者何堪？」上。「死」固然是陰陽懸隔、黃泉路邈；但是「生」，受盡了一切磨難打擊、詬毀流離，倘使連夫妻相逢都料將不識，便不難想像現實打擊該有多麼巨大啊！塵滿面、鬢如霜，在在都是道不盡的辛酸心曲啊！這種情形下的重逢，一切言語都是多餘的，只有那潰決的淚水，才能聊表內心的悲情吧！然而更令人不忍的是，即連這稍可解慰的會面，都只是夢中虛幻的情景罷了；真實生活裏，就只是東坡踽踽一人的寂寞獨行與無盡相思啊！該詞在翹首高歌的東坡開闊詞風外，也讓我們見到他用情深刻、宛轉曲折的另一面。

　　最後用一首能夠表現東坡磊落人格的小詞：〈卜算子‧黃州定惠院寓居作〉，作為總結：

缺月挂疏桐，漏斷人初靜。誰見幽人獨往來，縹緲孤鴻影。

驚起卻回頭，有恨無人省。揀盡寒枝不肯棲，寂寞沙洲冷。

　　缺月對東坡而言，別有一番深刻的感受。他總是從月的陰晴圓缺處，體悟了人世的悲歡離合與無常。而孤鴻在這樣殘月、漏斷的深夜裏，那縹緲的身影，不正是東坡這個「獨醒」幽人的寫照嗎？孤鴻之「揀盡寒枝不肯棲」，不也正是東坡一生光風霽月、磊落不群的最佳註腳嗎？當然這樣的抉擇是必然註定了寂寞、有恨之結局的；然而這也正是千古以來所有君子、寒士的共悲。因此該詞可視為東坡自明心跡、託意有在的作品。東坡詞造語高妙、意蘊深厚，往往託意雙關，前述的楊花詞和這首〈卜算子〉，都是句句雙關。

　　另外也有傳聞指出，說東坡這首詞別有寄意。據說惠州都監溫氏女超超，讀東坡詞而鍾情之，及笄不肯適人。知東坡至，輒徘徊窗外、聽聞吟詠，覺之乃亟去。東坡知其意，遂曰：「吾將呼王郎與子為姻。」後來東坡又貶海南，當他從海南渡海而歸時，超超已卒，葬在沙洲了。故或謂東坡該詞係感其情而作者。（不過此說恐不足信，或為刻舟求劍者因詞意而杜撰、附會罷了！蓋東坡自註此詞是貶黃州時作，當在元豐年間；而東坡貶惠州是在紹聖年間，且已五十七高齡了，時間上並不相合。）

　　一代詞人蘇東坡，胸中有數萬卷書，筆下無一點塵俗氣；其詞語意高妙、氣象博大，幾乎擄掠了所有後世讀詞者的心。雖然也有說他「不諧音律」、「以詩為詞」、「要非本色」的，但那是坡公「豪放不喜剪裁以就聲律耳！」而東坡如萬斛泉湧、不擇地皆可出的千古豪情，亦於此展現。東坡曾說：「異時對黃樓夜景，為余浩嘆！」或許我們要說：不須對黃樓夜景，讀東坡詞已足為東坡深深浩嘆矣！

壹拾壹、婉約諧美秦觀詞

　　詞經過了晏、歐、柳、蘇等大家的耕耘，已自呈現一片蓬勃繁榮的景象，百家之蜂起猶如璀璨的群星一般。而自柳、蘇以後，慢詞長調也就成為詞壇的中堅，蔚為流行。不過東坡固然以橫放傑出之態橫掃詞壇，贏得後人一致的喜愛，他在當時卻頗遭致諸如「以詩為詞」、「要非本色」等一類的批評──「婉約」到底仍是時人對詞的公認標準。於是閒雅有情思、語工而入律的秦觀詞，遂成為當時極受好評的婉約詞代表。

　　秦觀（1049～1100），字少游，號淮海居士，揚州高郵（今江蘇）人，為蘇門四學士之一。[33]他以《淮海詞》享譽詞壇，詞風清麗婉約、情韻諧美，有「婉約之宗」美譽。

　　秦觀的一生與蘇軾是有著密切關係的。他少年豪雋、慷慨溢於言詞，東坡對之極為欣賞。據說當東坡還不認識秦觀時，秦聽說東坡將過維揚，於是故意作坡筆語，題壁於一山寺中。東坡至，果然不能分辨，大驚。後來東坡見了孫莘老，孫出示少游篇章數十，東坡讀後歎曰：「向書壁者，定此郎也。」（上見《冷齋夜話》）不過後來少游進士不第，於是意氣見絀，閉居家中寫了〈掩關銘〉，並生了場大病。其後在東坡的鼓勵下，才再度應試而登第入仕。之後又在東坡的薦舉下，除為太學博士。但是當後來東坡為黨爭禍及一再流放遷徙時，少游也因為與東坡的密切關係而同被貶落、黜退。面對政治上這樣的無情打擊，東坡以豁達的胸襟，大度地承受了下來；少游卻不然。少游面對打擊顯得意志頗為消沉，他的詞風也因此表現出一種寄慨身世的幽咽悽惻之感。他用細膩柔婉的筆調，寫出了心中幽微的感受與悲傷。雖然少游與東坡在生活上極為接近，但是兩人在詞風上是相去極遠的：蘇詞豪邁淋漓，如怒瀾飛空，不可狎視；秦詞婉約柔

33　蘇門四學士為黃庭堅、晁補之、張耒與秦觀。

美,如春花嬌媚,馨香自溢。當然少游這樣的詞風是必然地會限制了寫作之內容與題材的,因此整部《淮海詞》的內容,也就大體不脫言情與述愁。

秦觀所擅長的婉約詞風,非常適合抒情題材之表現,他的情詞也總是受到時人的喜愛與讚美。他有一首以牛郎、織女堅定愛情為題材的〈鵲橋仙〉,便是使人一掬同情之淚的歌詠愛情佳作。這首詞和東坡寫作同一題材時所表現的「天風海雨」、「風雨故人」氣勢,呈現著迥然而異的詞趣,很可以看出婉約、豪放詞風的不同。其詞云:

纖雲弄巧,飛星傳恨,銀漢迢迢暗度。金風玉露一相逢,便勝卻、人間無數。　　柔情似水,佳期如夢,忍顧鵲橋歸路。兩情若是久長時,又豈在、朝朝暮暮。

少游這首詞再現傳統婉約詞風,通詞輕柔,沒有一個沉重字。但是他不像溫庭筠那樣藉著外在物象來渲染情境、烘托意象,呈現滿眼華麗的景象;也不像韋莊那樣明白直接,以疏淡的筆調蘊蓄深情;他轉從超塵絕俗的心靈層面,刻畫一對戀人彼此堅定執著的心靈感應與共鳴。他揚棄了世俗對色相的迷戀,捕捉這對飽受相思苦的戀人在相逢時刻所爆發的激烈愛情、深刻幸福,以及在不得已的離別下所呈現的堅定愛情與昇華。無須多加著墨說明,相信這樣堅貞不移、淒婉哀苦的愛情,已經足以贏得世人深深的嘆息,也頓使世俗的言情之作為之黯然了。

秦觀的言情之作往往表現在深刻的思念上,經常也將仕途蹭蹬的悲哀融入其中。所以他在言情之外,還常常兼亦述愁。例如〈八六子〉云:

倚危亭。恨如芳草,萋萋剗盡還生。念柳外青驄別後,水邊紅袂分時,愴然暗驚。　　無端天與娉婷。夜月一簾幽夢,春風

十里柔情。怎奈向，歡娛漸隨流水，素絃聲斷，翠綃香減，那堪片片飛花弄晚，濛濛殘雨籠晴。正消凝。黃鸝又啼數聲。

在水邊，作者騎著青驄馬與心愛的紅衣女子別離了。別後，他不斷地想念著娉婷的戀人，想那漫隨流水逝去的歡娛、絃聲、以及綠綢巾上的香味……，實在是情不能已啊！更那堪眼前的殘雨濛濛、飛花片片，平添幾分迷離心情。這些已經夠令人不堪了，誰知竟又鶯啼數聲，銷魂驚心，也打斷了作者所深陷其中的思念之夢。少遊這首詞的結句與前述東坡詠楊花的〈水龍吟〉：「夢隨風萬里，尋郎去處，又還被鶯呼起」，頗有同工之妙，都有一種「打起黃鶯兒，莫叫枝上啼，啼時驚妾夢，不得到遼西」（金昌緒〈春怨〉）的寧願沉醉夢中之感，詞旨非常纏綿，在捕捉及刻畫情感上顯得幽微曲折、宕跌迴腸。

　　少游整部《淮海詞》除了言情以外，述愁更是佔了相當重要的篇幅。如果說：「言情」容易被指摘為「香」的話，那麼「述愁」便容易被指責為「軟」了。也因此不斷有人批評秦觀的詞「氣格纖弱」。但是當我們「知人論世」地來看秦觀，就會發現他實在是一個黨爭下的犧牲者。他從未涉政爭，卻無辜被羅織罪名、遠謫南荒；他的性格又不像蘇軾般開朗、能以曠達的胸襟自求解脫，他的作品也就難免擺脫不開離愁、旅愁與謫愁了。少游總是在宛轉情思與清婉情韻的審美品味中，流露著徬徨失路的深沉悲哀。像為他贏得高譽、廣受時人喜愛的〈滿庭芳〉，就是一首以離愁為內容的述愁之作：

山抹微雲，天黏衰草，畫角聲斷譙門。暫停征棹，聊共引離尊。多少蓬萊舊事，空回首、煙靄紛紛。斜陽外、寒鴉萬點，流水繞孤村。　　銷魂當此際，香囊暗解，羅帶輕分。漫贏得青樓，薄倖名存。此去何時見也？襟袖上、空惹啼痕。傷情處、高城望斷，燈火已黃昏。

秦觀與黃庭堅並爲蘇門四學士之一，當時黃庭堅所創始的「江西詩派」極力提倡「脫胎」、「換骨」的寫作方式，[34]蔚爲一時流行；秦詞中便也屢屢可見這種點化前人字句的塡詞方法。像這首〈滿庭芳〉，少游便用了隋煬帝的「寒鴉千萬點，流水繞孤村」，以及杜牧的「十年一覺揚州夢，贏得青樓薄倖名」詩句，加以「換骨」（不易其意而造其語）而成。這樣的作詩塡詞方式，必須要有相當高的才情，否則容易流於效顰、或情不勝辭。不過少游這首詞在轉化前人字句上是很成功的。全詞一氣呵成，略無搬弄、剪輯之感，還以其柔婉情思深深地扣動了讀者的心弦。這首詞在當時獲得了相當廣遠的傳唱，東坡也極爲稱道，還曾經戲稱「山抹微雲秦學士，露花倒影柳屯田」，[35]爲少游贏得了「『山抹微雲』君」的稱呼。據說有一次秦觀的女婿范仲溫參加一位貴人的宴會，席中少有對其加意寒暄者，待酒酣之時才有一侍兒問道：「此郎何人？」范答以：「某乃『山抹微雲』女婿也。」一座爲之絕倒。（《鐵圍山叢談》）可見少游這首詞在當時確是名聞遐邇的。

　　另外像他抒寫春愁的〈浣溪沙〉，也是深受後人喜愛、琅琅上口的一首詞，陳廷焯的《白雨齋詞話》說這首詞：「含蓄不盡，繞有韻味。」王國維的《人間詞話》也給予「結句藝術性極高」的評價，其詞云：

漠漠輕寒上小樓。曉陰無賴似窮秋。淡煙流水畫屏幽。　　自在飛花輕似夢，無邊絲雨細如愁。寶簾閒挂小銀鉤。

這首詞的辭情非常雅淡、雅致，詞中的輕寒、淡煙、絲雨、輕似

---

[34] 黃庭堅認爲詩意無窮，人才有限；以有限之才，追無窮之意，雖淵明、少陵不能盡也。所以提出「不易其意而造其語，謂之換骨法；規模其意而形容之，謂之脫胎法」的作詩方式。

[35] 「露花倒影」乃柳永〈破陣子〉語。上述語見葉夢得《避暑錄話》。

夢、細如愁……，在在都渲染了一片迷離的景致，烘托著作者內心不能自解的憂傷。這是少游填詞的一貫手法，他的審美價值本即在於柔婉、閒雅，所以即使心中再怎麼滿蓄憂思，呈現在讀者眼前的，也自是一片優雅、婉約的諧美詩境。例如在少游詞中顯示其心境相當低迷的〈阮郎歸〉，也還是依然保持了上述輕柔淡雅的情調，詞曰：

湘天風雨破寒初。深深庭院虛。麗譙吹罷小單于。迢迢清夜徂。[36]　　鄉夢斷，旅魂孤。崢嶸歲又除。衡陽猶有雁傳書。郴陽和雁無。

這首詞的辭情是很悲傷的，風雨敲窗、庭院空虛、聞曲興感、鄉夢又斷、客中除歲、無雁傳書，但少游仍出之以含蓄醞藉的筆法。全詞看似無一字言及愁，但其實無一字不含愁。尤其結句的「衡陽猶有雁傳書，郴陽和雁無」，眞是如泣如訴、哀婉欲絕，字字浸透了傷心的淚水。當他被貶途經衡陽時，已經是觸目淒涼，獨自愁斷腸了；如今所遠謫的郴陽（即郴縣），那更是荒遠得連鴻雁都無法傳書的地方。眞教善感多愁的少游情何以堪？縱使少游不言，讀者也自能體會。那就無怪乎感志不遂的少游，在一再的貶謫流離之後竟會於放還時客死途中了。（少游坐黨籍，被奪俸並遠徙郴州、衡州、雷州，當徽宗立始得放還時，至藤州，醉起索水欲飲，水至，笑視之而卒。）以少游如此愁深似海、哀苦自戕的一生，也眞教後世讀者爲之一掬同情之淚了。

　　秦觀雖然在年輕時好讀兵書，也頗有一番豪情壯志，但他的性格卻很容易陷入哀愁與不可自拔的情境中。當他在紹聖年間，與東坡同一命運地被貶落到處州（今浙江麗水縣）時，他深深地陷溺在思念故

---

36 麗譙，高樓；小單于，樂曲名。這兩句是說城門高樓上響過淒涼的畫角以後，孤寂的漫漫長夜緩緩流逝。

友的悲愴中。他回憶著往日與東坡、黃庭堅等一干好友相聚汴京城的歡樂時光，而今零落四散、各在一方，於是不勝悲楚的寫下了〈千秋歲〉：

水邊沙外。城郭春寒退。花影亂，鶯聲碎。飄零疏酒盞，離別寬衣帶。人不見，碧雲暮合空相對。　　憶昔西池會。鵷鷺同飛蓋。[37]攜手處，今誰在。日邊清夢斷，鏡裏朱顏改。春去也，飛紅萬點愁如海。

這整首詞中都可以看出作者深陷在一片遠謫索居的恨恨中。好友各自零散，連喝酒都沒了心情；那使人惱恨的離別，更是消減了容光、寬鬆了衣帶。此時雖有鶯聲花影，在作者心情的投射之下，也只是一種牽引思念故人的殘缺之美罷了！而詞下闋的「鏡裏朱顏改，春去也！」則是從李後主的「雕闌玉砌應猶在，只是朱顏改」，以及「流水落花春去也」換骨而來，因此讀者在讀這首詞之時，心中便同時積澱了後主那國破家亡的巨大創痛，那麼少游的愁當然也就不言而喻了。所以少游說：我的愁就如同那春去的萬點飛紅般，如海之深啊！傳說當時的宰相曾布在讀了這首詞之後便嘆道：「秦七（秦觀排行第七）已經不久於人世了。」後來秦觀果然如其言，在放還的途上死於客鄉，成為眾好友中最早逝的一位。

　　少游一直相當懷念與好友同在汴京的日子，但其實他在京城的日子過得非常清苦。他有一首詩曾說到：「三年京國鬢如絲，又見新花發故枝。日典春衣非為酒，家貧食粥已多時。」（〈春日偶成呈上尚書錢文〉）秦觀身為京官，卻因為家中缺米食粥多日，不得已只好拿著衣服去典當，則他的清貧是可以想見的。但是這時候他至少還有

---

[37] 鵷鳥和鷺鳥飛行有序象徵朝官的排列，所以這裏用以指秦觀和蘇軾黃廷堅等一起在汴京城的聚會。

著政治抱負與志同道合好友的陪伴，日子雖然苦一點，還可以撐過去；至於後來的黨爭貶謫，秦觀就實在很無辜、無奈了。他並沒有真正涉足新、舊黨之爭；清廉自持也沒有能夠使他遠離政治風暴與訕謗讒毀。在哲宗親政以後新黨的排擠、整肅舊黨中，秦觀因為與蘇軾的密切關係而受到了牽連，他被貶到處州去；其後又以「謁告，寫佛書」（秦觀抑鬱而病，病中發願癒後將抄寫佛書；後來卻因寫佛書被誣以藉病為由，實不滿當局、請假抄佛書。）再受誣毀，且一再貶赴郴州（今湖南郴縣）、衡州（今廣西衡縣）、雷州（今廣東雷州半島）。這一連串的貶逐流離，實在超越了秦觀所能平靜自持的心靈承受程度，他無限悲淒地寫下了許多斷腸之音，而有「傷心人」之稱。〈踏莎行〉就是在這樣悲苦的心境下所寫的詞篇：

霧失樓台，月迷津度。桃源望斷無尋處。可堪孤館閉春寒，杜鵑聲裏斜陽暮。　　驛寄梅花，魚傳尺素。砌成此恨無重數。郴江幸自繞郴山，為誰流下瀟湘去。

詞中的少游，是深陷在悲霧、恨海中不可自拔的失意文士；孤館春寒、桃源望斷，這樣的離恨，少游根本無法跳脫開來。他最後只能無語問天：為什麼郴江不能就繞著郴山而流，卻要流向瀟湘去？（亦如問天：為什麼我不能守著故園，竟要轉徙漂泊，遠離家鄉？）東坡愛極了這結句二言，在少游死後自書於扇面上，且曰：「少游已矣！雖萬人何贖？」秦觀在屢遭貶謫的蹇滯仕途上，將他不能自持的情、寄之於詞，深情繾綣、情辭兼勝地抒發著自己的悲慨，贏得了時人稱為「詞人之詞」、「婉約之宗」的美譽及地位。他的詞婉轉含蓄、清麗淡雅、語工而合度，在聲情與辭情上都顯得很美，讀來情韻極為雋永。

　　雖然早於少游的晏、歐，甚至張先等人，也都以韻高、韻美受到稱譽；但是少游是自從柳、蘇發展慢詞長調以來，詞壇上真正能夠

自立於東坡「豪放不喜剪裁以就音律」，以及柳永「批風抹月」、「以俗為美」詞風以外，將詞風引導回歸到婉約主流，並且能夠藉言情以抒憤，寄慨個人身世於詞中，「雖作豔語，終有品格」（王國維《人間詞話》）的詞人，所以也就格外受到時人的重視與推崇。

在東坡展開對詞體的「一洗綺羅香澤之態，擺脫綢繆宛轉之度」革命性突破，卻遭致了時人「不諧音律」、「以詩為詞」的詬病以後，少游正是那執守正宗傳統「綢繆宛轉之度」的詞人代表。也因此雖在時人的高度評價與一致喜愛下，少游的詞辭意雖婉，風骨卻見纖；情韻雖高，格力卻見弱；詞格終不若意境開闊博大的蘇詞。但是他在傷春、惜別、男歡女愛的傳統題材中注入了新內容，他把個人的身世之感融入詞中，造就了哀婉沉鬱、情辭兼勝的諧美風格，將婉約詞推向了另一個新的藝術高度，並且「近開美成（周邦彥），導其先路」，這是同時代其他婉約詞人所無法企及的。

壹拾貳、窮極工巧周邦彥

詞到周邦彥（1056～1121），人稱到了「集大成」地步，他以講究格律開南宋「雅詞」之先聲，是「結北開南」的人物。

周邦彥，字美成，自號清眞居士，錢塘（今浙江杭州）人，是精通樂律的詞壇名家。因爲他非常講究詞的格律，而詩聖杜甫曾經說過：「晚年漸於詩律細」，所以也有人稱他爲詞中的杜甫。由於他音律上的傑出成就、集各家詞法於一身，使他成爲歷神宗、哲宗、徽宗三朝而不衰的著名宮廷音樂家、北宋詞壇之集大成者，堪稱爲詞中之巨擘。他的詞集名《清眞集》，又名《片玉集》。

周邦彥的詞廣受時人推崇。雖然之前蘇軾曾以高潔雄健的詞風，風靡了整個詞壇，也爲南宋豪放詞做了先導；但是北宋詞壇嗣響者並不多。相反地，攻訐他不合音律的，當時大有人在。因此就詞的發展階段來說，蘇軾只能是一個開風氣的人物，而不是集大成的人。一般咸認爲集大成的任務，是由周邦彥完成的。周邦彥一生致力於發展詞樂、促進詞體的繁衍，並且傾全力發展詞的長調技巧。他在摹寫物態上極盡曲盡其妙之能事，從一般的「鋪敘」進展到了「精工」的地步；他的詞風縝密典麗，善於融化前人詩句，且喜歡用典，營造出一種「富艷精工」的婉約派詞風藝術風貌。縱觀從晚唐到北宋末年這兩百多年的詞壇創作概況，其間除了蘇軾曾發橫放之音，一洗綺羅香澤之態以外；詞的內容幾乎都集中在兩方面：風月相思與羈旅行役。周邦彥現存的近兩百首詞作中，除了少數特別的篇章外，也幾乎都不外悲歡離合、羈旅之感一類的題材，所以他的集大成，並不能涵蓋豪邁雄闊、瑰奇壯麗的豪放之音與宏壯之美。因此王國維在讚美他「言情體物，極其工巧」以外，又說他：「但恨創調之才多，創意之才少」（《人間詞話》），就是因爲太講求琢字鍊句，有時會造成讀者「有隔」的理解障礙，少了言外之味、絃外之響，和情眞景眞的直接衝擊與興感。因此周邦彥的成就和貢獻，主要集中在藝術技巧和形式

格律方面，並不在詞格的提高或境界的開拓上。

　　周邦彥傾全力於詞的創作上，是宋詞詞律的全面建立者。他集北宋各派「詞法」（非詞風）之大成，完成了文人詞的格律化；並以大晟府提舉（全國音樂總署的總管）的身分，客觀地提高了詞體的地位。在藝術形式方面，他擅長做細部勾勒，經常一字一字刻畫、一句一句提煉、一層一層渲染，彷彿國畫的工筆畫、又像極了繡花，總要達到繁密、深曲而後止。也因此下開姜夔、史達祖、吳文英等南宋格律派之先河。至此，詞的藝術風貌已經很明顯地由率真自然轉為雕琢文飾了。而其實這種講求精麗工巧的典雅作風，也是藝術形式發展到一定階段所必然會出現的現象。我們以他獲得同樣喜愛填詞的徽宗皇帝相當賞識的〈六醜・薔薇謝後作〉為例，便可以看出上述藝術風貌：

正單衣試酒，[38]恨客裏，光陰虛擲。願春暫留，春歸如過翼。一去無跡。為問花何在？夜來風雨，葬楚宮傾國。釵鈿墮處遺香澤。亂點桃蹊，輕翻柳陌。多情最誰追惜。但風媒蝶使，時扣窗槅。　　東園岑寂。漸蒙籠暗碧。靜遶珍叢底，成歎息。長條故惹行客。似牽衣待話，別情無極。殘英小、強簪巾幘。終不似、一朵釵頭顫裊，向人欹側。漂流處，莫趁潮汐。恐斷紅、尚有相思字，何由見得。

該詞是周邦彥客裏傷春，借花起興以嘆自己遠宦的「人、花雙寫」之作，全詞皆藉詠物以言情，藉薔薇花謝以寫自己客裏虛擲的悵恨。這首詞的聲情絕美，據說徽宗愛之，但是當問及六醜之義時，卻無人能對。後來召來周邦彥問之，始知該曲犯六調（摘取六個宮調聲律最

美的片段,合成一曲),「皆聲之美者,然絕難歌。昔高陽氏(顓頊帝)有子六人,才而醜,故以比之。」所以實際上六醜就是六美,是音樂藝術極高超的表現。

「詠物」主要有兩種方式:一是「體物瀏亮」,以題寫物象、刻摹形貌;一是「託物言志」,要借物託喻,以抒發情志。該詞兩者皆備,既屬後者的詠物抒懷,又兼有摹寫物狀和用典精工的精美。詞中精巧地運用了諸多典故:「葬楚宮傾國」出自《後漢書》的「楚王好細腰,美人多餓死」,和李延年〈佳人歌〉的「一顧傾人城,再顧傾人國。」是說薔薇花極美,但是其花枝柔細如美人細腰,怎堪風雨摧折?而花落滿地、徒留餘香的「釵鈿墮處遺香澤」,則用典《史記·滑稽列傳》的「前有墮珥,後有遺簪。」《史記》描寫盛宴過後的地上,滿是美人散落的釵鈿;這裏是化用典故,說散落在桃樹下、翻飛在柳徑中的花瓣,像是一地的美人釵鈿般。

下闋的「長條故惹行客」為「擬人」手法,以寫薔薇多刺,似是不忍行人離去地鉤住其衣裳,想要多說一會兒話;實則是詞人借「花戀人」以寄寓自己不願離鄉的客居心情。而多情的「蜂媒蝶使」,也是「況物比人」的人、物雙寫。只能勉強「簪巾幘」(布帽)的薔薇殘英、不如金釵上盛開的花朵,也用以自比遠宦飄零的憔悴減損。篇末的「恐斷紅,尚有相思字」,又以盧渥應舉而在御溝撿拾了一枚「深宮怨」題詩的紅葉典故,[39]故教薔薇落花「莫趁潮汐」,以免萬一被潮汐淹沒了,其相思情意就將無由得見而難以促成

---

[39] 范攄《雲溪友議》載,唐宣宗時舍人盧渥於御溝中撿拾了一枚紅葉,上面題有絕句:「水流何太急?深宮竟日閒,殷勤謝紅葉,好去到人間。」乃藏之於笥。及帝出宮人,許適人,歸渥者適為題葉之人;睹紅葉曰:當時偶題,不意郎君得之。

另《太平廣記》亦載,唐僖宗時宮女韓氏以紅葉題詩,自御溝中流出,為于祐所得。祐亦題一葉,投溝上流,韓氏亦得而藏之。後帝放宮女三千人,祐適娶韓。既成禮,各於笥中取紅葉相示,乃開宴曰:于二人可謝媒人。韓氏又題一絕曰:「一聯佳句隨流水,十載幽思滿素懷。今日卻成鸞鳳友,方知紅葉是良媒。」

良緣。這些注重「思力安排」（相對於「自然感發」），有時「摹物寫狀」、有時「離形得神」的結構佈局，都極其工巧地把詞人的一腔憂思、羈愁抑鬱，以滿紙詠物的方式吞吐盡致。清眞詞把諸多耐人尋思的深情蘊藏在所題寫的物象中，這正是他詠物而能引起讀者共鳴、使讀者歎服的最得力處。

周邦彥極爲知音，所製諸調不僅平仄務遵，仄字之上、去、入亦絕不相混，故四聲入詞，至周詞而極其變化。他的用語並且極其典麗，無一點市井氣。凡下字運意，皆有法度，注重章法結構，這尤其是後人認爲他在詞發展階段中的開拓處，也是他和同樣擅寫長調、擅長鋪敘的柳永的不同處。因爲柳永雖也善於鋪敘，但是他的鋪敘主要來自感發，表現出平順自然的詞風；周詞則不然。周邦彥強調結構謹嚴的章法安排，主要以思力見長，所以開南宋格律派詞人講比興寄託之先河。也因此婉約詞自後便減少了天然風韻，而主要朝著人工雕琢、講求藝術深度的方向發展了。

職是之故，《四庫提要》稱周邦彥的詞：「千里和詞，字字奉爲標準。」戈載也說他：「最爲詞家正宗。」（《七家詞選》）以周邦彥詠柳的〈蘭陵王·柳〉爲例，便可以看出他雖然詠物，卻結構嚴密、寓意深遠，非一般徒寫形貌之詠物詞所可比擬。周邦彥在摹寫物狀之餘，必要層層推進，務必做到情感深度開發，極其感慨而後已。所以讀者讀其詞在嘆其狀物精巧之同時，更能感其詞境渾融、情思迴盪不已。詞曰：

柳陰直。煙裏絲絲弄碧。隋堤上、[40]曾見幾番，拂水飄綿送行色。登臨望故國。誰識。京華倦客。長亭路、年歲去來，應折柔條過千尺。　　閒尋舊蹤跡。又酒趁哀絃，燈照離席。梨花

---

[40] 隋堤即汴河堤。隋煬帝開汴河，築堤植柳，後人因稱之。

榆火催寒食。[41]愁一箭風快，半篙波暖，回頭迢遞便數驛。望人在天北。　　悽惻。恨堆積。漸別浦縈迴，津堠岑寂。斜陽冉冉春無極。念月榭攜手，露橋聞笛。沉思前事，似夢裏，淚暗滴。

賦柳本即寓有離別之意在其中，多少年來，周邦彥這位京華倦客在隋堤上，已經數不清幾見絲絲碧柳拂水飄綿送行客了，此刻又是一次的客中送客。想想，在長亭路上年去年來，折柳送別的柳條，應該也有千尺長了吧！有誰知道這其中堆砌了多少令人不堪的離別與離恨啊！更那堪在如此梨花盛開的寒食節前，在哀絃、酒、燈照的催離下，實在使人不能不害怕。害怕此去船隻太快，當一回頭時，人已在數驛之外、在天之北了。最後他只能在那些月榭攜手、露橋聞笛的如夢往事裏，在淚濕衣襟的無盡回憶中，獲得片刻安慰。該詞深切傷離而託物言情，寓離情於詠柳中。

　　一說周邦彥該詞是因留止名妓李師師處，不意和同樣迷戀師師的徽宗皇帝撞期，情急之下只好藏匿在床下，卻因目睹了皇帝與名妓調情、獻橙，忍不住詞興大發地在事後填了一首傳唱的〈少年遊〉：「并刀如水，吳鹽勝雪，纖指破新橙。錦幄初溫，獸香不斷，相對坐調笙。　　低聲問：向誰行宿？城上已三更。馬滑霜濃，不如休去，直是少人行。」為此他被皇帝以「職事廢弛」降罪、解送出京，就在師師送別自己的離別時刻，周邦彥為賦別傷感而作。不過傳說中的徽宗又在同一時間裏來到了師師處，久候不著的醋勁，加上師師歸來時淚睫愁眉，徽宗於是勃然而怒；孰料當師師歌此新詞為皇帝解頤時，曲終徽宗竟又大喜，且謂「望故國」句足證周卿終愛己，

---

[41]　榆火即榆柳之火。寒食節在清明節前一至二日，有禁火之舊俗。唐宋時，朝廷於清明日取榆柳之火以賜百官，以此做薪煮食，名曰換薪火。所以此句周邦彥是說離別時正當梨花盛開、國火將變的寒食節前。

遂將周邦彥復召爲大晟樂正。[42]該詞藉賦柳寄寓離情，纏綿俳惻而迴
環往復，歌中不但三「換頭」，末段聲尤激越，能動人容。南宋紹
興（高宗年號）時盛行於都下，西樓南瓦皆好歌之，稱爲「渭城三
疊」[43]。

　　周邦彥早年曾以萬言〈汴都賦〉獲得神宗皇帝之賞識，將他由太
學生拔擢爲學正。但是緊接著而來的新舊黨爭政海波瀾，使他一再遭
到貶離。他由盧州教授（今安徽合肥）、而荊州（今湖北江陵）、
溧水（今江蘇溧水）、而明州（今浙江鄞縣）、處州（今浙江麗
水）⋯⋯，於是周邦彥的詞境由早年的軟媚而入於悽婉了。他並且
「學道退然，委順知命，人望之如木雞，自以爲喜。」（《清眞先生
文集・序》）想要藉著老莊的「委順知命」來平復自己幾經流徙、憂
思難平的心境。但也正由於對仕途的失望，使他益發鑽研詞的藝術
深度與技巧手法。他擅長章法結構而意境渾化，復深諳「離合」之
旨，能不即不離，詠物而不扣死題目，敘事與抒情迭相運用，有時在
抒情中穿插進景語，呈現廣闊深遠的難以言傳之情，有時又舍情寫
景，使情在景中；尤其擅長營造多層次、多側面的立體架構，每每通
過交錯疊合各種不同時地的情與事，兼用順敘、倒敘、穿插等多種手
法，以轉換時空場景給人今昔交錯、繁複變化的節奏感。

　　所以周邦彥雖然和秦觀同爲婉約名家，也都以沉鬱見稱，都擅長
將個人的身世之感打併入艷詞，在傳統的婉約詞風中呈現出哀怨沉鬱
的情致來；但是周詞比起清、淡、柔、弱底色的秦觀詞，顯得縝密典
麗而規模更大。因此儘管周邦彥之前已有婉約名家柳永與秦觀，周

---

[42] 此一故事雖然流傳甚廣，但是王國維《清眞先生遺事》辨此事誕妄，辨之甚詳。且謂〈少年
　　遊〉亦不過尋常狹邪之詞耳！

[43] 唐詩中有〈渭城曲〉：「渭城朝雨浥輕塵，客舍青青柳色新，勸君更盡一杯酒，西出陽關無
　　故人。」爲歷來送別之絕唱。周邦彥這首〈蘭陵王〉凡三疊，且每疊首句句式、平仄皆不同
　　（即「換頭」），其中末段聲尤激越，能斷人腸，亦時人公認之詞中送別絕唱，故謂之「渭
　　城三疊」。

邦彥還是能在柳永時見淺露的長調鋪敘、秦觀氣格纖弱的情韻諧美以外、自立門戶、別開門面，並且集各家詞法之長，而爲北宋婉約詞之集大成者。試看其〈瑞龍吟〉名篇：

章臺路。還見褪粉梅梢，試花桃樹。愔愔坊陌人家，定巢燕子，歸來舊處。　　黯凝佇。因記箇人痴小，乍窺門戶。侵晨淺約宮黃，[44] 障風映袖，盈盈笑語。　　前度劉郎重到，訪鄰尋里，同時歌舞。唯有舊家秋娘，聲價如故。吟牋賦筆，猶記燕臺句。[45] 知誰伴、名園露飲，東城閒步。事與孤鴻去。探春盡是，傷離意緒。官柳低金縷。歸騎晚、纖纖池塘飛雨。斷腸院落，一簾風絮。

該詞被稱爲《清眞集》的壓卷之作，選家必錄。雖然「人面桃花」一類的故事，[46] 在古典文學作品中已經屢見不鮮，但是周邦彥仍能以其高超的藝術修養，多方變化、情意婉轉地賦予此詞纏綿頓挫之情致，贏得時人一致的讚賞。

　　該詞分三闋，先從眼前的「今」寫起，說梅花已落、桃花初開的章臺路上（歌樓妓館聚集之所），詞人來到了舊時經常尋訪的伊人

---

[44] 侵晨：清晨。淺約宮黃：古代宮女以黃粉撲額，叫做約黃；後來民間加以仿效，以其出於宮庭，故謂之宮黃。

[45] 李商隱作〈燕臺詩〉四首，洛陽女子柳枝聞之，驚嘆其才，約與偕歸。後來柳枝爲東諸侯取去，李有〈柳枝〉五首記其事。周邦彥此處係借典以柳枝比所尋之舊情人，意謂情人已歸他人；並說我當時吟詩作賦曾經打動了她的心絃，那些詩句我至今都還依然記得。

[46] 唐崔護舉進士不第，清明日獨遊都城南，偶至一花木叢萃之村居，叩門久，有女子自門隙問之，對曰：「尋春獨行，酒渴求飲。」女子盂水至，倚桃柯佇立，意屬甚厚。其後護絕不復至。來歲清明往尋之，門庭如故，然戶局鎖矣。護遂題詩其門曰：「去年今日此門中，人面桃花相映紅。人面不知何處去？桃花依舊笑春風。」

處，然而她卻人去樓空了。第二闋接著寫「昔」：他傷情地憶起從前
她倚門盼望的癡情模樣，以及她淡抹額黃、以袖障風、盈盈笑語的嬌
俏身影。第三闋則在「不見去年人」之同時呈現今、昔、未來的時空
交錯下，淒涼感傷今後誰將伴我名園露飲、東城閒步？並在嗟嘆往
事已經「與孤鴻去」的嘆息聲中，傷心黯然地離去。讀者彷彿親見了
一齣愛情悲劇在眼前進行，而詞中的桃花初開、尋訪舊跡、劉郎重來
等是「今」；箇人痴小、淺約宮黃、盈盈笑語、吟牋賦筆等當年事是
「昔」；歸途所見，用以烘托低迷心境的楊柳低垂、飛雨纖纖、落絮
滿窗等又回到了「今」。全詞撫今追昔的感傷交錯，織就了一張綿密
的情網，並以悽婉情意牽引讀者的百轉柔腸，藝術境界可謂高矣！

　　由於注重章法結構，幾乎每一首慢詞長調，周邦彥都要經過精心
佈局，以謹嚴的結構，將事情的過程首尾俱全地呈現出來；絕非徒寫
一時之感而已。因此讀者讀詞便好像目睹了事情的連續進行，具有故
事般的內容情節。也因此即使在一般人所已經熟透了的題材上，周邦
彥還是能夠翻出新意來，再以〈夜飛鵲〉爲例：

河橋送人處，良夜何其。斜月遠墜餘輝。銅盤燭淚已流盡，[47]霏
霏涼露沾衣。相將散離會，探風前津鼓，樹杪參旗。[48]花驄會
意，縱揚鞭、亦自行遲。　　迢遞路回清野，人語漸無聞，空
帶愁歸。何意重經前地，遺鈿不見，[49]斜徑都迷。兔葵燕麥，向
斜陽、欲與人齊。但徘徊班草，欷歔酹酒，極望天西。

---

[47] 銅盤上的燭淚已經燃盡，比喻時間已經很晚了。

[48] 津鼓：渡口報時的更鼓；一說將要開船的鼓聲。參旗：參宿旁有數星，是爲參旗星。這兩句
　　是說諦聽渡口風中傳來的鼓聲，再看看樹梢上的參旗星落到哪裏了？以免誤了行人的出發時
　　刻。

[49] 《史記・滑稽列傳》有淳于髡形容男女夜宴的「前有墮珥，後有遺簪」之言；但此處用典
　　耳，不一定非指送別情人或女子不可。

全詞從河橋送人處開始寫起，先敘斜月餘輝、霏霏涼露的夜景；再側寫馬兒行遲，不正面寫人的難捨，故意寫馬兒不理會主人的揚鞭而逕自行遲，以此烘托出一片瀰漫的離愁。接著是行人去後，詞中人落寞的悵然獨歸情懷。最後更寫偶然重經舊地，竟見「人去、物亦非」的震駭──當作者不經意地路過舊日送別地時，只見在斜陽中兀自搖曳著的兔葵燕麥，已經長成無邊無際、高與人齊了，而草地上的斜徑也都找不到了，這是何等駭人心神的滄海桑田啊！至此，讀者也方才明白上闋的所有敘述，都只是回憶送別當時的情境罷了；濃濃的情誼此刻還存留在作者的心中，無情的現實卻已經連景物都改變了，怎不教人在光陰似箭、往事難回的累唏長嘆中，以酒祭地、對天無語！如此多重鋪寫，在一般送別詞中實屬罕見，不但光陰似箭、往事難覓的深沉慨嘆扣動人心，並可以看出周詞在轉換時空、佈局井然上的用心。

　　經過周邦彥的用心經營，努力提昇藝術技巧以後，原來顯得有些散漫、嬋媛的慢詞變得嚴謹了，也開始朝著格律化的路上邁進了，周邦彥更因此成為南宋格律派詞人所奉為圭臬的詞人。但是在強調了周邦彥致力提昇詞的藝術技巧，帶領詞的發展走上重視思力、講求結構佈局的人工雕琢之路以後，還有一點要提出補充說明的，就是周邦彥並非不能寫興感自然、重視感發的詞，而是那些詞篇並不是周邦彥建立起詞壇集大成地位的代表作，也不是在詞的發展進程上最具有階段性開拓意義、或是周邦彥個人特色的代表作，因此也就並不為人們所特別提及了。其實他也有一些寫得很自然、感人很深的抒發感慨作品，例如：

樓上青天碧四垂。樓前芳草接天涯。勸君莫上最高梯。　　新筍已成堂下竹，落花都上燕巢泥。忍聽林表杜鵑啼。（〈浣溪沙〉）

青天四垂、芳草天涯，顯然作者置身在一個充滿了羈旅之愁的環境
中，為恐望斷天涯路、徒增悲傷，他告誡自己莫上最高梯；但其實這
是反語，更見作者之望斷天涯、愁思不能自已！詞中，作者主要是
藉「空間」以表現遼遠的阻隔；隨之更以「時間」的流逝來烘染相
思，當新筍都已經成為堂下竹、委地落花也已成為燕子築巢泥了，那
麼其間流逝的時間就不言而喻了。此情此景，詞人怎堪林外杜鵑鳥又
傳來一聲聲「不如歸去」的呼喚？整首詞籠罩在一片蕭索清冷的淒涼
情意中，情景交織動人，並可見詞人力求呈現遼闊的時空感，是這首
小詞的突出處。

　　再如〈木蘭花・暮秋餞別〉：

郊原雨過金英秀。風拂霜威寒入袖。感君一曲斷腸歌，勸我十
分和淚酒。　　　古道塵清榆柳瘦。繫馬郵亭人散後。[50]今宵燈盡
酒醒時，可惜朱顏成皓首。

該詞遣詞造句精妙工穩，用語諧婉，氣韻流動。一場秋雨過後，原野
上的金菊更勁秀了，蕭瑟的秋風直鑽入衣袖，使人一陣寒透。要在
如此已見風霜的秋涼時節離開，眼前佳人又唱著斷腸離別歌勸酒，令
人不由得淚水和著酒水。再想到此去的古道清塵、郵亭繫馬，還有酒
醒後的落寞孤寂，怎不催得人紅顏頓成白首？一則是相思至極，再則
也恐相去日遠，怕回首時已是百年身。詞寫離情，詞境清麗雅致而情
意綿長，不過像這樣的令詞，儘管意境美極，它們在晏、歐清麗典雅
的令詞之後，在詞的發展進程上，似乎就沒有什麼特別的開創性意義
了。

　　周邦彥詞作的題材，幾乎不外悲歡離合、羈旅行役一類表現行人
悲懷、離別哀愁，或是借傷春惜春以詠物抒懷的作品。就題材言，誠

50　郵亭，即驛站。

然較爲狹隘；但是他深度地開發了詞的藝術技巧，臻於絕境的巧妙勾勒，後人鮮有出其右者；雄渾的筆力、沉鬱頓挫的詞風，總能在鋪敘之餘，把尋常慣見的傷離題材，表現得淋漓盡致、迂迴纏綿，極盡文字藝術之能事；富艷精工、精妙無雙的語言風格，可謂人工雕琢之極致發揮，……在在都確立了他詞壇上的不朽地位。要之，周邦彥不僅爲北宋婉約詞之集大成者，他的流風餘韻更是累數世而不替，堪稱轉變詞風的重要關鍵人物。

南宋篇

壹拾參、宋詞的極盛與漸衰

　　周邦彥爲北宋詞壇畫下了完美的句點。那位傳說中與周邦彥同樣喜歡京城名妓李師師的徽宗皇帝，則在表面上的承平歡樂假象，與侈靡逸樂的犬馬服飾、宮廷苑圃中，丟失了國家。他並且與兒子欽宗以及后妃等一干皇族三千人，一齊被俘虜到北方的金國，輾轉流徙於苦寒之境，最後客死在荒漠戍途中。

　　北宋滅亡，這對當時任何文人而言，都是絕大的震撼與天搖地動；惟歷史無法改變，歷史的扉頁在徽宗被俘後作的〈燕山亭・北行見杏花〉中翻頁了。這位愛詞的黃帝唱著：「裁剪冰綃，輕疊數重，淡著臙脂勻注。新樣靚妝，艷溢香融，羞殺蕊珠宮女。易得凋零，更多少無情風雨。愁苦。閑院落淒涼，幾番春暮。　　憑寄離恨重重，這雙燕何曾，會人言語。天遙地遠，萬水千山，知他故宮何處。怎不思量，除夢裏有時曾去。無據，和夢也新來不做。」而就在他借杏花零落寫自身飄零的愁苦悲音中，在徒留下「靖康恥，猶未雪」的戰鼓聲中，江左的南宋，已經悄然建立起「直把杭州做汴州」的另一個偏安政權了……

　　昔人論詞，對於南、北宋的詞往往互有軒輊。有「必稱北宋」的，像王國維《人間詞話》稱南宋詞家爲「俗子」；也有重南宋而輕北宋的，像朱彝尊《詞綜》認爲「詞至南宋始極其工，至宋季而始極其變。」如果我們從詞壇的發展概況來說，詞至南宋確實是達到了極盛的地步。一方面是數量極多；另方面是種類極多。從基本上說，北宋詞是言情的，雖然其中蘇軾也曾發鏗鏘巨音，但畢竟是屬於少數；反觀南宋，則由於特殊的社會條件，而出現了許多一齊鳴奏的異調。像是慷慨激昂、憂國憂民的悲憤詞，陶情山水的隱逸詞，以及分別以記遊、記事、贈別、慶弔、花鳥、蟲魚、宮室、玩好、服飾……爲題材、琳琅滿目的「應社」詞（文人歡聚酬唱、結社作

詞），[51]各種類型的詞作，造就了詞壇上品類繁盛的熱鬧局面，甚至還出現反映文人「清脫雅致」生活價值的：「清空」新審美標準。所以我們從南宋詞的思想內容來說，像辛棄疾那種如蛟龍般翻騰詞海的英雄詞，或是如李清照、劉辰翁等充滿傷懷故國之情的深情之作等，確實是比北宋詞開拓多了；「國家不幸詩家幸，賦到滄桑句便工」（趙翼）的說法或許太殘酷，但我們也不能否認南宋由於特殊的歷史背景、社會因素，確實造就了詞壇的一番盛況。

　　不過如果我們從「極盛」的另一面角度來看，「極盛」也就意味著「漸衰」的開始。詞家所認為正統的「婉約」詞風在南宋，已經從北宋多自然興感朝著南宋重思力安排，而講求格律與精巧雅化的「雅詞」方向發展了。其實北宋末、集婉約派以及詞法大成的周邦彥，就已經開始出現「技巧有餘，真情不足」的雕琢鏤刻痕跡了；到了南宋，偏安日久、政權日穩、文恬武嬉，更興起了「應社」風氣，雖然其間曾有辛棄疾慷慨宕跌的豪放之風，但不久就被百年歌舞、百年酣醉的湖山清賞、風月吟弄所取代了。文人們互相結社酬唱應和，競相過著豪奢又有清脫品味的生活。凡早春探梅、清明踏青、暮春賞花、夏夜泛舟、中秋玩月、重陽探菊……等數不盡的賞心樂事，都成為他們生活的重心。我們看《齊東野語》所記載的張鎡「牡丹會」盛況，便可以窺見南宋文人生活之一斑。張鎡以能詩與士大夫遊。其園地、聲妓、服玩之麗甲天下，其聚會稱為「牡丹會」。當眾賓集坐以後，捲簾，異香自內而出，群妓以酒肴絲竹次第至。復有十姬衣白衣，首飾衣領皆牡丹，執板奏歌以侑觴。歌罷樂作退，又垂簾談論如故。良久再飄香捲簾，別十姬易服與花而出。大抵簪白花則衣紫，紫花則衣鵝黃，黃花則衣紅，如此者凡十盃而花與衣亦十易。酒竟，歌者樂者數百十人，列行送客。燭光香霧，歌吹雜

51　周濟《介存齋論詞雜著》曰：「北宋有無謂之詞以『應歌』；南宋有無謂之詞以『應社』」，說明了兩宋詞風變易的重要原因。

作，客皆恍如仙遊。——這樣富貴華靡、高雅清脫的生活情致，自會影響對詞的「雅化」要求，所以南宋詞往往標榜相應於「清脫雅致」生活的「清空」等審美要求。也因此姜夔繼承周邦彥講究格律的風雅之詞，能夠左右詞壇數百年，直至南宋末季周密、吳文英等，雕琢之風猶自不衰。

南宋詞壇不僅詞的內容種類繁多，其分工也愈趨精細，凡所有可以用詩、文表述的內容，無一不可以作為填詞的題材。這樣固然可以脫出詞的狹隘言情限制，但卻也因為是文人的歡聚酬唱之作，而不免有務為奇譎、搜索枯腸的「真情不足」之嘆。所以在南宋詞風走向尖新纖巧、格律雅正的同時，詞人之才高者固然可以賦兼比興、寄意深遠，卻也不免流於刻畫藻繪；至於才下者，那就更是聲多嬋媛、意多柔靡，而難有真情出乎其中了。長此以往，不僅詞興枯竭，也造成了詞風不振。

從大體上說，北宋詞以自然取勝；南宋詞則以技巧工麗見長。綜觀南宋詞壇的發展，在講求技巧工麗的「雅詞」方面，除了極少數頂尖的詞人外，多有因為人工雕琢減損天然風韻，窮力藻飾而走向賣弄尖新，以致被譏為缺乏內在生命、徒有外貌之「彩花」者。而在繼承稼軒英雄精神的豪放派方面，也由於一般人並不具備稼軒那般「股肱王室、經綸天下」的恢宏氣魄與精神、「橫素波、干青雲」的氣象與境界，更未能體會稼軒的「豪放中見精緻」——在其風烈峻拔、掃空萬古的聲震金石外，韶秀婉轉者亦自有其深情不能已的一面。所以多數人只是流於外在形貌的「逞才使氣」摹仿，往往詞作粗率疏放，失卻了文學的藝術性與藝術的崇高境界，成為強弩之末，出現外強中乾的枯槁感。

所以南宋詞壇的發展，其實是盛中有衰、衰中又不乏其盛，可說相當複雜的。至於發展的大勢，則是從初期部分文人沉溺在感傷故國的情懷中，作品充滿了傷逝情調，如李清照；到部分作品藉著悠然世外的放達來轉化內心的頹然失意，用強自寬解來撫慰實際上波動不已的內心，如朱敦儒、陸游；再到後來有異軍突起的豪放詞風，虎躍

龍騰地聳立詞壇，激盪迴旋出一股磅礴的英雄豪氣，辛棄疾自是代表；然後是姜夔等人講尚雅致的「雅詞」吸睛了詞壇，直至南宋末季猶自不衰，即連末世詞人王沂孫、吳文英、周密、張炎等，也都尊尚雕琢鏤刻。

　　最後，就在這些寄寓了比興寄託、哀傷幽怨的遺民詞中，南宋政權江山依舊而人事全非，又一次地拱手讓人了。詞人們在南宋覆亡以後，就也只能在「飛花怕見，啼鵑怕聽」、「斜陽處不敢登樓遠望」的無盡黍離悲慟中，眼看著詞的發展亦同步趨近尾聲了。

壹拾肆、腸斷西風李清照

　　李清照（1084～1155年），號易安居士，山東濟南人，歷經北宋神宗、哲宗、徽宗、欽宗，以及南宋高宗五朝，是男尊女卑的傳統社會以及由男性詞人把持的詞壇上，寥若晨星的萬綠叢中一點紅。北宋時，她是幸福婚姻中的深閨夢裏人；南宋時，她是戰爭離散下，「鴛鴦失卻群」的亂世兒女，並在流離中失去了摯愛丈夫，鬱鬱終老於江南。這位絕代女詞人不但才華洋溢、精通書畫金石，而且具有鮮明的自我意識和熾熱坦率的情感，是一位有著現代靈魂的古代女性。

　　書香門第的李清照，是出自韓琦門下、經術古文俱佳的李格非長女，嫁給了也是官宦世家、曾經仕至宰相的趙挺之之子——太學生趙明誠。雖然兩位大人的政治立場不同（李格非屬舊黨；趙挺之屬新黨），但是對政治沒有野心，只一意沉醉在學術領域裏的這對才子詞女，卻成就了鶼鰈情深的一段文壇佳話。相傳兩人在尚未婚嫁之時，趙明誠就曾經做過一個夢。夢中，他正讀著一本書，醒後猶記書中句爲：「言與司合，安上已脫，芝芙草拔。」其父解曰：「言與司合是「詞」字，安上已脫是「女」字，芝芙草拔是「之夫」二字。」也就是說趙明誠後來爲「詞女之夫」，當時在夢中已得其先兆。（據《瑯嬛記》）婚後，李清照喜歡在大雪紛飛的日子，戴著笠帽、穿著簑衣，邀明誠一起循城遠覽，找尋詞興以及靈感；而趙明誠更是寧可粗茶淡飯、甚至典當衣物，也要「窮遐方絕域，盡天下古文奇字」的人。他們夫妻經常於飯後在堂中烹茶，並指著堆積的書史，互相考問對方「某事出自某書的第幾卷？第幾葉？第幾行？」說中的人便可以先飲。然而他們總在說中了以後，開懷大笑得把茶水都翻覆在懷中，反不得飲了。這樣的生活，無怪乎李清照要說：「甘心老是鄉矣！」

　　至於後來的國破家亡，豈是沉浸在幸福婚姻裏的深閨女詞人所能

逆料？欽宗靖康二年發生「靖康之難」，金兵攻克汴京，徽、欽二宗被俘虜，北宋滅亡，宋室南渡，開啓了史稱「南宋」的偏安政權。隨著山東、青州相繼失陷，李清照夫婦兩人多年精心珍藏的金石古玩，幾皆遭到焚毀或散佚。爲了躲避北方戰亂，他們流落到南方，自此展開顛沛困頓、輾轉流離的人生。趙明誠於建炎三年（1129）病死他鄉，這一對藝術愛侶因金兵南侵而「鴛鴦失卻群」了。身心飽受摧殘的李清照，國破家亡的巨慟、孑然一身的孤苦，昔日美滿的生活轉瞬化爲灰燼。流亡南方的人生驟變，使得李清照後期的詞風出現了很大的轉變，在婉約中平添了豪邁的眞率和凄涼悲苦之音。當朱敦儒等一干人唱著：「中原亂，簪纓散，幾時收。試倩悲風，吹淚過揚州」（〈相見歡〉）、「昔人何在？悲涼故國」（〈朝中措〉）、「國破山河落照紅」（〈減字木蘭花〉）的亡國悲音時，李清照也正歷經一生最大的打擊。所有的少年歡笑自此從她的生命中引退，從此過著憂鬱寡歡的悲苦人生，她的詞風也從此截然二分，轉爲悽愴慘然。

　　年輕時候沉浸在藝術好尙、浪漫生活中的李清照，詞風是輕快、歡樂的。透過她的一枝巧筆，屬於戀愛中少女特有的輕盈嬌俏模樣、露骨又矜羞的兩情相悅，表露無遺。〈浣溪沙〉中，一個青春洋溢、熱情活潑的少女就站在我們眼前，絕不同於男性文人理想愛情投影的「乞憐」思婦。她的俏皮、大膽與奔放，那完全無意於掩飾熾烈愛情、歡喜雀躍於即將和心上人見面的心情，即在今日看來，也毫無距離感，絲毫看不出來是一千年前，書香世家和傳統禮教下的女性。詞曰：

繡面芙蓉一笑開。斜飛寶鴨襯香腮。眼波纔動被人猜。　　一面風情深有韻，半箋嬌恨寄幽懷。月移花影約重來。

我們不難想像，當聽到一聲「他來了」的通報時，她那有如出水荷花

般姣好的容顏漾開了笑容，就想要「衝」出來；但是她隨即煞住腳步，精緻的寶鴨貼飾（或謂髮上簪著鴨形釵頭的寶釵）襯著她雪白的香腮，眼珠子轉呀轉地眼波流眄。這麼活靈活現、古靈精怪的女子，你能說她活在一千年前？而當兩人道別了，她又立刻把相思情意寫滿信箋，急切地邀約他，希望在夜幕低垂時就要再來看她。此情此景，讓我們很難置信這位盛名的才女是宋朝人。

　　李清照就是這樣輕俏活潑地道盡了生活中點點滴滴的快樂，像〈如夢令〉所描繪的，也是一幅優游生活的幸福樣貌：

昨夜雨疏風驟。濃睡不消殘酒。試問捲簾人，卻道海棠依舊。知否。知否。應是綠肥紅瘦。

這首小詞十分優美傳神。在海棠花開的窗下，夜裏，清照於風雨中浪漫縱酒，酒後濃睡。翌日晨起宿醉尚未盡消，她寄掛著海棠花是否被風雨摧落了？當知道花還「依舊」後，她又俏皮地說：不對！不對！應該已是「綠肥紅瘦」（綠葉多、紅花少，將要辭春了）啊！這裏還藏了另一層深意，就是綠葉已濃、春天漸逝，美好的事物總會過去的。

　　李清照新婚不久，趙明誠因事遠遊，她相思無已，遂在錦帕上題詞，相思情深的〈一剪梅〉，不知打動了天下凡幾戀愛中人，每為戀人們琅琅上口。她說：

紅藕香殘玉簟秋。輕解羅裳，獨上蘭舟。雲中誰寄錦書來？雁字回時，月滿西樓。　　花自飄零水自流。一種相思，兩處閒愁。此情無計可消除，才下眉頭。卻上心頭。

這首詞寫的是一種牽腸掛肚、揮之不去的相思苦。春閨寂寞、柔腸寸縷地獨上蘭舟，一種相思、兩人都苦的錦書傳情，在在都是夫妻情深

的反映。後來到了重陽節，她又寫了一首〈醉花陰〉寄給丈夫：

薄霧濃雲愁永晝。瑞腦銷金獸。[52]佳節又重陽，玉枕紗幮，[53]半
夜涼初透。　　　東籬把酒黃昏後。有暗香盈袖。莫道不消魂，
簾捲西風，人比黃花瘦。

這首詞字字扣緊了鮮明而具體的秋的意象，尤其結句的西風拂面、黃
花照眼、斯人憔悴，更是道盡了暮秋深閨的無限相思情，堪稱千古佳
句。據說明誠在收信後，不服輸的好勝心伴著讚嘆聲油然而生。於是
他閉門忘寢地在三日夜中填了五十首詞，其中以清照詞雜之，示諸好
友陸德夫，陸玩味再三後說，唯有「莫道不消魂，簾捲西風，人比黃
花瘦」三句絕佳。至此明誠不得不心服口服，畢竟他娶的是曠世僅見
的絕代詞女啊！
　　恩愛夫妻小別勝新婚，因此李清照詞中刻畫相思離別的佳作也就
特別多。雖然由於閨閣限制，她的詞作在題材上有些狹隘，但卻首首
是至情感人的一時之選。尤其當金人南下、烽火狼煙之際，此時的
夫妻離別，就更教人惴惴不安而牽腸掛肚了。戰亂中趙明誠因母喪
南下，並先帶走一些貴重的書畫器物，清照則留居明誠任內的淄州
（今山東淄川），照顧兩人的畢生收藏，並伺機買船載至南方。不料
山東、青州等地很快失陷，變起倉促，匆亂間清照只攜帶了蔡襄書帖
避難，青州故第十餘屋的一生心血，就此在戰火中化為灰燼。建炎
二年，清照終於抵達建康，夫妻相見執手淚眼，恍如隔世。兩人決
議共赴江西，已至池陽（今安徽貴池），而明誠又被召知湖州（今
浙江吳興），明誠擬先赴建康謁見皇帝，再行赴任；清照則暫留池

52　瑞腦：薰香名，即龍瑞腦，焚之香氣濃郁。金獸：香爐也。古制多作禽獸形，以金塗之、或
　　以銅製。空其中，燃香，煙從口出，故名。
53　紗幮即紗帳。以木作架，蒙以綠紗，夏日張以避蚊，又稱碧紗幮。

陽。臨別時兩人別意戀戀、心中忐忑。船已行而清照又呼明誠，問以「倘城急，奈何？」明誠遙應曰：「從眾。必不得已，先棄輜重，次衣被，次書冊卷軸，次古器，獨所謂宗器者，可自抱負，與身存亡。」（《金石錄・後序》）恩愛夫妻於此分別，孰能預料命運之手已經悄悄向他們伸出魔掌？別後，清照在思念丈夫以外，更增添一份因戰情而起的離散恐懼、家國悲愁，「且戀戀！且悵悵！」她魂牽夢縈、徬徨愁思地寫下了盛名的〈鳳凰臺上憶吹簫〉：

香冷金猊，[54]被翻紅浪，起來慵自梳頭。任寶奩塵滿，日上簾鉤。生怕離懷別苦，多少事、欲說還休。新來瘦，非干病酒，不是悲秋。　　休休。這回去也，千萬遍陽關，也則難留。念武陵人遠，煙鎖秦樓。唯有樓前流水，應念我、終日凝眸。凝眸處，從今又添，一段新愁。

對於丈夫的遠行，她，任憑寶奩塵滿，煙鎖秦樓。她，終日凝眸，欲說還休。她，新來瘦！那是何等的深情難捨啊！然而更叫人悲不自勝的是，明誠在往建康的途中就病了，到建康時已是病情嚴重。清照得書，急僱舟南下，一日夜行三百里，隨侍湯藥在側。然而這一對藝術仙侶，終究還是硬生生地被拆散了。「明誠去世」從此成為鏤刻在清照心頭上的最痛。她悲痛得不能自持、大病一場，從此踽踽獨行地一個人躑躅在漫漫的人生旅途。

　　由來愁苦之詞容易工。孤零零的清照帶著明誠留給她的書二萬卷、金石刻兩千卷以及若干古器，展開了人生旅程中的另一段流離歲月。當時的建康已經情勢急迫，太后率六宮前往洪州（今江西南昌）避難；其時明誠妹婿正任兵部侍郎，亦隨侍在洪州，所以清照除

---

[54] 猊：獅子也。金猊謂塗金或銅製之獅形香爐。

了數篋輕小卷軸、書帖、寫本、三代鼎鼐，留置在身邊病中偶而把玩以外，也將大量的書籍行李運往之。孰料金人又陷洪州！那些書卷石刻，就這樣羊入虎口地丟失了，一生心血盡付東流。往日夫妻對坐、烹茶論學的情景，已成絕響；書畫鼎彝，至此也都在戰火中亡佚殆盡了。這對於像清照這樣一位「食去重肉，衣去重采，首無明珠翡翠之飾，室無塗金刺繡之具；遇書史百家……輒市之。」「几案羅列枕藉，意會心謀、目往神授，樂在狗馬聲色之上」的女子而言，無異是人生重心的全部失落；然而更不能堪的是，明誠去後，她孤單的一個人還要面對猶未稍歇的金兵鐵蹄。處理完明誠的後事，她徬徨無告地說：「葬畢，余無所之。」此後清照一路逃難，顛沛無已，歷經台州（今浙江臨海）、睦州（今浙江建德）、溫州（今浙江永嘉）、越州（今浙江紹興）……。此時日漸憔悴的女詞人，除了手中握著的一枝筆外，一無所有了。

這樣的心情，還能說些什麼嗎？膾炙人口的〈武陵春〉：

風住塵香花已盡，日晚倦梳頭。物是人非事事休，欲語淚先流。　　聞說雙溪春尚好，也擬泛輕舟。只恐雙溪舴艋舟。載不動許多愁。

腸斷西風的千古絕唱〈聲聲慢〉：

尋尋覓覓。冷冷清清，悽悽慘慘戚戚。乍暖還寒時候，最難將息。三杯兩盞淡酒，怎敵他、晚來風急。雁過也，正傷心，卻是舊時相識。　　滿地黃花堆積。憔悴損，如今有誰堪摘。守著窗兒，獨自怎生得黑。梧桐更兼細雨，到黃昏、點點滴滴。這次第，怎一個愁字了得。

最怕做亂世兒女，人命螻蟻。在求全的生命課題下，任是縱橫詞

壇、睥睨一世的絕代詞人，照樣躲不過憔悴飄零、流落江湖的悲劇。〈武陵春〉中，那凋零的春、滄桑的心、無可奈何的「物是人非」，就算還有再多的「春尚好」，怕也只是意興蕭索。有「閨情絕調」之稱的〈聲聲慢〉，將難以平息的滿懷悽慘，透過獨步我國文學史、如珠走玉盤的十四疊字：「尋尋覓覓冷冷清清淒淒慘慘戚戚」，在呈現李清照獨樹一幟的藝術風格之餘，也呈現了女性書寫特有的細膩。

　　詞中深秋的早晨，朝陽乍暖但隨即曉寒砭骨，這變化無常的「乍暖還寒」天氣，不也正像人生寫照嗎？她「尋尋覓覓、冷冷清清」，茫然地找啊找的，想要找什麼呢？感情的依托、生活的重心？或許連她自己也不是那麼清楚明白，也許就只是一種無所依傍的空虛感受吧！但是鋪蓋的愁緒籠罩著，瀰漫成一張網，使人無論如何都逃不出。環顧四周，冷清、孤單、寂寞，此外無它。於是她沉浸在悲傷憐怨的「悽悽、慘慘」意緒，滿心「戚戚」之感。這如泣如訴、曲盡其態而綿密緊扣的疊字連用，透過反覆低吟的舌齒音（尋、冷、清、悽、慘、戚），以複沓類疊的聲情，讓低迷情緒不斷地來回於齒舌間，絲絲入扣又聲情兼備。李清照的音律造詣極高，語言節奏充滿了音韻與旋律之美。那悲苦滿腹的亡國之恨、喪夫之痛，都齊聚心頭地藉由圓轉如珠的疊字，淋漓盡致地傾瀉無餘。讀者也不禁屏息凝神地靜聽訴說。評家曾謂：「此乃公孫大娘舞劍手（公孫大娘是盛唐的著名舞蹈家，以擅長跳〈劍器舞〉聞名），本朝非無能詞之士，未曾有一下十四疊字者。」對此無人能出其右的絕高境界，表示由衷讚嘆！

　　這麼低迷的心緒，豈是「三杯兩盞淡酒」所能抵擋？所以從晨起到「晚來風急」，詞人只是一個逕兒的「守著窗兒黑」，一天好漫長、好無聊！一個人就坐在屋裡傷心地喝著酒。抬頭，有秋雁飛過；本來應該捎來信息的雁兒卻也只是飛過，她早就是孤單的一個人了；那麼為什麼還說雁是「舊時相識」呢？因為南飛的雁是從北地來的，而她就是淪落南方的北人啊！在〈添字采桑子〉中，她也

說：「傷心枕上三更雨，……愁損北人不慣起來聽。」除了踽踽獨行外，她還有著難解的鄉愁。〈菩薩蠻〉說：「故鄉何處是？忘了除非醉」，也道盡了她的思鄉情愁。在這樣的心情下，她看著窗外滿地黃花堆積，憐花更憐人地想著自己，她也像那無人摘取的秋菊，早已容光憔悴。於是在這細雨打梧桐的寂寞黃昏裏，她早已數不清次數地，又一次獨守窗邊、任由它黑。這悲苦得難以下嚥的人生啊，豈是一個「愁」字能夠表述？李清照走得寂寞……走得悲涼……徒留後人一聲聲喟嘆！

　　亂世中的一介女子，李清照即使滿腹詩書、識見卓絕，仍然無法自外於傳統地工作自立。四十九歲的她曾經短暫再嫁卻遇人不淑。良人不良，行賄求官、又覬覦她的財物；三個月後，她勇敢地告官訴離，重獲自由的李清照，遂將餘生全部用在整理趙明誠遺願的《金石錄》上。在哀故國、悼明誠的無盡悲聲中，這位亂離流落江南的絕代詞女漸漸老去了。她不再是「蹴罷秋千，……見有人來，……和羞走」（〈點絳脣〉）的青春少女；也不再是「誤入藕花深處」、「沉醉不知歸路，興盡晚回舟」（〈如夢令〉），陶醉在所熱愛的藝術生活中的少婦了。此時的她，「病起蕭蕭兩鬢華，臥看殘月上窗紗。」（〈攤破浣溪沙〉）「舊時天氣舊時衣。只有情懷，不似舊家時。」（〈南歌子〉）處處都以充滿了傷悼故情、歸鄉路邈的感傷情調，訴說著泫然的欲泣情懷。這位曾經創作許多佳篇、贏得無數清淚，卻「如今憔悴，風鬟霧鬢」（〈永遇樂〉）的閨秀詞人李清照，就在「又催下，千行淚」的悲愴中，在獨自唱著「吹簫人去玉樓空，腸斷與誰同倚？」「人間天上，沒箇人堪寄」（〈孤雁兒〉）的悲音中，孤獨以老，不知所終。

　　置身文學林囿的李清照，在她傳統的女性形軀裏，包藏著現代靈魂。她那熱情奔放、豪邁率真的性情，渾不似一千年前的古代女性。她的識見超拔，即在男性文人中，也略無遜色。她的詞作，展現了女性書寫特有的細膩，以一種前所未有的鮮明女性形象，不同於男性詞人「男子而作閨音」的代言體。豪氣的她，又喜歡一杯在手的

隨性和恣意感，〈醉花陰〉說：「東籬把酒黃昏後」，〈如夢令〉說：「濃睡不消殘酒」、「沉醉不知歸路」，〈訴衷情〉說：「夜來沉醉卸妝遲」，〈聲聲慢〉也有著「三杯兩盞淡酒」……她的作品經常散發著四溢的酒香，伴隨她瀟灑的眞性情。

　　擅長捕捉心緒和情感起伏轉折的李清照，強化了婉約詞的情感力度，擴大並提高了詞的思想內涵。她所撰作的《詞論》，對於各家詞人，有著嚴正而精當的批評。在她主張塡詞要注重音律諧和、重視鋪敘以及富於情致的要求下，她說柳永的詞雖然擅長音律，卻常有用語流俗之弊；歐陽脩和蘇軾等人，雖然學識高超，詞作卻往往不協音律；晏幾道的小令固然典麗，長調卻少了細膩的鋪敘；秦觀之詞，則在豐富的感情之外缺少實質的內涵。再說到她如何看待敗戰英雄項羽的觀點：她著名的〈夏日絕句〉，迥不同於杜牧〈題烏江亭〉的「江東子弟多才俊，捲土重來未可知。」她說：「生當作人傑，死亦爲鬼雄。至今思項羽，不肯過江東。」她不以成敗論功過，直指項羽的豪傑本色，在詮釋了後人爲何獨愛項羽外，更是一場她和項羽之間跨越歷史與性別的英雄邂逅。……李清照是走進蒼茫歷史中的曠世女詞人。

壹拾伍、寂寞丹心話陸游

　　陸游（1125～1210年），越州山陰（今浙江紹興）人。因母親唐夫人在生下他之前夢見秦觀，而秦觀字少游，所以他被命名爲游、字務觀。又因爲在范成大幕下時不拘官場禮數，被譏「燕飲頹放」，所以自號「放翁」。他是南宋詩壇最著名的詩人之一，和楊萬里、范成大、尤袤並稱「南宋四大家」。

　　陸游在書香家庭中成長，從小就喜歡讀書，他回憶：「我生學語即耽書，萬卷縱橫眼欲枯。」七歲，父親嘗以烏鴉命題，他即賦以：「窮達得非吾有命，吉凶誰謂汝前知。」幼小心靈已經認爲命運掌握在自己的手中。在徽、欽二宗因「靖康之難」被金人擄去、高宗即位的紹興初年，陸游還是個孩童，他曾親見士夫們在談到北宋舊國時，有痛哭流涕的、也有咬牙切齒的，人人都以殺身、護衛王室自期。渡江之初，他也曾與故老們「清夜陪坐隅」，終夜陪座談論、緬懷故國。所以他的愛國思想，是從幼年時就已埋下種子的。

　　十二歲，陸游以能詩、文，蔭補登仕郎，又以第一名獲薦送，卻因秦檜之孫列名其後，秦檜怒責有司並將他黜落；第二年試禮部，主司再置之前列，又被秦檜黜落。直到一度積極主張北伐的孝宗繼位，他才以「力學有聞，言論剴切」，獲得賜進士出身。但是後來一場張浚北伐而兵敗符離的戰役，嚇得孝宗從此不敢再言兵，只想靦顏事金、輸帛乞和。是以陸游鮮明的抗金立場，使他在仕途上飽受主和派的排擠、打擊。他所擔任的職位，也多是從早到晚埋首文書，「斷簡圍坐晨至夕」，甚至就在公文堆中吃飯睡覺，「符檄積几案，寢飯於其間」的幕僚與文書職務，並未眞正發揮實質的影響力。南宋的社會，其實充斥著當權者想要苟且偏安的心態。自從高宗以來，積極抗金者如岳飛、辛棄疾等，多被閒置或迫害。權臣們只想要「尊中酒不空」、「贏得閑中萬古名」，希望在毫無作爲的飲酒逸樂中能夠功成名就。於是曾經入蜀參軍、懷抱「氣吞殘虜」之志

的陸游，只能眼睜睜看著承平假象——「渡江來百年歌舞，百年酣唱。」只能無力地在老死前告訴兒子：「王師北定中原日，家祭毋忘告乃翁。」

　　陸游以詩名世，詩作豐富，他曾自言：「六十年間萬首詩。」詩風激昂悲壯、豪放淋漓，用詞明快疏朗，大多書寫壯懷豪情、慷慨忠憤，或者批評朝廷積弱不振，表現對百姓的深切關懷等，有「愛國詩人」之稱。其詞則兼有豪放與婉約之長。不過對陸游來說，「倚聲製辭」的填詞只是餘力，他認為詞是「汨於世俗」、或「漁歌菱唱」而已，並且在他晚年就已經輟筆了。但是他的才情勃發，從早年務求工巧、流麗婉轉，到中年慷慨激憤、憂國憂民，再到晚年觸詠自娛、寄情山水，詞風變化紛繁而皆有可觀。其詞集曰《渭南詞》。

　　陸游的一生是充滿悲劇性的，包括愛情與仕途。首先，他和唐琬恩愛夫妻被拆散的痛苦，就是鏤刻在他心版上、終生不能忘懷的至痛。〈釵頭鳳〉註腳了這場愛情悲劇：

紅酥手。黃縢酒。滿城春色宮墻柳。東風惡。歡情薄。一懷愁緒，幾年離索。錯。錯。錯。　　春如舊。人空瘦。淚痕紅浥鮫綃透。桃花落。閒池閣。山盟雖在，錦書難託。莫。莫。莫。

「恨人間、情是何物，直教生死相許？」後來的元好問曾經提出過「大哉問」；而〈釵頭鳳〉就是宋詞中使人讀之斷腸的凄絕之作，也是陸游少數的婉約詞。在強調理性節制的宋代社會中，陸游這位陽剛的愛國詩人，卻把自己的一生牽掛都化成了繞指柔，至死不渝地思念著因母命難違而仳離的妻子。這樣刻骨銘心的愛情與痛苦，字字成為後世傳唱的繞樑之音。

　　迥不同於一般為詞造情之作，該詞情感細膩而哀婉，出自肺腑、痛澈心扉地表達對唐琬的深情和愧悔自責。詞中那種往事皆已成空卻

還徒留心頭，肝腸寸斷、揮不去的痛楚，令人不忍卒讀。雖說是自己的婚姻，陸游卻不得不屈從於母命。陸母不喜歡這位兒媳並逼使離散，陸游百般哀求無效，只好先將唐琬藏於他處；後來事發，唐琬再度被逐，終至失去聯繫。結果陸游別娶，唐琬改嫁。然而命運之手卻如小說情節般，當陸游和唐琬都各自婚嫁多年以後（或許他們的心情逐漸平復了，也或許他們都努力嘗試著要淡忘這段往事），竟在舊日攜手共游的紹興禹跡寺南的「沈園」重逢了。離異後的不期而遇，讓這對昔日恩愛夫妻的淒楚傷痛再被撩撥、傷口又撕裂，並且是當著唐琬再嫁的丈夫面前⋯⋯情何以堪？

　　唐琬遣人送上酒肴致意，默默凝視。陸游看著（另說指回想往日）唐琬的纖纖玉手、美麗風姿，沉陷在過去的歡情回憶，與今日她是不能攀折的宮牆柳對比。他嘆：無奈的「東風惡」，導致今日的「歡情薄」。但這樣的悲劇，我們並不陌生。和陸游詞作相距約千年前的〈孔雀東南飛〉，我們也曾聽見恩愛夫妻焦仲卿和劉蘭芝的嚶嚶悲泣，同樣也是出自母命的痛苦分離。《禮記》曾經記載「子甚宜其妻，父母不悅，出！」的傳統社會舊規範。不論出於什麼原因？倘若妻子得不到翁姑歡心，相愛的兩人也會被令仳離。〈孔雀東南飛〉的焦仲卿，同樣違抗不了尊者而與婦絕，最後選擇和劉蘭芝一起殉情，死前對母親說：「今日大風寒，寒風摧樹木。」猶如東方的「羅密歐與茱麗葉」。而陸游的婚姻悲劇，則是他用盡長長的一生，不間斷地懷念唐琬。

　　不堪沈園重逢之苦、難忍唐琬再從眼前消失之悲，陸游於是藉著幾分酒意在牆上題詞，寫下這首千古絕唱的〈釵頭鳳〉。望著「人空瘦」的唐琬，他滿懷憐惜傷痛，不能自已；想著曾經的海誓山盟，如今卻連音信都不能通。他的情既不能禁又不能堪，詞中一連三疊的「錯！錯！錯！」猶如江河奔瀉。他又痛喊：「莫！莫！莫！」逼使自己不要再想了。這是寸寸腸斷、悔恨交加的陸游，痛悔當時沒能堅持到底嗎？這枚「千斤重的橄欖」（《紅樓夢》語），也只能留給後人，自己慢慢玩味、細細咀嚼了。

　　那麼唐琬呢？心痛難忍的又何止陸游而已！這次相遇，唐琬也一樣哀深痛鉅。尤其殘忍的是，在舊人面前，她必須收拾情緒，沒有悲歡；在新人面前，更要掩飾情緒，即使心痛如割地「淚痕紅浥鮫綃透」，也要「咽淚裝歡」地笑靨如昔。因爲她是〈釵頭鳳〉說：不能攀折的、他人宮牆之柳。

　　這麼難忍的情，孰人能堪？於是這位過去經常陪伴陸游「紅袖添香夜讀書」的美賢才女，來也塡了一首答詞（或謂係後人依殘本補成）。兩詞合觀，珠聯璧合：

世情薄。人情惡。雨送黃昏花易落。曉風乾。淚痕殘。欲箋心事，獨語斜闌。難。難。難。　　人成各。今非昨。病魂常似秋千索。角聲寒。夜闌珊。怕人尋問，咽淚裝歡。瞞。瞞。瞞。

她亦何其痛心地述說著「人成各，今非昨」的無奈分離。從夫妻相契的深情來說，她和陸游，如今都是形單影隻的淒然；從時空背景來說，昔日愛侶，今日轉爲兩地相思。然而在「羅敷有夫」的情形下，白天她要隱藏心事，淚往肚流；只有在深夜闌珊，獨自聽著寒徹的角聲時，才能任由淚水流淌，第二天再讓曉風吹乾昨夜淚痕。這當中有著多少的「瞞」？是何等的「難」？終究，她只剩下一縷恰似鞦韆細索的病魂了。沈園重逢不久後，她便在陸游一生的懷念中抑鬱而終了。

　　〈釵頭鳳〉字字淒楚、句句血淚的控訴，有情人不能終成眷屬，誠爲人間一大憾事。陸游也終其一生不能忘情唐琬，往後六十年的風風雨雨，吹不散他心頭的倩影。當陸游晚歲，每次入城都還要登上禹跡寺眺望，回首前塵。沈園的記憶鏤刻成爲他永恆的烙印。壁上題詞四十年後，他七十五歲時又賦了兩首題名〈沈園〉的絕句：
城上斜陽畫角哀。沈園非復舊池臺。傷心橋下春波綠，曾是驚

鴻照影來。

夢斷香消四十年。沈園柳老不吹綿。此身行作稽山土，猶弔遺
蹤一泫然。

走在橋上，他緬想著橋下的春水綠波曾經映照美人倩影，傷如之
何！而今，所繫念的人早已夢斷香消四十年；他也年事老大，料想行
將成為稽山之土了。即連沈園的柳樹，也老到不再有柳綿飄落了。但
是他對唐琬的情還是不變的，在憑弔遺蹤時，他還是泫然欲泣的。
八十一高齡時，他曾經夢見重遊沈園，醒後傷感不已，又賦兩首絕
句：「路近城南已怕行，沈家園裏更傷情。香穿客袖梅花在，綠醮寺
橋春水生。」「城南小陌又逢春，只見梅花不見人。玉骨久沉泉下
土，墨痕猶鎖壁間塵。」他說伊人早已不見，早已久埋泉下土；但是
在依舊盛開的梅花中，當年的壁間詞依然長存，見證著他對唐琬永
遠的繫念。陸游在「也信美人終作土，不堪幽夢太匆匆」的聲聲嘆
中，直到白髮蕭蕭的八十四之齡（陸游享壽八十六），還親到沈園憑
弔、賦詩。沈園，這個充滿了舊情的傷逝之所，成為陸游終其一生夢
魂縈繞、低迴不已的傷情處，也成為記錄中國文學史上最淒絕愛情故
事的傷心地。

　　而陸游的悲劇，除了恩愛夫妻被拆散外，還有著英雄不為世用的
悲劇。

　　當陸游以以四十八之齡參與南鄭（今陝西漢中）幕府，在南鄭擔
任「川陝宣輔使」王炎的幕僚。這時候前線的戰況還相當激烈，他懷
抱著「自許封侯在萬里」的大志，遠赴邊塞想要效法班超之投筆從
戎，激昂慷慨地充滿了希望。南鄭的軍旅生活，他常在邊塞幕府接
待從淪陷區逃出來、傳送軍情的志士；常和士兵戍守邊防、枕戈待
旦，「睡覺（ㄐㄩㄝˊ，醒）身滿霜」。燈下，他也常盡情地博奕，
或是騎上駿馬、馳驅獵射，還有過雪地刺虎的壯舉……，這些都構成

了他記憶中無比豪壯的回憶！

　　南鄭有個高興亭，亭上可以直接眺望到長安的南山（即終南山），陸游經常在亭上等待前線傳來的平安火。在一個月夜下，他登上了高興亭遠望長安時，百感交迸、萬緒騰湧，於是豪氣萬千地寫下了〈秋波媚〉：

秋到邊城角聲哀。烽火照高臺。悲歌擊筑，憑高酹酒，此興悠哉。　　多情誰似南山月，特地暮雲開。灞橋煙柳，曲江池館，應待人來。

在烽火高臺下悲歌擊筑、憑高酹酒，等待著多情故國的前線來人，可以看出這時候的陸游是多麼的樂觀開朗、滿懷希望。然而隨著王炎的未及一年便被召回、罷免，陸游也長期被投閒置散而希望破滅了。他始終沒有獲得真正能夠建功立業的機會，只能空使歲月無情流逝。

　　英雄失路、報國無門，「老卻英雄似等閒。」最後，陸游從二十歲立志「上馬擊狂胡，下馬草軍書」（草擬軍中文書）的青年，變成兩鬢霜白的老翁了。當老於滄州時，他望著已如秋霜泛白的髮鬢，再怎麼「英氣凌雲」的他，如今也只能「回盡鵬程，鎩殘鸞翮」（〈望梅〉），任淚水空流，悲嘆著「心在天山，身老滄州」了。南宋志士壯志莫酬的悲慨，透過陸游〈訴衷情〉的訴說，讀者當便可以領略：

當年萬里覓封侯，匹馬戍梁州。[55]關河夢斷何處？塵暗舊貂裘。[56]

---

[55] 古梁州在今陝西漢中及四川東部一帶，因梁山而得名；南宋時，梁州為西北邊防要地。

[56] 《戰國策・秦策》載「蘇秦說秦王，書十上而不行，黑貂之裘弊，黃金百斤盡，資用乏絕，去秦而歸。」此處陸游係借以自比投閒未獲重用。

胡未滅，鬢先秋，淚空流。此生誰料？心在天山，身老滄州。[57]

心繫復國、想要收復失土的志士，他們長期未獲重用，有志難伸的心情，正如陸游詞中借言的「塵暗舊貂裘」：當年蘇秦說秦王，奇計屢上而不用，長期等待中，他的黑貂裘破舊了、黃金用盡了，資用乏絕下只好無奈地回到故鄉。而這樣「關河夢斷」、「胡未滅，鬢先秋」的時代悲劇，代代重演，不是個人所能扭轉。一如名將辛棄疾批判南宋朝廷：「怕萬里長鯨，縱橫觸破，玉殿瓊樓。」朝臣上下，人人唯恐到手的榮華富貴（「玉殿瓊樓」），會在戰爭中被萬里長鯨（喻英雄豪傑）觸破撞碎，寧以半壁江山雙手奉人，怎不教人深深唱嘆！

　　最後，歷經了國家悲劇、家庭與愛情悲劇的陸游，晚年在心境上有了一番轉折。在愛情上，他再怎麼對唐琬不能忘情，也只能空留遺恨；在事功夢想上，不論他多麼「鬢雖殘，心未死」和滿腔的「詩情將略」（〈漢宮春〉），以及懷念羽箭雕弓、呼鷹古壘、截虎平川、暮歸野帳、雪壓青氈、淋漓醉墨的當年豪舉，如今也都「壯志成虛」、「蕭條病驥，消盡當年豪氣」（〈雙頭蓮〉）了。於是他的心境轉趨塵外，一竿風月，寄身湖山了。

　　晚歲，陸游豪氣干雲的慷慨之音，一轉而為清雅出塵的疏放之趣。不過他的詞風轉變，是一種在創作心情上，緣自對政治徹底失望的失路感慨，並不是真正想要逍遙林外、恬澹閒適的隱士心境，他實是身寄湖山，心存河嶽的。他雖然晚居鏡湖畔的三山，表面上是一個友漁樵、釣明月的塵外清客，但其實他的心中還是憂思不平的。他何嘗真的願意做一個不問世事的山水閒人？村居生活終究無法消釋他的一腔熱血豪氣。因此在他看似寄情山水的灑脫筆調中，有著抑鬱的色彩。我們看他的〈謝池春〉，便可以體會他從滿懷書劍報國理想，到

---

[57] 滄州，指水邊之地；陸游晚居浙江紹興鏡湖畔之三山。

報國欲死無戰場,再到晚年吟詠山水,一生的心路歷程:

壯歲從戎,曾是氣吞殘虜。陣雲高、狼煙夜舉。[58]朱顏青鬢,擁雕戈西戍。笑儒冠自來多誤。 功名夢斷,卻泛扁舟吳楚。謾悲歌、傷懷弔古。煙波無際,望秦關何處。嘆流年又成虛度。

當他意氣風發參與南鄭幕府,真實體會擁戈戍邊的軍旅生活時,他確實是熱愛這種生活方式的。他曾賦詩:「投筆書生古來有,從軍樂事世間無。」(〈獨酌有懷南鄭〉)當理想生活一旦消失,功名夢斷了,他才醒悟到自己原來還是一廂情願,還是不脫「志大浩無期」的儒冠誤身啊!於是他只能泛舟吳楚,任由流年虛度地賦著悲歌、望秦關緲遠,只能任憑壯志消磨,坐視光陰流逝在「漁歌菱唱」之中。這真是何等無奈與悲痛的心境啊!
在〈鵲橋仙〉中,同樣呈現了這樣的心境:

華燈縱博,雕鞍馳射,誰記當年豪舉。[59]酒徒一一取封侯,[60]獨去作、江邊漁父。 輕舟八尺,低篷三扇,占斷蘋洲煙雨。鏡湖原自屬閒人,又何必、官家賜與。[61]

---

58 狼煙即烽火。古邊境有事,舉烽火以告警;烽火多以狼糞為燃料,風吹不散,故稱狼煙。

59 陸游以四十八之齡參與南鄭幕府,在南鄭的軍旅生活中,他經常在華麗的明燈下盡情博奕,也經常騎上駿馬馳驅獵射,甚至還有在雪中刺虎的壯舉,這些都構成了他記憶中何其豪邁的回憶!

60 酒徒,指那些只知陞官發財、飲酒作樂的人。

61 唐代詩人賀知章年老還鄉時,玄宗詔賜以鏡湖一曲;此處則陸游借用典故翻出新意。其意謂官家既置我閒散,鏡湖風月本就只屬閒人所有,我又何必官家來賜與?深寓憤慨不平之意於其中。

〈鵲橋仙〉中，陸游先從當年「華燈縱博，雕鞍馳射」的漢中生活寫起，卻欲蓋彌彰地以一句「誰記當年豪舉？」來推翻自我，否定了他的渴想，表明自己如今已是忘卻沙場的鏡湖閒人了。其實這更傳達出他欲蓋彌彰的心事，以及他「心在天山，身老滄州」的痛苦心境。雖然他也想用強自寬解來撫平自己內心的不平，但是眼看著終日耽於逸樂的酒徒們，一一都受賞封侯；志存恢復的志士們，反倒被迫成為江邊漁父，事之不平，孰逾此者？可是又能如何呢？所以他最後也只能傲岸地藉由「又何必官家賜與？」用投閒才能充分欣賞美景，來為自己掙回一點尊嚴。在蕭散中仍不失遒勁昂揚！

這時候，陸游回到故鄉山陰，過著貧困、寧靜的生活了，並以另一首〈鵲橋仙〉，述說他的情懷：

一竿風月，一簑煙雨。家在釣臺西住。賣魚生怕近城門，況肯到紅塵深處。　　潮生理櫂，潮平繫纜，潮落浩歌歸去。時人錯把比嚴光[62]，我自是無名漁父。

陸游以漁父自居，以大自然的潮生、潮平、潮落，道盡漁父一天的生活。這是陸游晚境的生活寫照，也是他的詠懷之作。他一竿風月、一簑煙雨的心情，有若干近似嚴光。但他已不再心存仕進，也不想如嚴光般「披羊裘垂釣於江邊」，或許嚴光的心中還存有一絲求「名」之心吧！宋人就曾有一首詠嚴光的詩說：「一著羊裘便有心。虛名留得到如今。當時若著簑衣去，煙水茫茫何處尋？」然而就在陸游述說著自己只想做一個真正逍遙塵外、無名的江邊漁父之同時，他對時局無可如何的心死和無力感還是呈現了，「潮落浩歌歸去」，應該寓有無限的忠憤和無奈在其中吧！

62　嚴光曾與東漢光武帝一同遊學，當光武即位以後，想要請他擔任諫議大夫，多方物色得之。嚴光不就，改變姓名，隱居於富春山，耕釣以終。

　　最後，在無可奈何的嘆息聲中詞人老去了，但留下一顆熾熱、照汗青的丹心，一如他所留給後人無限回味的詠梅詞〈卜算子〉：

驛外斷橋邊，寂寞開無主。已是黃昏獨自愁，更著風和雨。
無意苦爭春，一任群芳妒。零落成泥碾作塵，只有香如故。

永遠的「香如故」──陸游的丹心赤誠！

壹拾陸、詞壇巨龍辛棄疾

　　偉大的詩人用生命譜寫詩篇——辛棄疾便是如此。

　　辛棄疾（1140～1207年），字幼安，號稼軒，山東歷城（今濟南）人，生於南宋高宗紹興十年——宋室已經南渡十餘年的北方淪陷區。他的祖父辛贊是一位愛國志士，他熱切地期望「忍辱待時」的復國願望，能夠由辛棄疾這個孫兒來完成；於是自幼便帶著他四處遊歷，指山劃河。就這樣地忠義天性伴隨著辛棄疾的成長而養成，辛棄疾也從小練就了一身好武藝與膽識、謀略。

　　當辛棄疾二十二歲時，金主完顏亮率大軍南侵，南宋虞允文（後拜右丞相）敗之於安徽采石，亮為部下射殺，金亦發生內亂。這時候辛棄疾立刻投筆從戎、率領兩千人馬，投入了擁有二十萬義勇軍的耿京手下，為掌書記、運籌帷幄。他又恐怕軍隊最後會陷入一種「起初激情作戰，後來後繼無力，流於潰散」的失敗命運中，所以極力策劃耿京與南宋政權聯合抗金，以取得後援。耿京派他率領騎兵南渡建康，奉表歸宋；高宗也授與了他「承務郎」一職。不料當他回到山東時，耿京已被叛將張安國殺害，率部降金去了。辛棄疾一怒親領五十騎兵，直奔擁軍五萬的金兵大營。神兵突至，金兵猝不及防，不僅張安國被生擒，被裹脅的耿京舊部萬餘騎也被策動直奔建康，並由高宗親自下令將張安國公開斬首。這就是〈鷓鴣天〉說的：「壯歲旌旗擁萬夫，錦襜突騎渡江初。」（襜，彳ㄢ，短衣，謂精銳的錦衣騎兵）時辛棄疾年二十三。

　　朱熹曾經讚許辛棄疾是「股肱王室，經綸天下」的棟樑之才；謝枋得在宋亡以後也曾指稱稼軒的精忠大義，不在張浚（孝宗時曾率兵北伐）、岳飛之下，使生於太祖太宗時，必可以旬日取宰相。如果偶於時的話，辛棄疾應當可以為諸葛亮、為班超。但是他「不偶」於時。那是一個君臣競逐逸樂，「直把杭州作汴州」、「怕萬里長鯨，縱橫觸破，玉殿瓊樓」（〈木蘭花慢〉）的偷安時代。於是

〈水龍吟〉中這位「舉頭西北浮雲，倚天萬里須長劍」（想要拿著萬里倚天長劍，以收復西北失地）的壯志青年，在入仕南宋的四十餘年間，竟落得三度罷官、兩度閑居。其間除了二十餘年坎坷的宦途以外，有二十餘年放廢在家。於是這位「英雄江左老」（〈滿江紅〉）的廉頗大將，最後只落得一如抗金名將宗澤之死前三呼「渡河！」般，在臨死前大喊「殺賊！殺賊！」而死。

　　在辛棄疾宦遊的二十餘年間，凡他所到之處，皆積極備戰、銳意作為，只要一有機會，他是殺身不顧的。當他知湖南、兼湖南安撫使時，他成立了「飛虎軍」雄陣一方，成為江上諸軍之冠；當他兼江西安撫使時，由於饑荒，他強勢地下令：「閉糴者配，強糴者斬。」（有糧食而不賣者，充軍發配；強買糧食囤積以牟利者，斬。）當他知福建、兼福建安撫使時，為顧及海防，他又修建「備安庫」、造鎧甲萬副，並且招強壯、補軍額、嚴訓練，建立了一支勁旅……然而這也就是他數度招致「用錢如泥沙，殺人如草芥」、「殘酷貪饕」彈劾，以致兩度放廢，閑居帶湖（今江西上饒）、瓢泉（今江西鉛山）達二十餘年的原因。他也曾經為朝廷平定江西、兩湖的寇亂；但在亂平之後，他上書朝廷，請皇帝「深思致盜之由」、「無恃其有平盜之兵」。當忠愛已經纏綿成為一種天性的時候，那不是幾道奏書彈劾、落職罷廢能夠遏止的。稼軒但凡被起用，就必有作為。他一如杜甫說：「葵藿傾太陽，物性固莫奪」的忠愛，就像葵花和豆科永遠趨向太陽，是一種無法改變的天性。他也如屈原「九死其猶未悔」的執著，蹈死無悔。他痛：曾經用來斬將搴旗的兩手，「未應兩手無用，要把蟹螯杯」，閑居痛飲不是他所願，「白髮寧有種？——醒時栽。」（〈水調歌頭〉）時代棄才，他只好用生命譜寫成一首首大氣包舉、蕩氣迴腸的詩篇，傳予後人。

　　如此稼軒，豈是蝸角功名所能縛住？他是「金戈鐵馬，氣吞萬里如虎」（〈永遇樂〉）的英雄豪傑，他是「男兒到死心如鐵」（〈賀新郎〉）的虎躍龍騰。他號稼軒，因為他認為「人生在勤，當以力田為先」，但有些人卻廢弛田事，導致兼併風起、貧富不均。他

想，即使終老都被放廢於江湖，他也依然「憂國願年豐」（〈上梁文〉），所以把窗口望出去、一整片都是莊稼的住所，就稱爲「稼軒」，並以此自號。他的心時時刻刻都在生民之上。

　　當他報國無門、關河路絕時，他就賦詞。他和蘇軾並稱「蘇辛」，都是詞中豪放派的代表。字「幼安」的他又和字「易安」的李清照並稱「二安」。他共賦詞六百餘首，是唐宋詞人數量之第一，有《稼軒長短句》傳世。他的詞，是以全生命與大氣熔鑄而成的「夜半狂歌悲風起」，是「天下英雄誰敵手」的不朽詩篇。如果說東坡的橫放傑出，是「曲子中縛不住者」（晁無咎語），那麼稼軒便是橫絕古今、「補天裂」的詞壇巨龍。東坡充滿了放達超曠的逸懷浩氣，稼軒則毫不妥協，正面提出了「九死不悔」的用世志意。試看稼軒和另一位愛國志士陳亮唱和的〈賀新郎〉，眞所謂「聲震金石」！其詞曰：

老大那堪説。似而今，元龍臭味，孟公瓜葛。[63]我病君來高歌飲，驚散樓頭飛雪。笑富貴、千鈞如髮。硬語盤空誰來聽？記當時、只有西窗月。重進酒、換鳴瑟。　　事無兩樣人心別。問渠儂、神州畢竟，幾番離合。汗血鹽車無人顧，千里空收駿骨。[64]正目斷，關河路絕。我最憐君中宵舞，道男兒、到死心如

---

[63] 陳登字元龍，東漢人。據載許汜嘗與劉備論人物，汜曰：「元龍，湖海之士，豪氣不除。」備問其故。曰：「昔過下邳，見元龍無主客禮，自上大床臥，使客臥下床。」備曰：「君有國士名，而不留心救世，乃求田問舍，言無可采，是元龍所諱。如小人當臥百尺樓上，臥君於地，何但上下床之間邪？」稼軒亟稱讚元龍之湖海豪氣，例如「更覺元龍百尺，湖海平生豪氣」（〈念奴嬌〉）、「元龍百尺高樓裏」（〈賀新郎〉）皆是，在稼軒認為，做人就當有陳登的那股傲氣。

　　陳遵字孟公。《漢書‧遊俠列傳》載：陳遵居長安，貴戚皆重之，相與至門；性嗜飲。每取客車轄投井中，雖有急，不得去也。稼軒這裏也是欣賞他的霸氣。

[64] 汗血馬乃大宛名馬，日行千里，汗從前肩轉出如血，故名。《戰國策‧楚策》載：當千里馬

鐵。看試手，補天裂。

即使在病中也一樣高歌狂飲的稼軒，他的氣魄足以驚散樓頭飛雪。富
貴對他來說，千鈞不過一髮，不是他所關心，他所關心的是：神州
幾番離合？雖然他的豪情也一如盤空的硬語，朝廷不愛聽，但他毫不
妥協地還是要說，他上〈美芹十論〉、上〈九議〉給皇帝，力陳抗金
大計。雖然他的忠愛也一如馱負鹽車上太行山的汗血寶馬般，託足無
門、無人顧惜，現世沒有伯樂。但是哪怕處在君臣偏安，「卻將萬
字平戎策，換得東家重樹書」（〈鷓鴣天〉）、「正目斷，關河路
絕」的處境中，他也昂揚地，依然抱持「男兒到死心如鐵」、「看試
手，補天裂」的氣魄。這就是稼軒──我國歷史上罕見的，不管現實
多麼絕望，永遠凜凜生風、永不屈服的真豪傑！
　　關山路絕，目望邈邈，而今這位曾經叱吒戰場的將軍，「將軍百
戰身名裂，向河梁回頭萬里，故人長絕」（〈賀新郎〉），他遠離了
戰場，只能做一個「落日樓頭，斷鴻聲裏，江南遊子。」（〈水龍
吟〉）可憐他連夢裏都「夢回吹角連營」、「馬作的盧飛快，[65]弓如
霹靂弦驚」，他在夢中「沙場秋點兵」（〈破陣子〉）。他只能在夢
裏重回故國，「是夢裏，尋常行遍，江南江北。」（〈滿江紅〉）他
的抑鬱心情，堆疊有如「舊恨春江流不盡，新恨雲山千疊」（〈念奴
嬌〉），試看〈菩薩蠻·書江西造口壁〉[66]，便可窺見：

被賣至太行山馱鹽車時，膝折尾垂、腳趾潰破、白汗交流、漉汁撒地，徘徊山腰，負轅不能
上；伯樂遭之於途，下車攀而哭之，解衣以覆之。千里馬亦低頭嘆氣、仰首而鳴，聲達於天
若金石聲，見伯樂之知己也。

[65] 的盧，快馬名。《三國演義》載，劉備於荊州嘗騎的盧一躍三丈，越過檀溪而脫險。

[66] 造口即皂口，今江西萬安縣西南。辛棄疾於淳熙二、三年間任江西提點刑獄，其官署在贛
州，所以常經造口。
建炎三年金兵南侵，其中一路，曾經追逼隆祐太后至江西，大肆騷擾了贛西一帶。傳說太后
避虜，泊御舟於廟下。一夕，夢神告曰：「速行。虜至矣！」太后驚寐，疾發舟。金兵果然

鬱孤臺下清江水。中間多少行人淚。東北望長安。[67]可憐無數
山。　　青山遮不住。畢竟東流去。江晚正愁予。山深聞鷓
鴣。

梁啓超說，如此大聲鏜鞳的〈菩薩蠻〉，未曾有也！稼軒望著眼前鬱
孤臺下的清江水，想著它是由多少行人的淚水所匯注而成？（暗指
建炎年間金人南侵、肆虐贛西之事。）雖然無數的山巒重重阻隔了臨
安，不過不管其間有多少青山阻隔，江水畢竟還是東流而去了；就像
「胡馬」依北風，「越鳥」朝南枝，「人情懷故土」不是任何山河所
能夠阻隔的。在稼軒的心裏也還是堅信，終有一天必可以收復失土
的，只不過現在江晚已經使我愁了（歲不我與），又再聽聞那鷓鴣
「行不得也哥哥」的啼叫聲，難免羈愁、國愁一齊湧上了心頭。
　　稼軒離別了故里，原來一心指望著收復失土；無奈的人言訕謗，
使他一片丹心每受打擊，滿腔熱忱屢遭扭曲，於是歷經了政治失
望、幾度廢官的他，對於人情不能不有深一層的體認了。他以慷慨
的悲音、哽咽的聲調，唱出了「人間路難行」的心頭淒楚，〈鷓鴣
天・送人〉說：

唱徹陽關淚未乾。功名餘事且加餐。浮天水送無窮樹，帶雨雲
埋一半山。　　今古恨，幾千般。只應離合是悲歡。江頭未是
風波惡，別有人間行路難。

在江邊送別友人時，稼軒唱著〈陽關曲〉，但他自己離別了故里，何
嘗不也是賦著〈陽關曲〉呢？那是任憑再怎麼唱徹，淚水也擦不乾

躡至，追至造口，不及而還。
[67] 鬱孤臺在今贛州西北，因鬱然孤峙而得名；唐李勉為贛州刺史，曾登臺望長安，故改名為
「望闕臺」。此係借李勉登臺望長安之意，借長安以為臨安。

的啊！功名到如今只能算是餘事了；不是不想立功建業，而是宦海無情、報國無門。那堆積在胸中的千般愁恨，並不是緣自對江頭風波險惡的恐懼，而是——人間路難行。讀罷該詞，稼軒那種痛澈心肺、深烙在心頭的無力和悲愴如在眼前。而這是在稼軒歷經了人間萬難、回首前塵時才痛切體認的。

往事千端雲湧，〈醜奴兒〉中他又一次地嘆息：

少年不識愁滋味，愛上層樓。愛上層樓。為賦新詞強說愁。
而今識盡愁滋味，欲說還休。欲說還休。卻道天涼好箇秋。

這是一首極受後世「青青子衿，悠悠我心」學子喜愛的膾炙人口好詞。在「少年情懷總是詩」的善感年紀下，人人自詡多愁，甚至只是為詞造情地說自己是多愁的。愛上層樓，也只為了捕捉那份蒼茫的憂鬱感，好說服自己是真正多愁的。而今，他已歷經「故人長絕」、「望斷鄉關何處」，並遭讒毀擯斥、政海波瀾，走過人間萬般行路難了，「可惜流年，憂愁風雨」（〈水龍吟〉），教他還能說些什麼呢？長滯江南不歸，他是痛心的，「笑塵埃，三十九年非，長為客。」（〈滿江紅〉）他也曾假借山石言：「清遊杖屨公良苦！」（〈山鬼謠〉）說出自己獨行孤寂的苦悶。他還對前來探病的鶴鳥，說：「千百慮，累吾軀」（〈六州歌頭‧屬得疾，暴甚，醫者莫曉其狀〉），這才是他孤憤致病的原因。這些都是文字所無法表述的至痛無言啊！所以，就說：「天涼好箇秋」吧！

但是稼軒儘管失意於江南，他的疏狂可是一點兒也不稍減的。看他晚年在停雲堂仿陶淵明思念親友寫的〈賀新郎〉，就是縱橫捭闔、橫絕古今，讓人拍案叫絕的英雄詞：

甚矣吾衰矣。悵平生、交游零落，只今餘幾。白髮空垂三千丈，一笑人間萬事。問何物、能令公喜。我見青山多嫵媚，料

青山、見我應如是。情與貌，略相似。　　一尊搔首東窗裏。
想淵明、停雲詩就，[68]此時風味。江左沉酣求名者，豈識濁醪妙
理。回首叫、雲飛風起。不恨古人吾不見，恨古人、不見吾狂
耳。[69]知我者，二三子。

這是悲歌！也是狂語！英雄老江左，到如今，白髮空垂、交游零
落，嘆還有什麼能夠令人欣喜的呢？沒有了，人間萬事稼軒皆已看
透、看淡，都已了然於胸。或許只有寄情青山，還能夠獲得一些心境
上的平靜吧！這是時代的悲歌。但是稼軒是不甘蟄伏的人，忠愛對他
來說，早已成為一種天性，但是「時不我與！」又當奈何？他於是把
激於忠憤的一腔熱忱，都化作了文字上的力道萬鈞：「回首叫、雲飛
風起！」他並且還「不恨古人吾不見，恨古人不見吾狂耳！」這是稼
軒的英雄狂語，孔子所謂「狂者進取」的一種執著、一種自信。一種
無論局勢多麼惡劣，都壓抑不下去的傲世自信與英雄氣概，但另外也
還有著相當成分的孤獨心情在其中。或許只有上友古人像淵明、屈
原一類的，才可以了解他吧！所以他在一般人的「恨不能與古人同
世」之外，更說我遺憾的是古人未及見我。據說稼軒平生最愛此數
句，每於酒席上自誦之，並環顧四座問客如何？眾人之讚嘆，也都是
如出一口的（岳珂《桯史》）。

在這首詞中我們還看到了稼軒詞的另一個特色：熔鑄經史百家
的「以文為詞」。人稱東坡「以詩為詞」（《後山詩話》），蘇
詞雖然「如詩如文」，但還不至於引經用史，稼軒詞則拉雜騙使
《詩經》、《論語》、《孟子》、《左氏春秋》、《南華》、《莊
子》、《史記》、《漢書》、《世說》、《離騷》、李、杜詩……於

[68] 晉陶潛〈停雲〉詩序云「停雲，思親友也。」
[69] 「不見」二句原出《南史·張融傳》，常常歎曰：「不恨我不見古人，所恨古人不見我。」
辛棄疾於此特加一「狂」字，有其欲彰顯之深長意味。

筆下，而「橫豎爛漫，乃如禪宗棒喝，頭頭皆是！」「但覺賓主酬暢，談不暇顧。」（劉辰翁〈辛稼軒詞序〉）稼軒直是把古文寓之於詞，甚至還大發議論地寓論於詞，像〈沁園春〉中的「詞論」，他說：「怨無大小，生於所愛。物無美惡，過則爲災」，以此自責嗜酒，並想戒酒。詞向來是以婉約爲正宗的，東坡進一步開拓了詞境，又擺脫詞的綺羅香澤之態，已經很引起世人「要非本色」的震駭與批評了；稼軒且更變本加厲，一舉衝破所有文體的界限藩籬，融經鑄史地掀起了萬丈波瀾，叫人瞠目結舌而目不暇給。稼軒以淵博學識，出神入化地在詞中使事用典、旁徵博引，令人歎爲觀止。

不過稼軒使事雖多，卻粹然出自內心感慨，因此能夠大氣包舉，不見堆疊，也不露斧鑿痕，總能圓轉流麗，不爲事所使。遠非後來辛派愛國詞人學步豪放，以粗字莽字入詞或流於叫囂，所能望其項背的。必定要胸中自有奇氣與眞氣，才不會淪爲紙上奔騰、掉弄書袋。以這首〈賀新郎〉爲例，詞中使事用典，除李白的「白髮三千丈」、張融的「所恨古人不見我」、淵明的「東軒搔首」以外，其中「甚矣吾衰矣」、「知我者，二三子」，更是出自《論語》孔子之口，這在一般詞人，簡直匪夷所思，但在稼軒卻順理成章，其氣磅礴充塞，誠詞中妙手也。

〈賀新郎〉是稼軒非常喜愛的詞牌，他常用此詞牌，淋漓盡致地抒發情懷。再看他的另一首〈賀新郎·聽琵琶〉：

鳳尾龍香撥。[70]自開元、霓裳曲罷，幾番風月。最苦潯陽江頭客，畫舸亭亭待發。記出塞、黃雲堆雪。馬上離愁三萬里，望昭陽、宮殿孤影沒。絃解語、恨難說。　遼陽驛使音塵絕。瑣窗寒、輕攏慢撚，淚珠盈睫。推手含情還卻手，一抹涼州哀

---

70 此句形容琵琶的精緻名貴。它的琴槽似鳳尾般，它的撥子是龍香板。

徹。千古事、雲飛煙滅。賀老定場無消息，[71]想沉香亭北繁華
歇。彈到此，爲嗚咽。

該詞用事極多，句句不離事典。乍看似是雜亂無章地臚列了千年以來
所有的琵琶舊事，其實句句都是稼軒用象徵手法，借古諷今、憂時
傷事，寫出自己的「心中有淚，故筆下無一字不嗚咽。」（陳廷焯
《白雨齋詞話》）

　　甫開篇，稼軒就以唐喻宋，寫唐人由盛轉衰的安史之亂，用白居
易〈長恨歌〉的「漁陽鼙鼓動地來，驚破〈霓裳羽衣曲〉」開場。當
楊貴妃舞完〈霓裳曲〉後，安祿山進京了、楊貴妃縊死了、唐玄宗也
讓位給肅宗了。歷史總是一再重演，所以稼軒其實是藉此提問：從
北宋盛世以來，至今歷經幾番風月了？接著他羅列出歷史上各種關乎
「琵琶」的苦難意象。在稼軒筆下，千年的興亡往事，都一一化作了
琵琶弦上語。那一字排開的，在在都是難消的苦語恨事啊！

　　先有漢代王昭君的「馬上離愁三萬里」、「昭陽宮殿孤影沒」
（人們想像昭君出塞時，是手抱琵琶坐在馬上的）。而說到離愁，
宋代徽、欽二宗被擄北去，不也同此悲愴嗎？再來就是唐代用〈長
恨歌〉記錄了天寶安史之亂的白居易。這位青衫溼透的「江州司
馬」，也像極了〈琵琶行〉中的琵琶女和江頭客。琵琶女「老大嫁
作商人婦……去來江口守空船」，江頭客則「同是天涯淪落人」，
「辭帝京」又「謫居臥病潯陽城」……咦？到底說的是白居易還是辛
棄疾？還是千古英雄，都同此「畫舸亭亭待發」，正待展翅高飛旋遭
罷廢，而同聲一哭？

　　不過最讓人傷心不能自已的，更在遼陽舊地（借代金兵佔領地）
音書斷絕、關河路斷，望家鄉緲緲、故國杳杳、山河難復。想要再像

71　賀老指唐開元善彈琵琶的樂工賀懷智；定場謂能壓得住場子。蓋演奏者技高，能鎮壓全場聽
　　眾之謂也。

唐代那賀老定場般的盛事，是沒有的了，還有誰堪為褰旗巨擘手？玄宗偕貴妃在沉香亭北賞牡丹、聽琵琶的風流韻事，也都煙消雲散了。北宋的富麗也都轉眼成空，雲飛煙滅了。現在就只剩下自己和含情撥弦、淚珠盈睫的琵琶女，潸然淚下地、正彈奏著一曲壯士悲歌的〈涼州曲〉。如此琵琶，聽得人心驚神駭、落淚漣漣。到此，所有聽者、彈者都早已嗚咽難禁，不忍再彈再聽了。稼軒詞遂戛然而止也如琵琶之聲停，而盪氣迴腸、空谷泠然作響！

稼軒詞除了善於借典使力、以「文」為詞外，他還擅長以「氣」入詞。稼軒的精神氣節，自非傳統文人所能牢籠，他是伏櫪之驥，他當然並不希望藉著文字傳世；但是生當弱宋末造，環境使然，他也無法自拔於世。於是詞對他來說，就成為一種抒寫情性、陶情悅性的工具了。因此他將不能盡展的英雄之氣，寄之於詞，這使得他的詞濃縮了整個時代，成為時代的縮影，也使得他的剛性、烈性，化成了整個時代的悲歌。他的驚散飛雪、硬語盤空、聲震金石，都是敲醒時代心靈的震聾發聵。〈西江月・遣興〉雖是小令，卻很能看出他陶冶百家、突破傳統，又具崢嶸意氣與狂放精神的英雄特質：

醉裏且貪歡笑，要愁哪得工夫。近來始覺古人書。信著全無是處。　　昨夜松邊醉倒，問松我醉何如。只疑松動要來扶。以手推松曰去。

現實中的苦悶，稼軒經常藉醉來解愁，像是「醉裏挑燈看劍」（〈破陣子〉）、「醉裏吳音（江南方音）相媚好」（〈清平樂〉）、「對別酒，怯流年」、「道愁腸，殢酒只依然」（〈木蘭花慢〉）……。他說如果要愁，哪裏還需要找事情、找時間呢？那種無時無刻盈滿心頭的排山倒海愁緒，只怕是揮都揮不去啊！而人生愈經世路坎坷，愈覺得「信古人書」無用，堅持理想為什麼卻得不到正義的伸張？這真是大痛啊！但這是反語！愈是在艱難的處境中，我

們愈可以看見稼軒豁開了全生命的執著——「信著」固無是處，他卻還是堅定不悔啊！不過儘管挫折重重，稼軒到底是一個醉倒也不要人扶，自會站定的人。所以他在醉態醉眼下，似見松動要來扶他，他立即伸手推開，大叫：去！走開。這結句著實使人發笑，直笑到淌出了眼淚，這不僅是稼軒「笑中帶淚」的幽默，更是讀者對稼軒精神的同悲。這首詞有批判也有抒懷，有描繪也有議論，有動作也有對話，不僅突破了詞的傳統窠臼，更把包藏在醉態下的狂放精神和悲憤情緒，統統都發揮到了極致，至情至性，瀟灑卓犖。

　　稼軒在如屈原般九死不悔的堅定執著以外，更難得的是，他也有屈原般豐富的想像與浪漫情懷。他曾與山石心許神交，藉著山石之口訴說了踽踽獨行的孤寂：「昨夜龍湫風雨，門前石浪掀舞。四更山鬼吹燈嘯，驚倒世間兒女。依約處，還問我：清遊杖屨公良苦！」（〈清平樂〉）他也曾對前來探病的鶴鳥，痛陳心憂時事的致病之由，詞云：「晨來問疾，有鶴止庭隅。吾語汝：祇三事，太愁予，病難扶。……千百慮，累吾軀。……雖盧扁藥石難除。」（〈六州歌頭〉）他還曾藉著與鷗鷺同盟，點明邪佞當道、知音難尋：「凡我同盟鷗鷺，今日既盟之後，來往莫相猜。白鷺在何處？嘗試與偕來。」（〈水調歌頭・盟鷗〉）他又藉言戒酒，將酒杯予以擬人化：「與汝成言：勿留亟退。吾力猶能肆汝杯。杯再拜，道：麾之即去，招亦須來。」（〈沁園春〉）……。稼軒以豐富的想像力，賦予蟲魚鳥獸、山石鬼靈，足以反映其思想感情的問答與對話，呈現他對現實的失望、對未來的迷惘與苦悶。

　　而辛棄疾的淵深尚不止此。如果我們把稼軒詞比做一座高山，那麼在他詞的世界裏，固然有著參天倚地的奇峰怪崿，卻也同時有著深谷幽蘭、林泉曲澗，這又是後人學步豪放所達不到的另一個高度。劉克莊說稼軒詞：「其穠纖綿密者，亦不在小晏（晏幾道）、秦郎（秦觀）之下。」（〈辛稼軒集序〉）謝章鋌也說：「學稼軒，要於豪放中見精緻。」（《賭棋山莊詞話》）我們欣賞稼軒詞，其風烈峻拔、掃空萬古者，固是亙古所未有；其韶秀婉轉者，也自有深情不已

的一面。例如〈青玉案〉中，高度而準確地捕捉住心弦被觸動和心靈彼此遇合時、剎那間的悸動──「眾里尋他千百度。驀然回首，那人卻在，燈火闌珊處」，不知風靡了多少人心，而被認為是千古佳句。王國維《人間詞話》說到古今成大事業、大學問必經的三種境界，（第一境是晏殊的「昨夜西風凋碧樹，獨上高樓，望盡天涯路」，第二境是柳永的「衣帶漸寬終不悔，為伊消得人憔悴。」）它也是壓軸。我們再看稼軒詞另一首充滿了纏綿情意的〈滿江紅〉：

敲碎離愁，紗窗外、風搖翠竹。人去後，吹簫聲斷，倚樓人獨。滿眼不堪三月暮，舉頭已覺千山綠。但試把、一紙寄來書，從頭讀。　　　相思字，空盈幅。相思意，何時足。滴羅襟點點，淚珠盈掬。芳草不迷行客路，垂楊只礙離人目。最苦是、立盡月黃昏，闌干曲。

詞中，稼軒深情刻畫了一位淚珠盈掬、倚樓人獨、立盡黃昏的癡情人兒。在觸動離愁的風搖翠竹、暮春三月中，她（他）只能一再把玩來書、細細從頭讀過。她嘆：芳草迷路，唯不迷行客之路，行客到底還是遠去；春色中楊柳絲絲弄碧，但也只撩動了離人的心頭淒楚；盈幅的相思字也終究還是無法窮盡相思之意啊！整首詞的藝術形象，細密婉約似寫女子，但其實這樣的癡情想念，也未嘗不可以是辛棄疾以婉轉纏綿的筆調，來自我表述內心的一片忠愛之情與離愁。

　　再如〈祝英臺近〉：

寶釵分，桃葉渡。煙柳暗南浦。[72]怕上層樓，十日九風雨。斷腸

寶釵分：古代女子有分釵贈別之俗，釵折兩股，男女各執一股。桃葉渡：在南京秦淮河與清溪合流處；晉王羲之嘗於此地送別愛妾桃葉，由此而得名。南浦則後世所用為「送別地」之代稱。語出屈原〈九歌〉：「予交手兮東行，送美人兮南浦。」江淹〈別賦〉亦言：「送君

片片飛紅，都無人管，倩誰喚、流鶯聲住。　　鬢邊覷、試把花卜歸期，纔簪又重數。羅帳燈昏，哽咽夢中語。是他春帶愁來，春歸何處。卻不解、帶將愁去。

該詞的詞風婉約，直是超過了一般婉約詞篇。詞中所寫雖是女子送別愛人之後，獨自吞嚥相思之苦的情狀；但難能的是，整首詞神情逼肖地以簡單而形象化的語言，將深層的潛藏心理和盤托出。這首詞所刻畫的相思煎熬：她，用花瓣占卜歸期，才剛數完、剛簪上，就按捺不住急切的心情，又取下重數；她，怕上層樓，因為十日九風雨，[73]不但摧落了眼前的片片飛紅、滿眼不堪；鶯聲復不住地啼叫，更增斷腸之苦。她，羅帳燈昏下哽咽難眠，幽怨嘆道：既是他春帶愁來，為何春歸卻未帶愁去？全詞刻畫細膩，感情掌握絲絲入扣，將焦灼等待的盼望之情，完全呈現出來，即在氛圍的烘染上，也渾然天成，毫不遜色於任何婉約詞家。無怪乎沈謙《填詞雜說》借昔人論畫之「能寸人豆馬，可做千丈松」，形容稼軒詞既能激揚奮厲，復能婉轉曲盡。

最後則以一首幾乎囊括了稼軒詞所有藝術風貌：熔鑄百家、以文為詞、以氣入詞、賦兼比興，同時又不失柔媚婉約，而被梁啟超譽為「前無古人，後無來者」的〈摸魚兒〉，為辛詞作結：

更能消、幾番風雨。匆匆春又歸去。惜春長怕花開早，何況落紅無數。春且住。見說道、天涯芳草迷歸路。怨春不語。算只有殷勤，畫簷蛛網，盡日惹飛絮。　　長門事，準擬佳期又誤。蛾眉曾有人妒。[74]千金縱買相如賦。脈脈此情誰訴。君莫

南浦，傷如之何！」
[73] 這裏也很有「可惜流年，憂愁風雨」的味道，所以清代好言比興的學者如張惠言等，便說這首詞是借閨怨以抒懷才不遇、憂傷時事之意，亦可聊備一說。
[74] 屈原〈離騷〉有云「眾女嫉予之蛾眉兮。」後世遂以蛾眉為擁有美好才幹、品德之代稱。

舞。君不見、玉環飛燕皆塵土。閑愁最苦。休去倚危欄，斜陽正在，煙柳斷腸處。

當稼軒四十歲時，由湖北漕運副使調任湖南漕運副使（他先從安撫使轉任漕運副使，又從湖北調任湖南），他填了這首詞。對於眼前的風雨無情，一開始他就以怨懟、不平的語氣責問道：還能夠禁得起幾番這樣的風雨摧殘呢？春去了、花也落了，他傷春，更自傷。

　　起始數句，後世譽為「筆勢飛舞，千古所無」、「從千回萬轉後倒折出來，真是有力如虎。」（《白雨齋詞話》）但在澎湃激盪的筆調後，詞人收放自如地開始柔情惜春。他的心思細膩，怕連歷來的婉約詞人都要自嘆弗如呢！稼軒惜春不是等到花謝了才來嘆惋，而是惜到怕花開早了，因為愈早開花、春就愈歸去得疾啊！這當然也寓有感時傷逝的「歲不我與！」之嘆；然而這樣一意護春的心，卻還是得面對眼前被風雨摧殘的落紅無數，所以他又豪氣干雲地喝道：「春且住！」這是標準的稼軒氣慨！孰知春不語！多麼像稼軒雖大力疾呼，朝廷卻只是冷漠回應啊！他已經盡力了，生命中沒有遇合，他也很無奈，他只能「怨」。他寂寞地想：大概只有那盡日惹飛絮的畫簷蛛網，藉留住飛絮來留住春，像我一般殷勤地鍥而不捨吧！但他還是不放棄希望，韌性地期盼「長門事」能有轉圜的餘地（他亦如陳皇后被打入長門冷宮）；只是蛾眉見妒，「準擬佳期又誤」，顯然他又一次地失望了。不過即使在現實中失意，他依然還是鐵錚錚的一條漢子，所以他復正氣凜然、義正辭嚴地警告那些小人：「君莫舞！」難道你們沒有看見楊玉環、趙飛燕一干奸人，如今都化做塵土了嗎？在挫折中他自有昂然不屈的氣慨，只不過當一個人倚樓望斜陽時，[75]他憂懼國家是否也如夕陽般近黃昏了？他還是承認了心中的痛──懷才

---

[75] 斜陽有末造之意，比擬國家、朝廷正日漸走向衰亡。傳說孝宗見了這首詞心中頗為不悅，但終未加罪於稼軒也。

而被迫袖手坐視國家昏瞶的閑愁，最苦。

　　這就是稼軒，一位既穠纖細密、又永遠不向現實環境低頭的英雄好漢。在時代的悲歌中，他雖然沒有一展長才的舞台，但他還是不放棄希望地按時粉墨自己，隨時準備登場。他相信：只要一有機會，他必能「了卻君王天下事，贏得生前身後名。」（〈破陣子〉）……他始終沒有等到那一天的來臨；不過他卻在人生的另一個舞臺上寫下了奇蹟，他以蒼鷹之姿雄視詞壇，掃空萬古，他提昇了人類的精神文明。

壹拾柒、幽韻冷香話姜夔

　　姜夔開啓了南宋的雅詞之風。周邦彥集北宋婉約詞之大成，在詞的發展史上，是「結北開南」——總結北宋自然詞風，開啓南宋雕章麗句雅詞之風的關鍵人物，而他在南宋的最大繼承者，便是姜夔。爲南宋的雅詞陣營、格律詞派正式樹立起和北宋分庭抗禮的旗幟。

　　姜夔（1154～1209年），字堯章，號白石道人，饒州鄱陽（今江西省）人。他早年隨父親居住在漢陽（今湖北武漢），父死依姊而居。一生未曾入仕，漫遊於湘、鄂、蘇、杭等地，依附名公鉅卿門下，過著清客遊士的生活，終生困躓、貧窮終老。與蕭德藻、范成大、楊萬里等當世名詩人遊，死後蕭條淒涼，「除卻樂書誰殉葬？一琴一硯一〈蘭亭〉」（蘇泂〈到馬塍哭堯章〉詩），就是他「野雲孤飛」[76]的一生註腳。

　　姜夔的詞風，是繼承周邦彥一路重視思力安排、講究技巧雕琢，而不是以自然感發爲主的；又由於當時距離靖康之禍徽、欽二宗被擄未久的時代因素，以及姜夔本身的一段繾綣纏綿、永難忘懷戀情特殊際遇，使得他的詞總是瀰漫著一種「傷痕」的心理氛圍，一種對於亡國悲悼的傷感、以及對於愛情失落的哀感。也因此他的詞普遍呈現出與宋室南渡後衰弱國勢走向一致的感傷情調，就如其詞中所言的「高樹晚蟬，說西風消息」（〈惜紅衣〉），像一只在西風夕陽中的晚蟬，斷續而嘶啞地鳴出時代之哀曲。

　　一般講到姜夔的詞，多稱許他「清空」、「騷雅」。其中清空是就詞風而言，指詞風之清幽空靈，「一洗華靡，獨標清綺，如瘦石孤花、清笙幽磬。」（《靈芬館詞話》）姜夔的詞寫景清超、寫情高曠，意境極爲飄逸空靈，往往流露出清勁峭拔之氣。劉熙載曾說他的

---

[76] 戈載《七家詞選》嘗云「白石之詞，清氣盤空，如野雲孤飛，去留無蹤。」野雲孤飛本以形容白石之詞，實則白石一生亦復如是。

詞「幽韻冷香」，「擬諸形容，在樂則琴，在花則梅也。」（《藝概》）既像冷冷流瀉的七弦琴音，又像「玉雪爲骨冰爲魂」（蘇軾詞）的梅花，總給人清冷的感覺；至於騷雅，那是就詞格之風雅絕塵來說的。向來提倡詞以「雅正」爲高的張炎就指出，詞至姜夔始「歸於醇雅」。其實這樣的詞風、詞格，與姜夔的一生經歷是相互呼應的。南宋精緻工巧的社會文化背景，培養了姜夔雅正的審美價值；加上他與生俱來的卓越藝術才能，不僅善詩詞、工書畫、精鑑賞，而且通音審律，具有如晉、宋雅士般的審美品味，時人亦每稱以：「翰墨人品皆似晉、宋之雅士」（《齊東野語》范成大語）、「襟期灑落，如晉、宋間人」（陳郁《藏一話腴》），凡此都決定了姜夔的審美意趣，是偏向幽韻高雅、清新疏宕的。

　　南宋精緻工巧的文化背景，除了前書所曾經提及的以外，另外我們從姜夔諸詞前的小序，也可以領會一、二。他曾在詠荷的〈念奴嬌〉小序中說到：「予客武陵，湖北憲治在焉。古城野水，喬木參天。予與二三友，日蕩舟其間，薄荷花而飲，意象幽閒，不類人境。秋水且涸，荷葉出地尋丈。因列坐其下，上不見日，清風徐來，綠雲自動。間於疏處，窺見遊人畫船，亦一樂也。……又夜泛西湖，光景奇絕。」在〈湘月〉的小序中又說：「居瀨湘江，窗間所見，如燕公郭熙畫圖，臥起幽適。聲伯約予趙景魯、景望、蕭和父……大舟浮湘。放乎中流，山水空寒，煙月交映……坐客或彈琴、或浩歌、或自酌、或授筆搜句。」在〈鶯聲繞紅樓〉的小序中也說：「甲寅春，平甫（張鑒）與予自越來吳，攜家妓觀梅於孤山之西村，命國工吹笛，妓皆以柳黃爲衣。」……我們從這些姜夔筆下的文人交游中，便可以略窺南宋社會市列珠璣、戶盈綺繡的繁榮富麗，以及文人生活簸弄風月、湖山清賞的高雅清脫於一斑了。

　　不過姜夔的一生始終寄人籬下、漂泊羈旅，一直沒有能夠謀得一官半職，其間雖也有對他非常賞識的張鑒想要爲他輸資拜爵，免其困躓場屋之苦，但卻爲他狷介高節地辭謝了。然而這樣的潦倒窮愁，也實在不是姜夔所能夠坦然接受的。他曾說：「少小知名翰墨場，十年

心事只淒涼。」（〈除夜白石湖歸苕溪〉詩）又說：「文章信美知何
用？漫贏得天涯羈旅。」（〈玲瓏四犯〉）只是當「時不我與！」
時，他又能奈何？於是他，「倦遊歡意少，俯仰悲今古。」有著許多
說不出口的寂寞淒涼在心中，蘊蓄而成了他一方面高遠清健、另方面
又怨深文綺的既高遠又清冷詞風。試看其詞集中開卷之作的〈揚州
慢〉，當便可以體會此清冷的幽韻：

淮左名都，竹西佳處，[77]解鞍少駐初程。過春風十里，盡薺麥青
青。自胡馬窺江去後，廢池喬木，猶厭言兵。漸黃昏，清角吹
寒，都在空城。　　杜郎俊賞，算而今、重到須驚。縱豆蔻詞
工，青樓夢好，難賦深情。二十四橋仍在，[78]波心蕩、冷月無
聲。念橋邊紅藥，年年知爲誰生？

該詞是姜夔在孝宗淳熙三年過揚州時所作。揚州歷代以來都是歌舞
昇平、富貴風流之地；但是自從金人南侵以來，揚州兩度遭受兵燹
肆虐，樓倒牆蹋、盛景不再。當姜夔過揚州時，夜雪初霽，彌望薺
麥，入城則「四顧蕭條、寒水自碧、戍角悲吟」。於是他在暮色漸起
中，滿懷愴然地感慨今昔、自度了此曲。蕭德藻讀此詞而深爲其中的
「黍離」之悲所感動。
　　詞云自從金人窺江肆虐以來，曾經商賈雲集、珠簾十里、極度
繁榮的這個淮左名都：揚州，如今只剩廢池、喬木。在這樣荒涼殘
破、一片麥秀的夜雪初霽中，怎能不教人深深地慨嘆戰火無情，而深
惡痛絕之！著一句「猶厭言兵」，連那本應無情的草木都害怕言戰

77　揚州有竹西亭，在城北五里禪智寺側。杜牧〈題禪智寺詩〉曰：「誰知竹西路，歌吹是揚
　　州。」
78　揚州二十四橋在府城西，隋置。二十四橋一名紅藥橋，即吳家磚橋，嘗有二十四美人吹簫於
　　此，故名。杜牧〈寄揚州韓綽判官詩〉曰：「二十四橋明月夜，玉人何處教吹簫。」

了，那麼，多少傷亂之情也就盡在其中矣。又隨著日色漸沉、黃昏的到來，整座空城都籠罩在一片清寒的暮色寒氣與悲鳴的戍角聲中，實在教人意奪神駭！此情此景，就算曾經寫了「十年一覺揚州夢，贏得青樓薄倖名」的詩酒清狂名詩人杜牧在此，也怕再賦不出深情來了；玉人吹簫的二十四橋仍在，但是在一片冷月清光下，也只有無聲的死寂與空自蕩漾的湖心漣漪而已！至於那湖邊的紅芍藥雖然還年年依舊開花，然而賞花人去，也只能在年年歲歲的瑤草徒芳中，孤芳自開了。

在〈揚州慢〉中，盡是一片清冷氣象。詞境固是夐絕，不過寒氣逼人，教人不禁打從心底泛起冷瑟之感。姜夔初到揚州時，其實不過是個二十二歲的青年，正值風華正茂、才情乍露之時，但卻寫出了這樣的充滿衰颯感詞作，這就不能不說是他個人的特殊審美品味了。偏好冷清凄美感的姜夔，透過他的一雙眼睛，總是看到了大自然冷落孤寂的幽冷一面，他的心靈總是為充滿感傷情調的哀美所打動，自然其所呈現的詞風就是一種幽韻冷香了。

姜夔傳唱後世的〈暗香〉名篇，也同樣呈現出這樣清冷幽韻的個人風格。擅長音律的他，曾在〈長亭怨慢〉的小序中自道：「予頗喜自製曲，初率意為長短句，然後協以律，故前後闋多不同。」一般作詞因為曲有定式，必須按譜填詞，所以是先有曲後有詞，「自度曲」則可以「率意為長短句，然後協以律」，因此是先有詞後有曲，前後闋曲拍也往往不同。在〈暗香〉的詞牌下還有一段小序：「辛亥之冬，予載雪詣石湖。止既月，授簡索句，且徵新聲，作此兩曲。石湖把玩不已，使工妓隸習之，音節諧婉，乃名之曰〈暗香〉、〈疏影〉。」說明該詞係姜夔載雪詣石湖（范成大晚年築別業於此，自號石湖居士），被范成大留住月餘，並向他索取新聲，於是作了這兩首後來很負盛名的〈暗香〉、〈疏影〉自度曲以應。〈暗香〉曰：

舊時月色。算幾番照我，梅邊吹笛。喚起玉人，不管清寒與攀摘。何遜而今漸老，[79]都忘卻、春風詞筆。但怪得、竹外疏花，香冷入瑤席。　　　江國。正寂寂。嘆寄與路遙，夜雪初積。翠尊易泣。紅萼無言耿相憶。長記曾攜手處，千樹壓、西湖寒碧。又片片，吹盡也、幾時見得。

詞中可以看出姜夔多麼地懷念他生命中這段逝去的戀情。姜夔一生萍蹤無定，但他二十餘歲時曾有一段終身難忘的合肥情遇。他在合肥時邂逅了一位善彈琵琶的名伎，兩人纏綿情深，後來未能結合、終至分離。這給姜夔帶來了一生莫大的創痛與永恆的回憶，且即使在他娶蕭德藻之侄女為妻後，都未能稍減對她的懷念，他的詞有泰半是為思念她而作。姜夔還曾自言：「少年情事老來悲」（〈鷓鴣天〉），聞之令人唏噓！其詞作經常託興於梅、柳、月色，以思念她。在〈江梅引〉中他就說：「人間離別易多時，見梅枝，忽相思，幾度小窗幽夢手同攜。」和這首〈暗香〉，同樣都是因梅起興。

　　〈暗香〉從當年兩人情偕之時梅邊吹笛、月下賞梅的韻事開始寫起，對比著今日獨自一人的江國寂寂、寄與路遙之嘆。於是在這夜雪初積、梅花片片吹盡的寒夜裏，詞人心中滿是淚，自然是「翠尊易泣」、「紅萼無言」，端起酒杯想落淚，看著紅萼悄無言。唯有堆滿心頭無法磨滅的相思之情，只能任由無邊的情愁啃嚙心頭、空留回憶。而詞中的清寒、疏花、香冷、寂寂、夜雪、寒碧、吹盡等，在在都可以看出姜夔對哀愁美的偏嗜。他獨特的審美標準和悲感心理，透過這些語言，烘托出一片籠罩天地間的寒涼色調。另外再透過漸老、忘卻、怪得、寂寂、嘆、相憶等字眼，詞人因戀情失落而悲傷難忍的唏噓以及孤獨失意的心境，更被充分呈顯出來。

---

[79] 何遜，南朝梁人，有〈早梅〉詩。杜甫〈和裴迪登早梅詩〉有言：「東閣官梅動詩興，還如何遜在揚州。」

　　姜夔和合肥戀人別後，難以忘懷的深情常在月夜裏被勾起。當時
兩人在月光下，在無數個美好的月夜裏，不知留下了多少甜蜜的回
憶！因此即使在離開合肥已經二十幾年了的元夜裏，他還是憶起了
她。他實在不忍見皎潔的月光和雙雙對對的愛侶儷影，於是他決定元
夕夜裏不外出，並藉口春寒怕冷（「而今正是歡遊夕，卻怕春寒自掩
扉」）；然而他卻在同樣春寒的元夕隔夜，又忍不住外出，憑弔那段
逝去的戀情。而且元夕夜裏，他輾轉反側地失眠了——「芙蓉影暗三
更後，臥聽鄰娃笑語歸。」（〈鷓鴣天・元夕不出〉）後來他在朦朧
中做了一個夢，夢中總算見著了她，醒後又不勝悲地寫下了另一首
〈鷓鴣天・元夕有所夢〉，說：

肥水東流無盡期。當初不合種相思。夢中未比丹青見，暗裏忽
驚山鳥啼。　　春未綠，鬢先絲。人間別久不成悲。誰教歲歲
紅蓮夜，[80]兩處沉吟各自知。

對於自己這樣的思念滿懷、傾訴無人，他不禁癡想：早知道自己的相
思之情竟是這麼深，一如那綿綿無盡的東流水，當初就不應該種下
相思種子的，以免今日如此情傷不已！但就在這樣不能自拔的悲痛
中，不也正道盡了姜夔無時無刻的深深思念與追憶！而夢中雖然見面
了，卻還不如眼前的一幅畫。如果是一幅畫，還可以就近端詳，長久
保存；夢中，卻只是一片幻影迷離，短暫且近身不得啊！況且此際
又傳來了一聲遠處的山鳥啼叫，驚醒夢中的他，怎不教人悵然滿懷
啊！不過這樣的苦苦思念，已經折磨他二十幾年了，早已經成為他如
影隨形的一種習慣，也就不那麼悲傷激動了。只是面對生命中命定
的無奈，雖然不那麼激動了，卻並不是真的不悲傷了，否則哪來的
「春未綠，鬢先絲」呢？何況歲歲年年，在無數個躲不掉的紅蓮月夜

80　「紅蓮」謂元宵燈節滿城點遍的蓮花燈。

裏，這是兩個有情人被迫分離，在兩地各自相思、各自沉吟啊！

　　皓月對姜夔來說，也是一種舊傷口的撕裂。〈踏莎行〉的「離魂暗逐郎行遠，淮南皓月冷千山，冥冥歸去無人管」，就是一種因皓月清光而產生的，不可抑遏的哀戚感。其實「皓月冷千山」不但是姜夔的心境寫照，那清冷的月光，更融鑄成姜詞的基本色調與共有底色。

　　除了「月色」和前述的「梅」以外，讓姜夔勾起傷痕心理，經常借以起興的，還有「柳」。合肥的巷陌多柳，經常可以見到柳條輕擺、青黃葉落的景致。當姜夔客居合肥時，就住在城南柳色夾道的赤闌橋畔，他和所愛戀的女子有著無數美好的回憶在柳岸。如此一來，人間勝景的柳色，在姜夔的眼中，就又成為另一種見柳思人、見柳興情，徒增內心清苦的物象了。不過儘管如此，曾經深愛過的姜夔，還是寧願賦柳，畢竟愛情雖然留下了遺憾，卻還是比人生白白走一遭，來得無憾啊！所以他的詞作有很多是以柳色作為背景的。

　　〈淡黃柳・空城曉角〉：

空城曉角。吹入垂楊陌。馬上單衣寒惻惻。看盡鵝黃嫩綠。都是江南舊相識。

　　〈淒涼犯・綠楊巷陌〉：

綠楊巷陌。秋風起、邊城一片離索。馬嘶漸遠，人歸甚處，戍樓吹角。情懷正惡。更衰草寒煙淡薄。

　　〈琵琶仙・雙槳來時〉：

千萬縷、藏鴉細柳，為玉尊、起舞迴雪。想見西出陽關，故人初別。

〈角招‧爲春瘦〉：

爲春瘦。何堪更、遶湖盡是垂柳。自看煙外岫。記得與君，湖
上攜手。

〈霓裳中序第一‧亭皋正望極〉：

沉思年少浪跡。笛裏關山，柳下坊陌。墜紅無信息。

〈一萼紅‧古城陰〉：

記曾共、西樓雅集，想垂楊、還裊萬絲金。

……

凡此皆可以看出柳下的姜夔情懷。他特別喜愛、或潛藏心理，總是不
自覺地以柳作爲背景。

　　姜夔偏好以主觀的感情或心理氛圍，投射在眼前的大自然景物。
對他來說，紛繁的自然景觀不僅是客觀的存在，而是與他的主觀意
念、情思渾融一體的藝術意象。他通過帶有非常獨特的個人特質的
審美意識，去觀照和捕捉周遭景物與心靈交會的一瞬間，並在瞬間
「同化物我」，使得本來無情的客觀對象充滿了濃厚的主觀情調，這
也使得「景」與他的「情」往往呈現同一清冷色調，其詞風因此顯得
「清空」，並成爲他個人的特有風貌。如〈點絳脣〉：

燕雁無心，太湖西畔隨雲去。數峰清苦。商略黃昏雨。　　　第
四橋邊，擬共天隨往，[81]今何許。憑欄懷古。殘柳參差舞。

81　唐詩人陸龜蒙一生末仕，清高淡泊，詩有清澹高遠之氣，自號為天隨子，隱居在松江上甫

這首寫景的短章，在以清淡筆調對眼前景物所作的描寫中，融入了極為主觀的個人情感。詞人於往見范成大、道經將雨的吳松途中作了這首詞。他看著眼前無心、逐雲而去的燕雁，不也像極了他「野雲高飛」的一生寫照嗎？於是他不禁緬想起唐朝曾經隱居於松江，同樣一生布衣、清高淡泊、浪遊天地的名詩人陸龜蒙。那麼這場黃昏雨，應該就是為解數峰清苦而醞釀的吧！其實燕雁、峰巒本無情，「無心」、「清苦」都是詞人蕭索蒼茫心境的投射，是「以我觀物」，再透過姜夔「同化物我」的詞風，把暮雨將至的客觀景象轉化成主觀心境的映射。以這樣的心境再來看橋邊隨風款擺的搖曳柳枝，自然也就是淒迷的「殘柳」與「參差」舞了。

姜詞往往藉諸思力安排，除了個人風格強烈的情感色彩、清冷色調外，還包括用典精工、語言精美。評家稱許他的「句琢字煉，歸於醇雅」，就是說他講求覃思精慮，追求洗滌推敲後復歸於渾成自然的精工。同時由於姜夔工善樂律、喜歡自度新曲，其詞作不但每以音韻諧婉，受到時人高度的讚許，他也曾經創作出許多傳唱當世的自度名曲，[82]如〈揚州慢〉、〈暗香〉、〈疏影〉等。

姜夔擅長運用典故；其詞作雖有很多詠物詞，但他多是借典立意，「遺貌取神」地寫其精神，並寄託深沉的感慨於其中。就此而言，他領導、而且大開南宋詠物之風，成為從南宋中期直到清末，唯一被奉為圭臬的典範詞人。朱彝尊《詞綜》即言：「世人言詞必稱北宋；然至南宋始極其工，至宋季而始極其變。姜堯章氏最為傑出。」南宋末季的史達祖、周密、張炎等人也都很喜歡姜詞，並皆

里。楊萬里嘗謂姜夔文無所不工，甚似陸天隨。姜夔〈三高祠詩〉亦言：「沉思只羨天隨子，蓑笠寒江過一生。」〈除夜白石湖歸苕霅詩〉又言：「三生定是陸天隨，又向吳松作客歸。」是其亦每以陸龜蒙自比擬。

[82] 姜夔曾經創作了許多自度新腔的名曲，例如〈揚州慢〉、〈長亭怨慢〉、〈淡黃柳〉、〈暗香〉、〈疏影〉、〈惜紅衣〉、〈角招〉、〈徵招〉、〈淒涼犯〉、〈翠樓吟〉、〈湘月〉等調皆是。

擅長該體製風格。再看姜夔客居范成大家時譜寫的另一首自度名曲
〈疏影〉，便是通篇用典：

苔枝綴玉。有翠禽小小，枝上同宿。客裏相逢，籬角黃昏，無
言自倚修竹。昭君不慣胡沙遠，但暗憶、江南江北。想佩環、
月夜歸來，化作此花幽獨。　　　猶記深宮舊事，那人正睡裏，
飛近蛾綠。莫似春風，不管盈盈，早與安排金屋。還教一片隨
波去，又卻怨、玉龍哀曲。等恁時、重覓幽香，已入小窗橫
幅。

該詞是賦梅的詠物詞。全詞未著一「梅」字，係透過通首用典，
「遺貌取神」地寫梅花精神。張炎《詞源》稱該詞：「前無古人，
後無來者。」又說：「詞之賦梅，惟姜白石〈暗香〉、〈疏影〉二
曲。」整首詞絕塵脫俗地、沒有直抒胸臆的感情抒發，也沒有對梅花
物象或形貌的著墨，卻強烈凝聚了梅花的精神與氣質——此即借典立
意，亦時人稱許姜夔「不拘滯於物」的清空、騷雅。而姜夔之注重思
力安排、講究雕琢刻鏤、追求句琢字煉的精工之美，也在詞中充分展
現。

　　甫開篇的「苔枝綴玉」，寫梅枝上宛如碧玉般的點點青苔，枝上
剛巧又棲著一對翠禽；這「翠禽」是用隋趙師雄在寒天日暮中與梅仙
化成的美人邂逅之典，他們相偕前往酒店歡飲，翠鳥則化成綠衣童子
在旁歌舞助興，惟酒醒以後，美人不見，只有枝頭梅花和翠鳥。姜
夔以此點題，點出該詞所詠者「梅」。繼之，「無言自倚修竹」，則
「以物比德」地寫梅花精神，用典相當隱晦曲折。姜夔是在黃昏籬
角、綠竹邊上發現這株梅樹的，於是他用杜甫〈佳人〉詩的「天寒翠
袖薄，日暮倚修竹」，以佳人在亂世中父母死喪、為夫所棄卻潔身自
愛之詩典，借修竹、佳人說梅花高潔。至於「昭君不慣胡沙遠」、
「化作此花幽獨」，則聯繫了兩個典故以寫梅花絕美，並投射以孤獨

寂寞；詞人同時結合王建〈塞上詠梅〉的「天山路邊一株梅，年年花發黃雲下。昭君已沒漢使回，前後征人誰繫馬。」和杜甫詠昭君的「環珮空歸月下魂」，奇思說到眼前這株梅花，即是王建詩言、恰似昭君在天山路邊年年開花，而此刻因「暗憶江南江北」，所以在月夜下以魂魄歸來化成的嗎？如此一來，〈疏影〉就不僅呈現了梅花的美麗丰姿、幽潔高雅，還深寄了昭君去國離鄉的悲思，甚至也有徽、欽二宗和后妃被俘的故國之思。

　　下闋的深宮舊事、飛近蛾綠（黛眉），精巧用典南朝宋壽陽公主眠於梅下，一朵梅花飄落，在其額上留下了洗不去的印記（自後即有宮女競仿的梅花妝），以暗喻梅花飄零。「安排金屋」借典漢武帝早歲欲築金屋以藏阿嬌，以花比人，說應以金屋寵呵，或許也寓有姜夔自責當年未能及早規劃，導致心愛女子「一片隨波去」，落得今日只能徒嘆哀怨。接著詞人從花落又說到往事成空。在梅花飄零的時節聽著笛音（玉龍：白玉笛）吹奏〈梅花落〉——徽宗北徙時，因聞〈梅花落〉而作哀曲〈眼兒媚〉：「玉京曾憶舊繁華。萬里帝王家。……家山何處？忍聽羌管，吹徹梅花？」則梅落也隱晦寓有黍離傷痛——在不能阻止梅花片片飄零下，屆時若想要重覓幽香，那就只能在「已入小窗橫幅」的畫幅上空自憑弔了。

　　姜夔這首詠梅的詠物詞，全詞使用和梅花相關的典故，從各個不同的面向刻畫出梅花風韻，若隱若現地寫盡梅花「從枝頭到離枝」的精神和內涵，借典道出梅花幽獨清高的氣質與絕世風華，也道盡國勢衰微下的心頭哀音；但一切用「情」的線索都被隱晦在用典下，只能透過典故按圖索驥。全詞具現姜夔遣詞造字之覃思精慮，從「客裏」、「籬角」、「黃昏」，到「莫似」、「不管」、「卻怨」，循序漸進而細致地點染出孤寂淒清的惆悵、步步鋪陳出轉折的幽怨心緒，可謂精工結合自然，在琢字煉句的精工之美外，復能保有「清空」與「騷雅」。

　　姜夔就是以這樣「晉、宋雅士」的翰墨人品，在詠梅、賦柳中，度過了他「情懷正惡，更衰草、寒煙淡薄」的一生。他因不能忘情所

愛，憂傷終老，所以嘆：「誰得似、長亭樹。樹若有情時，不得青青
如此。」（〈長亭怨慢〉）又因感士不遇、漂泊羈旅，而嘆：「候
館迎秋，離宮弔月，別有傷心無數。」（〈齊天樂〉）惟他的人品和
詞品，也在他一生的詠梅、賦柳中，似與柳品、梅品整個的統一起
來，融鑄成他個人所獨具的──幽韻冷香詞風。

壹拾捌、幽邃密麗吳文英

　　吳文英（約1200～1260），字君特，號夢窗，四明（今浙江鄞縣）人。他是南宋格律派陣營中一位重量級的詞人。他的一生除了曾在蘇州任過倉台幕僚以外，未曾擔任官職，過著清客般的生活；受知於當時丞相吳潛，經常往來於蘇、杭之間。他的詞中有一種末世哀音，一種感慨故國剩水殘山的悲哀蘊蓄其間；但因史上沒有他的詳細傳記，關於他的生卒與生平都不甚了了，所以他究竟曾歷經南宋之滅亡否？歷來也就有了兩種不同的說法，或謂他死於宋末的理宗晚年，或謂在度宗咸淳八年；但要之，他確曾親見南宋國勢日漸削亡，是無疑的。其詞集曰《夢窗甲乙丙丁稿》，存詞三百餘首。

　　對於夢窗詞，歷來評價不一。他的詞注重思力安排，從字面上看，頗為隱晦，故《四庫提要》稱以「詩家之有李商隱」。譽者喜愛其謀篇佈局與高超的修辭技巧，至譽為兩宋詞人最值得學習的四大家。周濟《宋四家詞選》便把他列為和周邦彥、辛棄疾、王沂孫相同的地位。尹煥也說：「求詞於吾宋者，前有清真，後有夢窗。此非煥之言，四海之公言也。」（《夢窗詞》序）他說高度評價夢窗詞是「四海公言」，顯見夢窗詞在當時受歡迎的程度。但是持相反意見者亦有之。他們認為夢窗詞堆砌辭藻，表面上光耀眩目，實際上過嗜餖飣、立意太晦，往往使人不知所云。張炎《詞源》說：「吳夢窗詞，如七寶樓臺，眩人耳目。拆碎下來，不成片段。」沈義父《樂府指迷》也說：「其失在用事下語太晦處，人不可曉。」王國維《人間詞話》甚至借夢窗自己的詞句：「映夢窗，凌亂碧」，加以譏刺。此蓋由於夢窗詞極富奇思壯采、講究研鍊之功，係以精美工巧取勝，同於周邦彥、姜夔等格律派詞人之路數。格律派在強調覃思精慮、結構佈局、使事用典下，自然與傳達感發、期於讀者直接興感的路數不同，其審美標準有著截然的差異性。

　　不過對於不同的創作型態與不同的審美意識，我們也不應以同一

標準來要求。譬如晏殊、柳永之間，存在著「雅／俗」不可跨越的鴻溝；向以思力見長的詞人，我們也不能用東坡、稼軒等豪放派詞人巨大的感發力期望之。實則精致工巧的格律派雅詞，是我國韻文史上一種高度的藝術成就；但由於強調思力安排、凸顯藝術結構，讀者不容易在乍接觸作品時，便充分感受其「陽春白雪」般的深邃與奧妙，在其情「有隔」下，評價自然會趨向兩極。品讀格律派詞作，必須再三咀嚼、玩味其謀篇布局，還要熟悉傳統文化典故，始能盡得精髓與佳妙；否則極易將詞人的苦心結構視為堆砌辭藻，認為徒託華麗以眩人耳目。南宋末季講求格律的夢窗與碧山（王沂孫）詞，正坐此譏。試以夢窗頗負盛名的〈八聲甘州·靈巖陪庾幕諸公遊〉為例，以見夢窗詞之深美閎精：

渺空煙四遠，是何年、青天墜長星。幻蒼崖雲樹，名娃金屋，殘霸宮城。箭徑酸風射眼，膩水染花腥。時靸雙鴛響，廊葉秋聲。　　宮裏吳王沉醉，倩五湖倦客，[83]獨釣醒醒。問蒼天無語，華髮奈山青。水涵空、闌干高處，送亂鴉、斜日落漁汀。連呼酒，上琴臺去，秋與雲平。

該詞是吳文英在登靈巖山館娃宮時所寫。靈巖山（古稱石鼓山）岩石聳拔、山澗淙淙，在一片地勢平坦、少有山峰的江南平原上拔天而起，極為突出，姑蘇賴之而蔽。當年吳王夫差為西施所築的館娃宮位於此。

　　甫開篇，夢窗便充滿了想像力，讚歎這麼峻拔的靈巖山，是來自哪一個遙遠時空墜下的流星隕石所化成的啊！並且幻化出了這麼多蒼崖雲樹和記錄了興亡往事的館娃宮；但是他緊接著一轉，轉而太

83　范蠡助勾踐復仇以後，便辭官歸去，泛舟遊於五湖。凡所有人生的盛衰他都經歷過了，所以稱之為「倦客」。

息：這金屋如今就只剩下殘霸宮城、美人也早已煙滅了，歷史上多少令人唏噓的往事都盡在不言中啊！這就是周濟《介存齋論詞雜著》讚歎的：「夢窗每於空際轉身，非具大神力不能。」夢窗詞的轉折，總是出人意表。

　　靈巖山的前面，有一條採香徑（或作涇），據載吳王當年種香花於山中，使美人泛舟於溪中採香。從靈巖山看下來，一溪之水筆直如箭，所以稱為「箭徑」（《蘇州府志》）。但是當歷史已經成為往事，夢窗如今在箭徑上只覺得酸風射眼眸。「酸風射眼」不僅是夢窗真實的感受，更是借典託寓興亡感慨——不用說吳國早就灰飛煙滅了，北宋何嘗不也如此？那麼眼下的南宋還能逃得過嗎？並且這「酸風」的背後，還有一個悽愴的歷史故事：據說漢武帝求仙，在宮中銅柱上鑄了一個手捧露盤承接天露的銅人像，說是以此入藥可以長生不死。可是漢武帝還是死了，漢朝也滅亡了。後來魏明帝命令把金銅仙人移置魏都（今河北臨漳縣）前殿。拆盤以後，臨載之際，仙人悲泣而潸然淚下，遂復留霸城（長安）。唐代詩人李賀於是寫了一首〈金銅仙人辭漢歌〉，詩中有云：「東關（指魏都鄴城）酸風射眸子」、「憶君清淚如鉛水」。所以「酸風」實際上寄寓著黍離之悲於其中。

　　至於「膩水」，也是有所諷諭的。在〈阿房宮賦〉中，杜牧說阿房宮的美女們晨起梳洗，光是倒掉的脂水，就使得渭水上浮起了一層油，「渭流漲膩，棄脂水也。」所以「膩水染花」不論是寫吳宮也好，比喻秦宮也好，甚至暗喻宋室都好，其中都寄寓了驕奢侈靡導致亡國的興亡感慨。另外館娃宮中還有一個「響屧廊」。據說西施當年穿著繡有鴛鴦（或謂鞋子本皆成雙，所以「雙鴛」即是鞋子）的步屧走在廊上，總是發出清楚的足音傳響。此刻，夢窗彷彿又依稀聽到了廊上的腳步聲。再一細聽，卻發現原來是陣陣秋葉飄落，隨風掃長廊的聲音啊！一陣往事成空、落葉淒涼的蕭颯感，油然升起。

　　下闋再回到宮裏沉醉美色的吳王身上。作者借古諷今，意有所指地點出了沉醉亡國、獨醒全身的主題。吳王因為貪戀美色而亡國，

宋朝上下則歌舞酣醉、耽於逸樂，這有什麼不同呢？如今就算有心振作，又要到哪裏去尋覓那獨醒的智者，有謀略、能救國又不慕榮利，一如范蠡的志士呢？至於像吳文英這樣一個連科第功名都沒有的人，那就不用說能夠使得上什麼力了，就只能滿頭白髮地悵對大好江山，滿懷無可奈何的感慨罷了。

在如此高漲的感時傷世情緒之後，夢窗又一「轉身」地將鏡頭轉向高遠的天際。他融情入景地將一腔感慨向冥遠的天邊推去：當他站在靈巖山上向四面眺望時，他看到了倒映著天空景象的水景，看到了斜陽、落日與亂鴉。杜牧又嘗有詩：「長空淡淡孤鳥沒，萬古消沉向此中」，古典文學中，「斜陽」本就有朝廷末造之意，前書韋莊、辛棄疾都曾使用「斜暉」、「斜陽」的意象。所以表面上這裏是寫景，實際上卻是寄情、抒發幽思。此情此景，至此似也只能借酒消愁了。然而當作者登上最高處的琴臺上時，極目所見到的，依然還是一片直連到天際白雲，引人愁思的秋色無邊啊！就在這樣既高遠、且蕭颯的詞境中，夢窗弔古傷今地道盡了一代興亡往事，以及詞人心頭的哀音。而其謹嚴的結構、豐富的想像與內容、華美的辭藻和用典、高遠的詞境烘托等，在在都傳達了格律派詞人的用心所在。

夢窗詞的佳處絕不在於表相的字面華麗，他在兼顧用字精巧的形式美以外，更能以深厚的內涵、豐富的情感、生動的氣韻，使人在心折其典麗之餘，復能感受深摯的濃情且玩索不盡，才是高妙處，這也是後世學其詞者徒務字面所無法比擬的。由於夢窗詞深寓感慨，因此也有人認為在注重思力、講究時空錯綜跳接與勾勒安排的南宋詞壇，他是極其難能、少數具有如北宋詞蘊蓄感發力的格律派詞人（葉嘉瑩《唐宋詞十七講》）。所以對於白石（姜夔）的「清空」與夢窗的「質實」[84]，讀者也各有好尚。而夢窗詞之重視雕琢，也不是

84　張炎《詞源》說：「詞要清空，不要質實。清空則古雅峭拔，質實則凝滯晦昧。姜白石詞如野雲孤飛，去留無跡；吳夢窗詞如七寶樓臺，眩人耳目，拆碎下來，不成片段。此清空、質

一味堆砌，況周頤在《蕙風詞話》中說：「近人學夢窗，輒從密處入手。夢窗密處，能令無數麗字一一生動飛舞，如萬花為春，非若雕錦蹙繡，毫無生氣也。」夢窗詞之深邃密麗，不是刻畫錦繡，而是萬花生動的春天氣息。要怎麼樣才能讓這些無數麗字飛舞呢？那不是靠著雕琢字面、堆砌華麗所能做到的；而是在於氣格厚重，要「即其芬悱鏗麗之作，中間雋句艷字，莫不有沉摯之思、浩瀚之氣，挾之以流轉，令人玩索而不能盡。」那是因為其肺腑具有沉摯之思與浩瀚之氣，所以「夢窗密處易學，厚處難學。」這首〈八聲甘州〉就有著極其深沉的撫今追昔、感時傷世之情。只是讀者若未深加玩味，則其憂思低迴、隱而不顯，不易曲盡其妙。反觀北宋詞以自然感發為主，筆墨淋漓酣暢顯而易見，大聲鏜鞳容易感動人心，易使讀者興感萬千。

　　夢窗詞的內容大多為宴饗壽詞、吟風弄月、傷春悲秋、憶念愛情等題材，其中又有不少作品，是和包括賈似道在內的權貴交遊酬酢所留下，為此夢窗也頗遭致後人對他的人格質疑。不過據《宋史》載，賈似道在未任宰相以前，曾在鄂州築木柵以抗元軍，有抗敵愛國之才名，而夢窗贈詞都在理宗淳佑九年（1249）以前，這時候賈似道尚未掌權專擅，等到他為相、造後樂園，則夢窗已無一字投贈了。再者，雖然我們不必過度誇大詞的寄託作用，也未必要求詞人皆有強烈的政治意識，但是夢窗詞如前述的〈八聲甘州〉，遊館娃宮時有感於「宮裏吳王沉醉，倩五湖倦客，獨釣醒醒。」以及遊滄浪亭，憑弔抗金名將韓世忠，說：「後不如今今非昨，兩無言、相對滄浪水。」（〈賀新郎〉）還有滄浪看桂，似有亡國哀音的：「把殘雲賸水萬頃，暗薰冷麝淒苦。漸浩渺，凌山高處，秋澹無光，殘照誰主！」（〈古香慢〉）……在在都流露著哀時傷世之感。比例儘管不

實之說。」不過對於張炎的說法，也有持不同看法的，例如陳洵的《海綃說詞》。另外葉嘉瑩《唐宋詞十七講》也說：「這是張炎的偏見。……我以為不是如此的。」

多，但確實也呈現了詞人的憂世之心。

再看夢窗詞傳誦極廣的〈高陽臺・豐樂樓分韻得如字〉，這是非常沉痛的一首詞，詞中滿是國事日非之嘆：

修竹凝妝，垂楊繫馬，憑闌淺畫成圖。山色誰題？樓前有雁斜書。東風緊送斜陽下，弄舊寒、晚酒醒餘。自消凝，能幾花前？頓老相如。　　傷春不在高樓上，在燈前敧枕，雨外薰鑪。怕艤遊船，[85] 臨流可奈清臒。飛紅若到西湖底，攪翠瀾、總是愁魚。莫重來，吹盡香綿，淚滿平蕪。

豐樂樓據西湖之會，千峰連環，一碧萬頃，為遊覽之最；然而那脩竹下的凝妝佳人、垂楊旁的駐馬王孫，看似美好，這樣的憑闌美景卻像隨意落筆而揮灑成章的圖畫──那偏安的半壁宋室不也正像這隨意著墨的淺畫成圖嗎？著此數筆，詞人已經勾勒出宋室的苟且偏安了。「山色誰題？」亦是一語雙關。在描繪樓前一行似為山水畫題字的鴻雁外，「誰題？」並點明國事無足託付者，只能託付給雁。接著，作為這幅翠竹楊柳、王孫佳人、鴻雁翔飛美景之背景的，是「東風緊送斜陽下。」詞人層層渲染之功，極矣！周濟讚歎夢窗詞的「空際轉身」，明明看似前路盡矣，往前一步即將落崖，他卻總能憑空轉身，亦充分具見。詞中的日薄西山、「斜陽」之悲、不能堪的「東風緊送」，在在烘托出國勢之危，極矣！詞人的憂心，亦極矣！這時還能酣醉如昔嗎？所以「醒」、「寒」、「消凝」，尤其「能幾花前？」之問……酒醒頓老，詞人的沉痛亦極矣！

下片的「傷春不在高樓上」，亦是大力迴旋。但這次轉身，鏡頭一下子從萬頃千峰的西湖，拉回到有燈、有枕、有薰鑪的小屋中。

---

[85] 艤：移船靠岸也。

一般來說，登高望遠容易產生遐思，如晏殊〈訴衷情〉的「憑高目斷」、柳永〈卜算子〉的「誰會憑高意？」所以當李後主悲痛得不能自勝時說：「獨自莫憑闌」（〈浪淘沙〉），羈旅懷鄉的歐陽脩也說：「樓高莫近危闌倚」（〈踏莎行〉）。但此處夢窗卻說，傷痛之起，「不在高樓上」，而在「燈前敲枕」的無眠夜裏，在「雨外薰鑪」的心隨鑪煙裏，這實在是無以復加的深切體認啊！那輾轉反側的錐心之痛，那隨著鑪煙裊繞的千頭萬緒，在在都無解啊！客觀的氛圍造境渲染至極了，那麼主觀的詩人呢？此時，詞人更是害怕面對清流，因為怕水中會映照出自己清臞的容顏——已老啊！

如此籠罩著愁緒的夢窗，忍不住又癡想：大地一片含愁，那麼落花如果墜到西湖底，怕連魚兒也會被一腔愁緒擾得寢食難安吧！豐富想像力的「總是愁魚」，和設色豔麗的「飛紅若到西湖底，攪翠瀾」，精心陶鑄、聯想高妙，在當時被傳為佳句。

最後詞人飛來一筆：「莫重來！」這是預言！是他對國家未來命運的看法。他怕將來如果重遊舊地，當面對已經化為平蕪、吹盡柳綿（陸游：「沈園柳老不吹綿」）的昔日美景時，一定會灑淚不停——詞中強烈暗示了夕陽西下、斜陽末造，國家之將亡。他在南宋「淺畫成圖」的社會普遍歡樂中，獨醒地潸然淚下，真所謂「吳詞之極沉痛者」（陳洵《海綃說詞》）也！

看完了俯瞰的大鏡頭，再來看分鏡的小鏡頭。關於吳文英的生平事蹟，由於歷史上缺乏對他的詳細記載，一般都不甚了了。只知道他曾在蘇、杭二地各有一愛妾。後來杭妾亡故，蘇妾不知何故離去。在吳文英詞中我們也屢屢可見他對於愛情的傷感，例如〈風入松〉：

聽風聽雨過清明。愁草瘞花銘。[86]樓前綠暗分攜路，一絲柳、

86　草：起草。瘞：埋葬。銘：文體的一種。瘞花銘是指葬花的銘文，庾信嘗有〈瘞花銘〉。夢窗這句則是說自己在風雨中含愁草書葬花詩文，愁緒已經達到傾瀉筆端之滿溢。

一寸柔情。料峭春寒中酒，交加曉夢啼鶯。　　西園日日掃林亭。依舊賞新晴。黃蜂頻撲鞦韆索，有當時、纖手香凝。惆悵雙鴛不到，幽階一夜苔生。

該詞似為思念愛妾而作。在一個本來就很容易思念人的清明日裏，又風又雨的，更是引人遐思，實在愁煞人了！當時分手時送別的樓前小路，如今已是一片綠蔭深濃了（知它時光消逝已然多久）。看著那牽衣拂面就像臨別時依依的楊柳絲絲，夢窗不禁癡想：絲絲柳條就如我的寸寸柔情，無窮無盡。而在這樣料峭的春寒裏，只好借酒澆愁；怎奈又有啼鶯驚夢，更加撩亂春愁。新晴之後，夢窗閒步園中，當面對圍繞著鞦韆索飛舞的黃蜂時，他再度癡想了：他想一定是伊人當時留下了纖手的手澤餘芳，才使得群蜂不忍離去吧！譚獻謂此「是癡語，是深語。」（《譚評詞辨》）蓋「情必近乎癡而始真」，歷來詩文中這樣的癡人亦復不少。像劉禹錫的「惜別」也曾道：「弱柳從風疑舉袂，叢蘭裛露似沾巾。」（〈憶江南〉）辛棄疾的「惜春」也說：「惜春常恨花開早」（〈摸魚兒〉），因為花愈早開春就愈歸去得早啊！而東坡的羈旅愁苦，說：「細看來不是楊花，點點是離人淚。」（〈水龍吟〉）姜夔的詠梅，說：「昭君不慣胡沙遠，但暗憶江南江北，想佩環月夜歸來，化作此花幽獨。」（〈疏影〉）……，在在都顯現了詩人的一片赤子情懷、癡情餘恨。然而夢窗如此魂牽夢縈到處都是她的影子，卻無奈總是盼不到她的人；於是在「履跡不至」、伊人已去的惆悵下，結句傷心佳人不至，說門階青苔似在一夜之間長滿——青苔之生，其所經過的時間必定久矣！則既言其懷念之情經久未衰、歷歷彷如昨日，亦言其寂寞荒涼、無人經行，並見詞人思念之意厚。整首詞的想像力豐富而且生動活潑，深情地隨物賦情，也印證了前人說他的沉厚、沉摯之思。

　　夢窗向來擅長長篇鋪敘的慢詞，透過慢詞的形式，他總能將內心深沉熾烈的情感，精心巧思地融入各種事件，以及他所特有的「濃豔

字面」、「密麗詞風」修辭方式之中。他的運意深遠、用筆幽邃，加上獨具一格的煉字煉句，使得他的詞在詞壇上別樹一幟。所以南宋雅詞的發展，先是姜夔以「清空」、「騷雅」的疏宕詞風，修正了周邦彥顯得有些「軟媚」（《詞源》）的詞風，博得了力主「風雅清脫」生活情致士人之一致喜愛；繼之則有孕育自南宋酣醉歌舞土壤、濃縮提煉自「淺斟低唱」、「音聲軟媚」詞壇風氣的吳文英「密麗」詞風，以濃摯密麗的新風格贏得了詞壇的新風尚。於是自後的雅詞陣營，遂大抵分成以白石的「疏」與夢窗的「密」為宗的兩種不同詞風。但是由於夢窗詞情感濃摯，又強調研鍊之功，加上格律派詞人一向就主張的使事用典，「用字不可太露；露則直突而無深長之味」（《樂府指迷》），於是夢窗詞有了「下語太晦」的隱晦艱澀之譏。不過也有持不同意見的，例如《詞學通論》就說夢窗詞：「細心吟繹，覺味美於方回，引人入勝。既不病其晦澀，亦不見其堆垛。」讀夢窗詞，若能細細吟味他用典背後的託意所在，當可深契其作品之深奧、精妙，而玩索不盡。在閱讀一種高度藝術化的作品時，除了讀者各具審美意識、秉性與好惡殊異，以致好尚各有不同外，還需要讀者細心吟繹，才能夠充分體現作品的精美，或許這也是曲高和寡吧！

　　但夢窗詞固然以慢詞作為代表，卻也不乏膾炙人口的小詞。例如〈唐多令〉：

何處合成愁。離人心上秋。縱芭蕉、不雨也颼颼。都道晚涼天氣好，有明月，怕登樓。　　年事夢中休。花空煙水流。燕辭歸、客尚淹留。垂柳不縈裙帶住，漫長是、繫行舟。

夢窗這首詞得到了素來不喜歡其詞「質實」的張炎的特別賞識，並且譽為「疏快」。不過喜歡夢窗深摯密麗詞風的，則對於這首詞有兩種不同的評價，或譽為「深美」（周濟）、或責其「油腔滑調」（陳廷

焯《白雨齋詞話》），於此可以印證讀者的審美意識和好惡，經常不同。其實該詞起始，雖用「拆字法」把「愁」字拆成「心」上有「秋」，以下則一氣流貫，直抒離情別緒，具有民歌小調的風味，在夢窗詞中算是別具一格。全詞似有對往日情事悵憶之感。夢窗借典於曹丕的〈燕歌行〉：「群燕辭歸鵠南翔，念君客遊多思腸。慊慊思歸戀故鄉，君何淹留寄他方。」同時也流露了自己對於姜辭歸、己則淹留的感傷。於是在高樓明月下聽著蕉葉颭颭，此時縱無芭蕉夜雨，心中也是一樣淒然的。所以他感慨：細長的柳絲繫不住佳人，佳人到底還是離去了；但柳絲卻繫住了他的客舟，使他淹留歸不得。該詞詞風在夢窗詞中確是較顯俊快的。

　　陳洵曾說：「飛卿嚴妝，夢窗亦嚴妝，唯其國色，所以為美；若不觀其倩盼之質，而徒眩其珠翠，則飛卿且譏，何止夢窗？」（《海綃說詞》）誠然，溫庭筠和吳文英在詞的發展史上，都是屬於濃妝美人型，他們的詞不僅用色鮮麗，而且渲染造境，講究結構佈局，精美工巧。但是如果詞的本身並不具備國色天香的本質條件，那麼外在就算有再多的珠翠裝扮，也是無能增益其美的。所以夢窗詞在眩人耳目的「七寶樓臺」、珠翠之飾，在其深加鍛鍊的華麗字面、離合順逆等形式之美以外，更重要的，是它本質條件的「倩盼之質」（美人回眸一笑或顧盼生姿所流露的自然風韻、內在風華）。所以夢窗詞的沉摯之思，與其中所醞釀幽邃綿密的詞意之美，才是使他獲得後世讀者愛賞的最重要原因；能夠從這個角度來欣賞夢窗詞，則他在精心巧構、密麗詞風下所想要呈現的深情婉轉、詞中高境等，當便可以被充分體會了。

南宋遺民篇

壹拾玖、風雨如晦的宋末詞壇

　　度宗咸淳五年（1269），蒙古揮軍南下，就此揭開了南宋覆亡既慘痛又悲戚的歷史階段序幕。當元軍包圍了南宋的戰略重鎮襄陽（今湖北省），宋軍浴血抗戰四年不支，城破以後，南宋便失去了西北方的屏障而風雨飄搖。元軍繼續南進，賈似道率軍於安徽蕪湖欲降元軍而元人不許。宋軍於是不戰而潰，狼狽逃竄，元軍遂兵分三路直取江南。一二七六年太皇太后（度宗皇后）請上降表，開城納元兵入臨安（今杭州市），元俘幼主恭帝、太皇太后等一干人北去，南宋覆亡。後來文天祥、陸秀夫、張世傑等先後擁立端宗、帝昺，在福建、廣東一帶抗元，但因力量過於懸殊而告失敗。最後陸秀夫背負帝昺投海而死，時在一二七九年。

　　亡國巨變撞擊著所有南宋人的心靈，向來崇雅輕俗、講尚風雅清脫生活的文人們，當面對社稷慘變、亡國破家之慘絕時，也不能不嘆息了。於是深沉悲痛的哀音出現在此一時期的詞作之中。王沂孫（1230～1291）、周密（1232～1298）、蔣捷（1245～1301）、張炎（1248～1320），是遺民詞人的代表。他們經常結社酬唱。「結社」本就是南宋文人特有的風氣：「北宋有無謂之詞以應『歌』，南宋有無謂之詞以應『社』」（周濟《介存齋論詞雜著》），加上一二七八年重創漢人心靈的「發陵」事件──元總管江南浮屠（佛教）的胡僧楊璉眞伽，爲盜取南宋帝后陵墓的寶物，偷掘高宗、理宗及孟后等六陵。據傳理宗之屍啓棺如生，口含夜明珠，孟后髮長六尺餘，其色紺碧（深青色）。這些盜墳者更爲了瀝取水銀，竟將帝屍倒懸樹上三日夜，至失其首。後來在義士唐珏、林景熙等人基於民族義憤，邀集里中少年設法收集帝后殘骸下始得被安葬，塚上並植冬青樹以爲記。事後遺民詞人們在紹興集會，爲避開文字罹罪的險境，他們

隱晦地以龍涎香、蓴、[87]蟹、蟬、白蓮等五物分題賦詞。龍涎香的香氣縈迴繚繞、使人難忘，蓴、蟹味美亦經久不忘，藉此託喻宋帝；蟬有綿綿無盡之愁、白蓮出淤泥不染，藉以託喻宋后。這些詞作後來輯爲《樂府補題》。該時期的遺民詞人在南宋格律派雅詞要求「句琢字鍊，歸於醇雅」的審美標準外，更將亡國悲音與發陵哀痛寄託於詞作。因此這時候風行詞壇的「詠物」詞，主要呈現了「賦」兼「比興」的特色，大多深意委婉、隱曲託物，深具「比興」寄託之微旨。

　　「詠物詞」是遺民詞中最值得注意的成就。宋代詠物詞從蘇軾寫「楊花」：「似花還似非花，也無人惜從教墜」、「細看來不是楊花，點點是離人淚」（〈水龍吟〉），到周邦彥寫「薔薇謝後」：「長條故惹行客。似牽衣待話，別情無極。殘英小，強簪巾幘。終不似、一朵釵頭顫裊，向人敧側。」（〈六醜〉）再到姜夔詠「梅」：「昭君不慣胡沙遠，但暗憶、江南江北。想佩環、月夜歸來，化作此花幽獨。」（〈疏影〉）都是「詠物而不滯於物」的圭臬之作。如此設喻比擬、深遠寄意的傑出示範，加上詞人結社賦詞，往往命題詠物，詞人搜索枯腸務爲尖新，於是詠物詞在南宋的詞社裏大肆風行。吳文英、史達祖（1163～1220？）都以詠物詞聞名。史達祖詠「燕」的〈雙雙燕〉：「過春社了，度簾幕中間，去年塵冷。差池欲住，試入舊巢相並。還相雕梁藻井。又軟語、商量不定。飄然快拂花梢，翠羽分開紅影。　　芳徑。芹泥雨潤。愛貼地爭飛，競誇輕俊。紅樓歸晚，看足柳昏花暝。應自棲香正穩。便忘了、天涯芳信。愁損翠黛雙蛾，日日畫闌獨憑。」被推崇爲「形容盡矣！」（黃昇《花庵詞選》）並謂：「詠物至此，人巧極天工矣！」（王士禎《花草蒙拾》）是以詠物詞之盛行，除了有源遠流長與文體的自然發展因素外，更因自成一格的曲盡物態、傳神寫意等審美要求，挑

87　蓴：菜也，其羹味美。晉時吳人張翰遊宦於洛陽，見秋風起，因思故鄉蓴羹、鱸鱠而辭官。

戰著詞人的審美心靈和才情學識，所以能夠凝聚詞人共同的創作意識。而值此南宋傾覆之際，寄託亡國悲音、以比興寄託作爲訴求的詠物詞，更有不可或缺的時代因素。

　　宋亡以後豪門貴戚都破了家，長期以來文人們所沉浸的那種「舞扇招香，歌橈喚玉」日子不再，如今就只有「任京洛塵沙，冷凝風帽」（〈台城路〉）、只有「銅駝故老，[88]說著宣和似天寶。」（劉辰翁〈減字木蘭花〉）於是詞人們的感情從風雅清脫的雅趣，一轉而爲深沉哀怨的家國之痛。宋末四大家的周密，他的詞作就從早年講究創作的情境氣氛：「逃暑於西湖之環碧，琴樽筆研，短葛練巾，放舟於荷深柳密間。舞影歌塵，遠謝耳目，酒酣，采蓮葉，探題賦詞。」（〈采綠吟〉小序）表現出怡情悅性、吟風弄月的婉約詞風，以及清麗詞境的「晚鶯嬌咽，庭戶溶溶月」（〈清平樂〉再次前韻）、「柳梢煙軟已璁瓏，嬌眼試東風，情絲又逐青絲亂」（〈風入松・立春日即席次寄閱韻〉），到亡國以後，一轉而爲滿懷悲苦之音的「回首天涯歸夢，幾魂飛西浦，淚灑東州。故國山川，故園心眼，還似王粲登樓。」（〈一萼紅〉）「江籬搖落江楓冷。霜空雁程初到，萬景正悲涼，奈曲終人杳，登臨嗟老矣！」（〈微招〉）但是詞人們這樣的黍離之思，在元人嚴密統治的文網下，直接形諸文字是極其危險的（梁棟即曾以「浮雲暗不見青天」詩句獲罪）。所以精思巧構、使事用典，刻意使詞意隱晦如霧裏看花，甚至讓人不知所指的「詠物」詞，就成爲抒發憂憤、寄寓故國哀思的最佳藝術形式了。

　　元人以強大的軍事力量，建立了橫跨歐亞大陸的龐大帝國政權，在種族歧視的政策下，漢人、南人卑微地過著生活。[89]從南宋政權半

88　銅駝：銅鑄的駱駝，古代置於宮門外。

89　元將百姓分爲四等：第一等是蒙古人；第二等是色目人（包括西夏、回族、西域、以及留居中國的部份歐洲人）；第三等是漢人（包括契丹、女真和原在金人統治下的北方漢人）；最下等的第四等，則是原屬南宋的漢人。

壁偏安、酣醉逸樂，社會各階層紙醉金迷、買笑千金、呼盧百萬，到詞人們「應社」填詞的賣弄纖巧、務求奇詭，再到此時國家傾覆的麥秀黍離、殘蟬尾聲，詞人們早已經失去了反抗的力量。不用說像辛棄疾那種恢宏氣概、衝擊人心的「舉頭西北浮雲，倚天萬里須長劍」——宏壯之美，早已不見；此刻，面對異族入主，滿懷深憤巨恨的亡國詞人們，眼看復國無望又遭元人強勢統治，他們能夠反映在詞中的，就不過是些引起淒涼嘆息、沒落感傷的哀哀哭音、切切低訴罷了！即使以磊落為宗，較能顯出慷慨氣節的劉辰翁，他在《須溪集》中，也只能寫些「亂鴉過，斗轉城荒，不見來時試燈處」、「那堪獨坐青燈，想故國高臺月明，輦下風光，山中歲月，海上心情」（〈柳梢青〉）、「蘇堤盡日風和雨。嘆神遊故國，花記前度」（〈蘭陵王〉）等表達世道不幸的民族哀音，或是在悲苦聲中流露著悲慨有餘、壯志消磨的悲憤之氣罷了。所以對於南宋末季講比興寄託的詞人或詞作，王國維謂以：「同歸於鄉愿而已。」一方面固然王國維強調文學「情真景真」所帶來的直接衝擊、感動，所以凡美刺投贈、感事懷古、使事用典等都在所不喜；另方面也由於他們氣格纖弱，徒然以文學順從時代的哀曲，未有崇高之境界。

　　此時的詞壇，就如西風中的寒蟬淒切，只能嘶啞無望地發出時代悲音、亡國哀吟。或許從文學綰合時代的角度來看，南宋格律派繼承了周邦彥、姜夔語工律諧的婉約詞風，以謹嚴的音律、雅正的風格、雕繢滿眼的華麗字面，在市廛櫛比的樓閣相望中、在歌吹沸天的臨安城裏，伴隨著南宋小朝廷的偏安，淺斟低唱；而當宋室走過了歌舞昇平的繁絃急管，走到了冷落清寂的故國殘照時，他們也伴隨著南宋的覆亡，悲聲低訴。一如蔣捷〈虞美人〉的人生三部曲：「少年聽雨歌樓上。紅燭昏羅帳。壯年聽雨客舟中。江闊雲低斷雁叫西風。而今聽雨僧廬下。鬢已星星也。悲歡離合總無情。一任階前點滴到天明。」畢竟身在時代的網羅中、異族鐵騎的鎮壓下，詞人們除了默然無力的低迴泣訴外，在缺乏相應的客觀條件下，如何能夠掙破異族傾軋的重重箝制呢？

貳拾、比物託意王沂孫

　　王沂孫（1230？～1291？），字聖與，號碧山，會稽（今浙江紹興）人，是宋元易代、陵谷變異的南宋遺民詞代表；也是雅詞陣營後期以「寄託」為詠物詞主軸發展的代表，和雅詞前期以「工巧」為務的吳文英、史達祖等人有別。王沂孫的詞集《碧山樂府》又名《花外集》，以示和《花間集》的酒筵歌席歡唱不同。

　　碧山詞多詠物，他與周密、張炎等人，經常結社聯吟、命題分詠。詠物詞是最適合詞社酬唱取材的命題型態，再加上詞人的身世與時代因素的結合，就形成了該階段的不同詞風。因此這些遺民詞人在詠物詞中所自然流露的，往往是一種寄寓著國破家亡慘痛心境的家國悲思。只是出現在碧山詞中的黍離、麥秀之悲，往往都以恬淡的胸次唱嘆之，並無劍拔弩張之氣。這一方面是由於南宋末季久處元人積威之下，詞人早已失去了反抗的力度，只能發為末世低吟，其所流露的，正是一種「亡國之音哀以思」的沒落感傷，而非盛世的恢宏氣概、激昂壯氣。加上曲隱寄意也有實際上的必要，蓋懾於異族文網之嚴密也。再從另一方面的格律派審美要求來說，由於格律派的審美標準，也是語工律諧、藻飾刻畫、借典託意，於是乎詞中所呈現的、自然就是一種撲朔迷離、比興託意的婉約美感，而並非直抒胸臆的慷慨宕跌、崇高境界。

　　當一種文學藝術走向末期重視格律的「極其變」時期——即連「詩聖」杜甫自己也說：「老去漸於詩律細」，則其所要求的法式、謹嚴細密的律度，總是遠離一般社會大眾，只有極少數知音能夠欣賞的。況且所謂好惡，息息相關於個人秉性、不能勉強。如王國維講求境界與氣格，極不喜歡南宋、尤其末季的詞作。《人間詞話未刊稿》說唐五代和北宋之詞，是所謂「生色真香」，南宋詞家則譏為「俗子」、「可厭」；又批評姜夔的詞「有格無情」、「霧裏看花」，並以吳文英自己的詞句，說：「映夢窗，凌亂碧」、張炎自己

的詞句，說：「玉老田荒」（吳文英號夢窗，張炎號玉田），還說史達祖、吳文英、張炎、周密諸家，「同失之膚淺。」認為這些詞家琢字鍊句造成讀者之「隔」，難以興發其感。反之，清人周濟則賦予南宋格律派詞人極高的評價，評定「宋詞四大家」是周邦彥、辛棄疾和吳文英、王沂孫，愛其「無劍拔弩張習氣」之品高與味厚。陳廷焯《白雨齋詞話》也說：「詞法之密，無過清眞（周邦彥）；詞格之高，無如白石（姜夔）；詞味之厚，無過碧山。詞壇三絕也。」朱彝尊《詞綜》亦謂：「世人言詞，必稱北宋；然詞至南宋始極其工，至宋季而始極其變。」他們都著眼於南宋雅詞在語工入律之餘，且能比物聯想、寄意深遠，寄託國家興衰之痛於詞中，使人涵詠其中，吟味再三。

　　清代常州派詞人張惠言等更是主張發揚詞中比興寄託之意的代表人物，因此他們對於夢窗、碧山等人的詠物詞讚賞不已，《詞選》說：「碧山詠物諸篇，並有君國之憂。」看重碧山詞幽微隱諱的言外之意。由於該時期詠物詞的發展重心係在比物託意上，所以《白雨齋詞話》說：「讀碧山詞者，不得不兼時勢言之」、「必須息心靜氣，沉吟數過，其味乃出。」碧山身世淪微，生平資料闕如，連生卒都有不同的異說，但是可以確定的，是胡僧「發陵」事件對他所造成的影響，以及在《樂府補題》中，他和一干好友分別以龍涎香、蟹、蓴、蟬、白蓮等五物分題賦詞，寄託亡國哀痛與帝后被發塚戮屍的奇恥大辱於其中。《樂府補題》中列為篇首的王沂孫〈天香・龍涎香〉，便極能見南宋詠物詞寄託之旨：

孤嶠蟠煙，層濤蛻月，驪宮夜採鉛水。汛遠槎風，夢深薇露，化作斷魂心字。紅瓷候火，還乍識、冰環玉指。一縷縈簾翠影，依稀海天雲氣。　　幾回殢嬌半醉。剪春燈、夜寒花碎。

更好故溪飛雪，小窗深閉。荀令如今頓老，[90]總忘卻、樽前舊風味。謾惜餘香，空篝[91]素被。

龍涎香並非龍的產物，是抹香鯨的分泌物，而「龍」則歷來被當作天子的代稱；鮫人採製爲薰香，爇之，翠煙浮空，結而不散，是非常珍貴的香料，用以寄寓帝王的尊貴身分。

　　詞的開篇先敘明採香的時空背景。其地點在「孤嶠蟠煙」、經常雲霧繚繞的海上孤島；其時間在「層濤蛻月」、浪濤逐月的夜半時分。碧山詞的格律研鍊之功，於此充分展現：因寫「龍涎」之香，故用「龍蟠虎踞」的「蟠」字寫煙霧蟠繞；又因寫龍，所以用「龍鱗」來形容水波，於是照耀在鱗波上的月光便像鱗蛻般層層蛻去，這就是「層」濤和「蛻」月，顯見王沂孫擅長精鑄語言，在摹刻物狀和托物言志上都達到高度成就。

　　接著的「驪宮」和「夜採鉛水」，也有多義深蘊和寄託。傳說中有一種黑色的龍叫「驪龍」，牠的頸下藏有寶珠，所以有「探驪得珠」一說；而當宋理宗被胡僧發塚時，他的口中就是含著一顆夜明珠。「夜採鉛水」在表面直說採香係在深夜時分外，背後並有一段悲痛敘事——當理宗被發陵時，胡僧爲瀝取水銀，將理宗的屍體倒掛樹上三日夜，以致帝失其首。是以詞人又借典「銅仙鉛淚」，以「鉛水」託寓亡國之悲——史載，魏明帝在移置漢武帝爲求長生不死而鑄造的捧露盤仙人時，仙人潸然淚下，魏明帝遂止。因此李賀〈金銅仙人辭漢歌〉有云「憶君清淚如鉛水。」《樂府補題》中同題賦詞的，還另有周密的「驪宮玉唾誰搗」、馮應瑞的「驪宮夜蟄驚

90　荀令：三國時代荀彧官至尚書令，故人稱荀令；性嗜薰香，愛香成癖。據《三國志》載，每
　　當他去拜訪人家離開以後，幄帳內的香氣三日不散。故李商隱有詩曰：「橋南荀令過，十里
　　送衣香。」

91　篝：籠也，盛衣以薰香者。

起」，也都同一所指。該事件重創了南宋遺民的心靈。

　　而隨著鮫人「乘槎」歸來，接著就以龍涎混和了薔薇花露，製成篆體「心」字形狀的薰香，再將之放入紅瓷中燒成各種精巧樣式，有纖纖「玉指」般的條形、也有晶瑩皎潔如「冰環」的圓形（或謂採得的龍涎伴著薔薇花露像是做了一個幽深的夢，在夢中它已被製成「心」形了，再由女子「冰環玉指」般的纖手放進薰鑪焚爇）。當龍涎香被焚爇時，據《嶺南雜記》載：「翠煙浮空，結而不散。」所以詞人說以「縈簾翠影」。而這縈簾的翠影，不但像極了孤島的海天雲氣、雲煙繚繞被帶了回來；更寄寓著南宋覆亡以後，陸秀夫揹負幼帝帝昺在崖山投海殉國，一縷帝魂縈繞海天不散的悲思。

　　下闋的「幾回嬌（ㄊㄧˋ，女子嬌憊之態）嬌半醉」、「剪春燈」、「故溪飛雪」，則充滿了故國舊情的回憶。碧山深陷在未亡國時，總喜歡和心愛的女子一起飲酒薰香的回憶中，他們尤愛在寒夜飛雪時深閉小窗，讓翠煙縈繞滿室。對比如今，他說，縱使史上記載愛香成癖的荀令還在，也將「頓老」得不再愛香了，因為江山不再，人事已非，全都失去舊風味了啊！全詞不言悲而悲在其中！所以此時只能「謾惜餘香」，只憐惜那還殘留在衣服上的一點點舊香餘味。往事既然難回；那麼，以前用來薰香的竹籠就讓它從此空著吧！被子也從此不要再覆在籌籠上薰香了，就讓僅有的一點點舊日回憶保存在記憶中吧！濃烈悲愴的故國情思，教人心酸！

　　如此寓意深遠的詠物詞，真要「沉吟數過」，否則確是難以盡其精蘊，無怪乎後人認為格律派詠物詞詞旨太晦，經常讓人不知所云；但在仔細玩味後，便可體會其藝術精巧。《樂府補題》分題賦詞大多類此。那麼繼龍涎香借代宋帝後，對於「發陵」事件中，和宋帝同被曝屍的帝后呢？碧山的〈齊天樂‧蟬〉，正是以詠蟬來紓發此情思：

一襟餘恨宮魂斷，年年翠陰庭樹。乍咽涼柯，還移暗葉，重把

離愁深訴。西窗過雨。怪瑤珮流空，玉箏調柱。鏡暗妝殘，爲誰嬌鬢尚如許。　　銅仙鉛淚似洗，嘆移盤去遠，難貯零露。病翼驚秋，枯形閱世，消得斜陽幾度。餘音更苦。甚獨抱清商，頓成淒楚。謾想薰風，柳絲千萬縷。

傳說中，蟬是幽怨的齊后所化成。《古今注》載齊王待皇后不善，皇后幽怨而死，后死化爲蟬，棲息在庭樹上不斷悲鳴，故李商隱有詩：「鳥應悲蜀帝，[92]蟬是怨齊王。」《樂府補題》的遺民詞人就是用「齊后化蟬」的故事，借詠「蟬」以寫被出棺的孟后幽怨。滿腔憾恨的「宮魂斷」是點題，點出了所詠者「蟬」。而蟬在「翠陰庭樹」上，年年從「涼柯」移到「暗葉」，或亦隱寓了宋室的「播遷」之苦，所以蟬鳴始終以一種嗚咽的方式，持續不斷地訴說著哀怨。其鳴聲淒清，如雨後在空中鳴響的玉珮，又如彈箏時改絃換柱所發出的變音，悲悲切切！詞人並於此、詞鋒突然一轉，他問：如今都已「鏡暗妝殘」（或亦暗喻時移事易）了，爲何還「嬌鬢如許」呢？這裏是碧山反用典故，反過來用魏文帝宮人莫瓊樹把髮型梳成「蟬鬢」狀的記載，以人的「嬌鬢」摹刻蟬翼的薄透縹緲；但其中仍頗耐人尋味──傳說被棄露荒野的孟后，髮長六尺餘，髮色青黑且仍簪著金釵，那麼，此中或亦寄有對孟后的不捨之情；[93]也頗有陸游詞作「零落成泥碾作塵，只有香如故」，在呈現其堅定不屈的精神下，同時也蘊蓄了無限淒涼的情意。

　　至於「移盤」的「銅仙鉛淚」故事，除前述的亡國悲思外，「難貯零露」更是詠物詞摹寫物狀、曲盡其態的淋漓表現，一方面是對蟬

---

[92] 《華陽國志》載，周失綱紀，蜀王杜宇稱帝曰望帝，為蜀除水患有功；後禪位，升西山隱焉。時適二月子規鳴，因名子規曰杜宇、曰望帝。

[93] 另有一說謂「西窗」三句是說敵騎暫退，君臣上下便宴安如故，而「鏡暗妝殘」二句，是說殘破滿眼，猶修容飾貌，譏宋室之偏安逸樂也。（清、端木埰《詞選批注》）

「餐風飲露」的栩栩刻劃，另方面也藉移盤去遠、哪裏還有露水可接？隱喻「覆巢之下，焉有完卵」的亡國慘狀。如此層層轉折、悲慨深遠的詠物方式，無怪周濟在《宋四家詞選》序論中盛稱「碧山思筆，可謂雙絕！」接著的「病翼」、「枯形」，既是對已屆秋涼、餘日不多的蟬的如實摹寫，「斜陽」亦扣緊了末造，所以詞人又問：還能再度過多少個斜陽呢？並說在最後殘存的歲月中，就只能依賴過去的美好回憶，懷想著逝去的夏日、和暖的薰風，[94]和隨風款擺的千萬條柳絲（也象徵詞人心中的昔日繁華美景、昇平盛世），以使自己內心稍稍平復。其音極為淒楚。

　　從主觀上說，掩抑哀婉、隱約曲折、渾厚令人玩味無窮的美學風格，是宋末格律派詞人心中的審美價值，也即周濟讚美碧山詞的：「麥秀黍離之感，只以唱嘆出之，並無劍拔弩張習氣。」這一類雅詞並不是沒有感發力量，而是其感發出之以思力安排，讀者必須「沉吟數過」，先懂得詞中的結構佈局、使事用典等巧思之後，才能體會其精神而產生共鳴，興發出內心無限的感慨；否則就將如子貢說孔子的高堂大屋：「不得其門而入，不見宗廟之美、百官之富。」惟真正能夠得其門者「或寡矣！」再從客觀條件言，個人是整體時代與歷史發展的一部分，不能孤懸於時代和歷史脈絡外，是以文學密切關乎時代；南宋遺民詞人以故國之思寄託於詠物詞中，若與稼軒等豪放詞風相比列，固然不免寒蟬淒切，但若考量其在當時異族統治與備受壓抑的社會中，則是詞人竭力吶喊的最大聲響了。

　　碧山詠物詞往往深得題旨精蘊，又富於題外遠致，況周頤《香海棠館詞話》認為「初學作詞，最宜讀《碧山樂府》，如書中歐陽信本，準繩規矩極佳。」陳廷焯《白雨齋詞話》至言：「詞人有此，庶幾無憾！」盛讚碧山之詞，品高、味厚、意境深，「感時傷世

---

[94] 薰風是夏日的和風，也隱寓有德政惠民之意。《史記》有五子之歌曰：「南風之薰兮，可以解吾民之慍兮。」

之言，出以纏綿忠愛」，並推崇備至地比為「詩中之曹子建、杜子美也。」不過我們在深味碧山詠物「並有君國之憂」（張惠言《詞選》）之餘，也未必要句句實解、逐句附會，以避免主觀牽強、詞意破碎。況乎碧山詞之佳處，正在使事用典渾化無跡、物象與寓意巧妙結合，託意深遠而不沾滯，因此對於嘉、道以後流行的，常州學派擅長的「寄託」詮釋法，也有反對者。

　　而碧山詞在「言近指遠」外，也有呈現柔婉細密一面的詞作，斯為格律派詞人注重藝術形式的另一項高度藝術成就，如〈水龍吟〉：

曉霜初著青林，望中故國淒涼早。蕭蕭漸積，紛紛猶墜，門荒徑悄。渭水風生，洞庭波起，幾番秋杪。想重崖半沒，千峰盡出，山中路，無人到。　　前度題紅杳杳，溯宮溝、暗流空繞。啼螿未歇，飛鴻欲過，此時懷抱。亂影翻窗，碎聲敲砌，愁人多少。望吾廬甚處，只應今夜，滿庭誰掃。

身為遺民，王沂孫是時時心懷故國的。他在入元以後曾任慶元路「學正」，雖然有人以此質疑或訾議之；但其實山長、學正一類並非朝廷命官，而是由當時名儒擔任的司儒之職，其與廁立偽朝者不同。像學行、節操俱一時之選的王應麟，入元後也曾出任山長一職；與碧山同賦《樂府補題》的好友仇遠，也曾出為溧陽學正，故論者謂此不足為碧山疵。在〈水龍吟〉中，碧山一樣流露了深深的故國之思。從故國早秋落葉「蕭蕭漸積」、「紛紛猶墜」，到深秋經歷了「秋風吹渭水，落葉滿長安」（賈島〈憶江上吳處士〉）、「嫋嫋兮秋風，洞庭波兮木葉下」（屈原〈九歌·湘夫人〉）的幾番風生、波起之後，原有的秋色更加深濃了。此時崖岸因為秋水漲深而半淹，千峰因為枯葉落盡而峰稜突出，山路於是便荒涼寂靜，不復人跡了。此

刻就算想要再藉紅葉題詩傳情，[95]無奈水流也只是繞著宮溝空流。過往韻事都只能空留回憶了，現實中早已是一無所有了。聽著寒蟬悲鳴（啼螀）、看著飛鴻南飛，在在都訴說著悲秋情懷，何況此際還有窗前的落葉翻飛、葉落聲敲碎離愁，更增添內心無限的思鄉情愁。這使得作者不禁忖想：今夜吾廬的滿庭落葉，誰來打掃呢？整首詞充滿了一腔愁緒，一片蒼淡淒婉的情意，婉約淋漓地敲在讀者心版上，令人憮然而悲。

　　在這樣令人悲泣的故國秋風、黍離之悲中，王沂孫滿腔的思鄉情愁與故國悲思，藉著觸目所見的諸多詠物題材，透過精美工巧的藝術形式、柔婉的情思，化作了一篇篇感人肺腑的深情之作。他述說著自己的愁苦情懷：「江南自是離愁苦，況遊驄古道，歸雁平沙」（〈高陽臺〉）、「茂陵遠，[96]任歲華苒苒，老盡相如」（〈聲聲慢〉）、「聊慰登臨眼，故國如塵，故人如夢，登高還懶。」（〈醉蓬萊〉）他復藉由諸多詠物詞寄託情懷。如藉著詠「榴花」，道盡盛世不再的悲淒：「玉局歌殘，金陵句絕，年年負卻薰風。」（〈慶清朝〉）藉著詠「梅」，訴說亡國心境：「縱有殘花，灑征衣，鉛淚都滿。」（〈法曲獻仙音〉）藉詠「新月」，說：「千古盈虧休問！嘆慢磨玉斧，難補金鏡。」（〈眉嫵〉）藉詠「螢」，說：「漢苑飄苔，秦陵墜葉，千古淒涼不盡。」（〈齊

---

[95] 范攄《雲溪友議》載，唐宣宗時舍人盧渥於御溝中撿拾了一枚紅葉，上面題有絕句：「水流何太急？深宮竟日閒，殷勤謝紅葉，好去到人間。」乃藏之於笥。及帝出宮人，許適人，歸渥者適為題葉之人；睹紅葉，曰：當時偶題，不意郎君得之。
　　另，《太平廣記》亦載，唐僖宗時宮女韓氏以紅葉題詩，自御溝中流出，為于祐所得。祐亦題一葉，投溝上流，韓氏亦得而藏之。後帝放宮女三千人，祐適娶韓。既成禮，各於笥中取紅葉相示，乃開宴曰：于二人可謝媒人。韓氏又題一絕曰：「一聯佳句隨流水，十載幽思滿素懷。今日卻成鸞鳳友，方知紅葉是良媒。」
[96] 茂陵：漢武帝陵墓，以代漢武帝，李賀〈金銅仙人辭漢歌〉有云：「茂陵劉郎秋風客」，此處則借指宋故主。

天樂〉）詠「牡丹」，也說：「扶春不起」、「繁華夢，如流水。」（〈水龍吟〉）……要之，一切徒留在詞人心目中的昔日美好回憶，如今都如所言——「難補金鏡」了。於是就在碧山「短褐臨流，幽懷倚石」（〈齊天樂〉）的無盡傷痛中，在「當時無限舊事，嘆繁華似夢，如今休說」的一篇篇悼念詞作中，他只能做一個「風流雲散」亂世中、「欲尋前跡、空惆悵」（〈醉長亭怨〉），藉翰墨以傳世的遺民詞人了。

貳拾壹、淒涼故國話張炎

　　張炎（1248～1320），字叔夏，號玉田，西夏（今甘肅天水）人，其先人隨宋室南渡南來，遂定居在臨安（今浙江杭州）。張炎出自世冑顯貴之門。南宋「中興四將」之一的張俊是他的六世祖，張俊因南渡保駕有功，獲封為循王。其曾祖張鎡，則是南宋中期著名的文人，曾與姜夔等人唱和，平日過著詩酒吟賞的豪奢生活。前書所述以侈靡為尚、烜赫一時的「牡丹會」，就是出自他的手筆，並有《南湖集》、《玉照堂詞》傳世。他的父親張樞，也是華奢不減其祖、曉暢音律、儒雅風流的文人，著有《倚聲集》、《寄閑集》。生長在如此園林歌姬、鐘鳴鼎食的貴族文人家庭裏，張炎審美意識之醇雅高遠，是可以想見的。而且南宋滅亡時他已年過三十，猶及親見臨安城的全盛之日，所以雖然物換星移，他的心中也充滿了盛衰興亡的蒼涼激楚，但是他「清虛騷雅」、「一氣舒卷」（《詞林記事》引樓敬思語）的風雅，始終「未脫承平公子故態，笑語歌哭、騷姿雅骨，不以夷險變遷。」（舒岳祥詞序）並沒有因為山河之變而改變他的審美意識。不過畢竟隨著國事陵夷，加上張炎的祖父張濡1275年（南宋滅亡前一年）戍守邊關時，其部下誤殺元使，以致次年元軍入城時，首先便斬殺張濡，籍沒其全部家財，張炎落得從此流浪江湖、四處飄泊。已經散盡家資的張炎，晚年甚至潦倒窮困到賣卜為生。其詞集名曰《山中白雲詞》。

　　身為一位南宋遺民和落難王孫，張炎的作品很自然地充滿了對殘破舊夢的無限依戀，以及因亡國飄零、繁華落盡而來的沒落感傷。當時的遺民詞人，主要有「江西詞人」劉辰翁、文天祥等，人稱「愛國詞人」，繼承的是辛派雄健的詞風；還有「浙派詞人」張炎、王沂孫、周密等雅詞螾壘格律派。這兩系的詞風顯然不同。身為抗元英雄、兵敗被俘仍然不屈的文天祥，即使處在最劣勢的環境中，表現出來的依然還是中流砥柱精神：「世態便如翻覆雨，妾身原是分

明月」、[97]「鏡裏朱顏都變盡,只有丹心難滅」(〈滿江紅〉、〈酹江月〉),流露著皓如明月的忠貞意識,呈現出堅定不屈的英雄本色。劉辰翁的「春汝歸歟?風雨蔽江,煙塵暗天。況雁門阨塞,龍沙渺莽,……看菟葵燕麥,華清宮裏,蜂黃蝶粉,凝碧池邊。我已無家,君歸何里?中路徘徊七寶鞭。風回處,寄一聲珍重,兩地潛然。」(〈沁園春〉)也表現出辭情跌宕、雄健奔放的風格。至於格律派的遺民詞人們,相較於文、劉等人,雖然缺少激憤之氣,但表現得悽惻動人、低徊感傷。

　　詞作為一種文學藝術體式,張炎的詠物詞刻劃精微、寄情深遠,一如王沂孫、周密等人,不僅在藝術成就上達到了窮極工巧的境地,其委婉纏綿的情思,也非常耐人尋繹,有無窮的意味。從詞的發展史來看,詞至南宋末季,各種風格流派的發展,都已經獲得高度開發;就任何一種藝術形式之「盛極而衰」、「窮則變」的末期發展來說,這些格律派雅詞的遺民詞人,在藝術技巧上極盡變化、講求比興寄託,也可以視為詞之另闢蹊徑、別開天地者。故朱彝尊論詞而謂「至宋季始極其變」。張炎是宋詞最後一位名家,也是南宋格律派最後的重要詞人,在他無限依戀、眷憶故國的唏噓嘆息聲中,宋詞亦如寒蟬尾聲、悲吟低訴,然後就漸漸地走進歷史而趨向沉寂了。

　　張炎的詞,主要表現為對故國的無窮哀思和眷戀情懷;詞風則力主姜夔的「清空雅正」,反對晦澀柔媚。他並著有《詞源》一書,辨析樂理、探討詞藝,是宋代詞論的重要著作。當元軍攻陷臨安以後,張炎遂從一位「鈿車驕馬錦相連,香塵逐管絃」(〈阮郎歸〉)、「翩翩然飄阿錫之衣,乘纖離之馬」(戴表元〈送張叔夏西

---

[97] 度宗昭儀王清惠在宋亡以後填了一首〈滿江紅〉,中原傳誦。但是文天祥對於詞中的「驛館夜驚塵土夢,宮車曉轉關山月,若嫦娥於我肯相容,從圓缺」等句,認為有苟且偷生意,表示不滿。於是他另作一首和詞,並在小序中言:「庶幾後山〈妾薄命〉之意。」(陳師道為感曾鞏知遇之恩,作此詩表示願意相從於地下。)詞中有句:「世態便如翻覆雨,妾身元是分明月」,表現了堅定不屈、不肯苟且的忠貞精神。

遊序〉）的王孫貴公子，淪落成為「暗教愁損蘭成（庾信小字），可憐夜夜關情」（〈清平樂〉）、「楓冷吳江，獨客又吟愁句」、「長安誰問倦旅？羞見衰顏借酒」（〈綺羅香〉），感傷故國的天涯倦客了。讀其〈高陽臺・西湖春感〉，滿腔濃濃惓惓的故國情懷躍然紙上，令人憮然嘆息：

接葉巢鶯，平波卷絮，斷橋斜日歸船。能幾番游？看花又是明年。東風且伴薔薇住，到薔薇、春已堪憐。[98]更淒然，萬綠西泠，一抹荒煙。　　當年燕子知何處？但苔深韋曲，草暗斜川。見說新愁，如今也到鷗邊。無心再續笙歌夢，掩重門、淺醉閒眠。莫開簾。怕見飛花，怕聽啼鵑。

詞中寫的是宋亡以後的西湖，大不同於傳統文學中常見的，太平盛世下百卉爭妍、畫舸蘭橈的「西湖好」。張炎一生喜好浪游，尤其留戀醉心於西湖。未淪陷前，臨安的繁華盛況他猶及親見。在此之前，他的生活是輕車肥馬、清歌漫遊，「一片空狂懷抱，日日化雨為醉。」（鄭思肖序《山中白雲詞》）是故當宋亡以後，他重遊西湖，面對「昔日繁華轉眼成荒涼」的瘡痍滿目時，實在情不能堪！
　　該詞開篇，先寫西湖暮春一片綠葉茂密、花色不再的景色。接下來「能幾番游？」文情陡然一轉，自然流瀉出了「盛時難再！」的悵快之感，尤其眼見過去翠綠青蒼的西泠橋畔（西泠橋在西湖北岸孤山下，劃分裏湖、外湖），如今卻是蔓草荒煙、人跡罕至。昔日車水馬龍、王侯將相出入的都城勝地，如今已是苔蘚鋪地、雜草叢生。（「韋曲」在長安城南，唐代長安望族韋氏世居此地。「斜川」位

---

[98] 一般的春花都是先開花然後綠葉茂盛，薔薇因是晚春開花，所以當薔薇花開時，大部分花樹的綠葉均已相當茂密。故句首言「接葉巢鶯」，說濃濃的綠葉把鶯巢都給遮掩住了，就是形容已屆晚春，春即將歸去。

於江西南湖渚中，陶淵明有〈遊斜川〉詩。）燕子不但已經不識舊居，散入人家（「舊時王謝堂前燕，飛入尋常百姓家」），連最沒有心機的鷗鳥，也都不禁含著新愁了。強烈對比的今昔盛衰，莫說教人無心再續笙歌，恐怕重門也要深加掩閉，簾幕都莫要掀開了。因為怕看見訴說著繁華落盡、春已歸去的落花啊！怕聽見聲聲呼喚「不如歸去！」卻已無家可歸的杜鵑哀啼啊！詞情悲愴至極！

再如〈八聲甘州〉：

記玉關、踏雪事清游。寒氣脆貂裘。傍枯林古道，長河飲馬，此意悠悠。短夢依然江表，老淚灑西州。[99]一字無題處，落葉都愁。[100]　　載取白雲歸去，[101]問誰留楚珮，弄影中洲。折蘆花贈遠，零落一身秋。向尋常、野橋流水，待招來，不是舊沙鷗。空懷感，有斜陽處，卻怕登樓。

該詞懷念當年和友人一起渡河北上的情景（張炎與沈堯道等曾被元召赴大都寫佛經，次年歸）。詞中融合了思念舊遊、感傷自己飄零如秋葉的身世，以及愁懷故國的亡國隱痛等。詞意悲愴怨悱，詞境悲中帶壯、筆力勁峭。上、下闋情感翻騰，數見波動。

上闋起筆開闊，從回想當時在北風凜冽的冰天雪地、枯林古道中飲馬黃河寫起，頗見豪壯。然而當現實回到了「依然江表」的江南時，面對「斷梗疏萍」（〈渡江雲〉），使他不敢倚樓望極；滿懷哀

99　此用羊曇淚灑西州門典故。東晉謝安官至宰相，後以讒出官新城，臨去許願終老必由海道還都；後病篤，從西州門被車駕載歸。安死後，所知羊曇（謝安甥）甚悲，行不由西州路。嘗大醉，不覺至西州門，慟哭而去。

100　此二句翻用「紅葉題詩」典故，以謂已無心緒題詩。

101　陶宏景詩：「山中何所有？嶺上多白雲。只可自怡悅，不堪持贈君。」張炎詞集以「山中白雲」為名，蓋取此意。

傷故國之情，使他心緒都無、老淚縱橫。所以下闋一轉，嘆舊遊零散，更嘆自己零落如秋蘆般的身世。到如今，他只想「載取白雲歸去」了，他早就是「零落一身秋」的「天涯倦旅」（〈月下笛〉）了。整首詞低咽纏綿，友情、國愁盤旋其中，鬱結不散，絲絲扣人。

　　身為南宋格律派雅詞最後重鎮詞人的張炎，極力推崇姜夔，他心中的審美意識，自然是偏好清幽空靈、不喜晦澀拙滯的。是故張炎的詞風也如姜夔，清暢如天際浮雲、隨風舒卷，亦如其詞集之名：《山中白雲詞》。張炎清虛騷雅的詠物詞，在當時很受時人的讚賞。其〈解連環〉因詠「孤雁」刻劃入微而膾炙人口，有「張孤雁」之稱，詞曰：

楚江空晚。悵離群萬里，怳然驚散。自顧影、欲下寒塘，正沙淨草枯，水平天遠。寫不成書，只寄得相思一點。料因循誤了，殘氈擁雪，故人心眼。　　誰憐旅愁荏苒。謾長門夜悄，錦箏彈怨。想伴侶、猶宿蘆花，也曾念春前，去程應轉。暮雨相呼，怕驀地、玉關重見。未羞他、雙燕歸來，畫簾半卷。

這是一首情景兼到，筆法「賦」兼「比興」，句句扣緊「孤雁」主題，又句句「況物比人」的絕妙詠物詞。

　　詞中那隻怳然驚散、離群萬里，在蒼茫天地間顧影自憐的孤雁，和歷經鼙鼓動地、劫後悸痛的張炎，著實有著感同之受。本來應排列作「一」（或「人」）字為天際題書的雁行，現在只剩下孤雁一隻，只能以「一點」來點綴天際了。所以「寫不成書，只寄得相思一點」，不僅具體摹寫了孤雁與張炎的離群之苦，更深刻披露了他們內心的孤獨與錐心的思念痛楚。他接著又用蘇武齧雪吞氈、不忘故國，以及被漢武帝冷落、幽居長門冷宮的陳皇后，來比擬離群索居的淒苦心境、愁怨相思。最後他更想像著夜宿在蘆葦叢中的雁群，是否

也正思念著他，盼著他能在春前來得及回轉去程，與大家重逢相見呢？不過遭逢亂離、孤苦無依的他，雖然心中渴求朋伴，但在友情之外，卻更存在著「怕蔿地、玉關重見」時的另一種隱憂：他害怕當北地重逢時，他們會不會都已經成為新朝新貴了？這裏，他以「未羞他、雙燕歸來，畫簾半卷」為喻並作結，別有深意。從「孤雁」到「雙燕」，重點不是從「孤」到「雙」的變化，而是從「雁」到「燕」的改變。因為「燕」是屬於「王謝堂前」的，燕巢只宜築在高堂大屋與「雕梁藻井」。春燕、堂燕和宿在蘆叢的大雁、尤其是孤雁，絕不相同。張炎堅守遺民氣節，自是包括貧窮、困阨、孤單、寂寞……都要一併承受的。

　　張炎除了詠「孤雁」而得盛名外，他詠「春水」的〈南浦〉，也因詞意貼切，寫江浦游魚戲水的「魚沒浪痕圓，流紅去、翻笑東風難掃」等句並皆精工諧美，而被譽為「絕唱千古」（鄧牧《伯牙琴》），為他贏得了「張春水」的另一稱號。雖然張炎、王沂孫、周密等擅長詠物的遺民詞人們，只能在故國情懷下，發出一點微弱的呻吟，不過誠如孟子所言：「誦其詩、讀其書，不知其人可乎？是以論其世也。」在陽春三月裏，固然有著千花百卉的爭奇鬥艷，炎夏也有芙蕖之盛開，秋季則有桂子之飄香，但是凜冽的冬月，是連一朵小花都難以生長的，我們何能要求在元人鐵蹄下的詞人們，都能寫出氣象昂揚、精神豪健的激勵人心作品？這些遺民詞人在元人殘暴的嚴厲統治下，只能「言近指遠」地運用比興手法，透過詠物寄意的方式，委婉曲折地表達他們心中低徊掩抑的感情、淒楚悲涼的淪亡之痛。在張炎的風雅遺音中，我們看到南宋政權和宋詞的發展，都如夕陽殘照般再難發出光與熱了。也一如張炎〈清平樂〉所言：

采芳人杳。頓覺游情少。客裏看春多草草。總被詩愁分了。
去年燕子天涯。今年燕子誰家。三月休聽夜雨，如今不是催花。

那暮春三月的夜雨敲窗，只會摧落枝頭花朵；而不再是催促花開的初春微雨了。「客裏看春」也終難免如後主「春花秋月何時了？」只有無奈的心境。江山依舊、人事全非，故國已經不堪回首了！是故就在張炎訴說：飛花怕見！啼鵑怕聽！「恨西風、不庇寒蟬，便掃盡、一林殘葉」（〈長亭怨慢〉）的聲聲哀怨中，宋詞也伴隨著江山易代而漸趨沉寂，終至走完它的發展歷程了。

餘響篇

貳拾貳、詞壇的最後明珠──納蘭性德

　　詞始興於唐而大盛於宋，兩宋名家輩出，各擁勝場，千峰競秀，萬姿百態，蔚為大觀。元明兩代詞壇寂寞，雖亦偶有傳世佳作如元好問〈摸魚兒‧雁丘詞〉等，但畢竟難挽頹勢。逮及清代，傳統舊學獲得總整理的時代，各體文學再度興盛，不論古文、詩歌、戲曲、小說等，作家都一時蠭起，詞風亦於時大振。

　　清代詞壇主要有陽羨詞派、浙西詞派、常州詞派，和獨立於各派之外，一如璀璨明星的納蘭性德（1655～1685）。陽羨詞派由陳維崧（1625～1682）領導，主要效法蘇辛豪邁奔放、意氣橫逸的精神。浙西詞派由朱彝尊（1629～1709）領導，專主南宋，崇尚格律，琢字鍊句，「家白石而戶玉田」。常州詞派由張惠言（1761～1802）、周濟（1781～1839）領導，屬於乾嘉後起，但影響力直至清末猶未衰歇。他們兼取北宋和南宋之長，而以「比興寄託」作為強調，「問塗碧山，歷夢窗、稼軒，以還清真之渾化。」另外還有特別值得留意的納蘭性德。他在清初，鵲起於陽羨、浙西兩大宗派之外，人稱：「使殘唐墜緒，絕而復續。」（《飲水詞箋‧詞評》引）梁啟超《飲冰室文集》認為：「可直追後主」，王國維《人間詞話》譽為：「北宋以來，一人而已。」其詞真情婉約，擄掠人心。

　　納蘭性德原名成德（或謂避帝諱而改），字容若，滿州正黃旗人。其曾祖父金台什（女真族葉赫部首領）在被統一女真各部的另一首領努爾哈赤（清太祖）所滅時，自焚而死。因其妹為努爾哈赤之妻、皇太極（清太宗）之母，故家屬得以保全。納蘭性德的父親明珠，由侍衛起家，康熙（清聖祖）初年官至部院大臣，深得寵信，授武英殿大學士，居相位多年，權傾一時。納蘭性德烏衣公子、少年科第，十八歲順天鄉試中式，次年會試連捷，但因病未赴殿試。二十二歲補殿試，成進士，出入扈從。康熙二十一年他奉使黑龍江，負責偵察侵擾邊境的羅剎（俄羅斯）情勢，和聯絡黑龍江邊境各族，順利完

成反擊羅刹的各項準備。康熙「知其有文武才，非久且遷擢矣。」（徐乾學〈通議大夫一等侍衛進士納蘭君墓誌銘〉）不料納蘭竟於康熙二十四年突得寒疾，七日不汗而死，年僅三十一歲。

　　納蘭性德長於華閥，卻不矜門第，澹泊榮利，雖身遊廊廟，卻任俠憐才，廣交漢人名士。其所往來，皆一時雋彥而於世落落難合者，如顧貞觀、姜宸英、嚴繩孫（姜、嚴兩人與浙西詞派領袖朱彝尊並稱「江南三布衣」，聲望甚高）、吳兆騫（吳江名士，嘗因科場案牽連久戍塞外，賴納蘭營救之，傳為當時佳話）。納蘭以詞名世，二十四歲即編集刊行，初名為《側帽詞》，有風流自賞之意。蓋取義於北周美男子獨孤信：「因獵日暮，馳馬入城，其帽微側。詰旦而吏人有戴帽者，咸慕信而側帽。」於是晏幾道有詞云：「側帽風前花滿路。」（〈清平樂〉）後來顧貞觀為之改名：《飲水詞》，取「如魚飲水，冷暖自知」之義。《飲水詞》風行一時，有「家家爭唱《飲水詞》」美譽。另外，納蘭十九歲時曾經撰寫一部《淥水亭雜識》，梁啓超盛讚此書，跋曰：「記地勝、摭史實，多有佳趣。偶評政俗人物，亦有見地。詩文評益精到，蓋有所自得也。」後來又在其師徐乾學的協助下，纂輯了宋元學者說經諸書，合刻為《通志堂經解》，並且一一為作序。無怪梁啓超歎：「翩翩一濁世公子，有此器識，且出自滿州，豈不異哉！使其永年，恐清儒皆須讓此君出一頭地也。」

　　納蘭詞有一種頑豔的哀感，一種深切的哀愁浸淫其間，充滿了感傷情調與悲涼氣氛，與其盛世公子的身分並不相合。這也是後世學者一直想解開的謎題，眾多揣測也紛紛出籠。諸如：三生慧業，不耐浮塵，少年喪偶（他與原配盧氏琴瑟諧鳴，不料盧氏婚後三年死於難產），萬緒悲涼。甚至還有臆說他是被擄至北方的江南漢家兒郎的。要之，他確是一位多情之人，他曾自言：「天將愁味釀多情」、「予本多情人，寸心聊自持。」（〈鷓鴣天〉、〈擬古四十首〉十五）他曾有一枚閒章，上面刻的就是「自傷多情」四個字。所以對於人世間一切美好的事物，他都懷有深沉、難以自持的愛。而這些充塞在字裏行間、自然流露的真情，也就是後世讀者讀其詞，往往

不能自禁地對之傾心、爲之喟嘆的原因。

　　納蘭性德雖然獲得帝眷、出入侍從，肉食錦衣、朱輪華轂，父親又權傾一時，他卻有著異乎朝廷權貴勾鬥爭權，以及一般貴冑子弟沉湎聲色惡習的澹遠心境。他經常流露不願阿世媚俗、不慕榮利的胸中摯情，他曾說：「仕宦何妨如斷梗，只那將、聲影供群吠。[102]」（〈金縷曲〉）又說：「休太息，須信道、諸公袞袞皆虛擲。」（〈摸魚兒〉）他對虛擲歲華於袞袞宦宦的生涯，似有著無比的勘透與不以爲然；對於宦海浮沉、身不由己，以及官場小人捕風捉影，一如群犬之逐聲亂吠，更有著無比的嫌惡。他又曾言：「小樓明月鎖長閒，人生何事緇塵老？」（〈踏莎行〉）「不如罨畫清溪上，簑笠扁舟一隻。人不識。且笑煮鱸魚，趁著蓴絲碧。[103]」吐露他實際上嚮往林泉高隱、遂其所願、自由自在的生活。他在與顧貞觀酬唱的〈虞美人〉中，也清楚地表達了自己對於世俗夤緣求進的不滿，寧可澹泊自守，默默耕耘，繼承詞統，以發展詞學理想。詞云：

憑君料理《花間》課。莫負當初我。眼看雞犬上天梯。黃九自招秦七共泥犁。[104]　　瘦狂那似癡肥好。[105]判任癡肥笑。[106]笑他多病與長貧。不及諸公袞袞向風塵。

---

[102] 東漢諺語道：一犬吠形，百犬吠聲。

[103] 浙江長興縣境內有溪名罨畫，溪畔又有罨畫亭，風景極美，遊人紛集。鱸魚、蓴絲，則借張翰遊宦洛陽，因見秋風起，思故鄉之蓴羹、鱸膾而罷官歸隱之典，寓棄官歸隱之意。

[104] 黃九：黃庭堅。秦七：秦觀。據陳善《捫蝨新話》載，魯直（黃庭堅字）好作豔歌小詞，道人法秀謂其以筆墨誨淫，於我當墮泥犁地獄。

[105] 《南史·沈昭略傳》載，沈昭略狂狷、不事公卿。曾經醉逢王約，張目視之曰：「汝是王約邪？何乃肥而癡？」約曰：「汝沈昭略邪？何乃瘦而狂？」昭略撫掌大笑曰：「瘦已勝肥，狂又勝癡」。納蘭這裏故意說：「瘦狂那似癡肥好？」是反語；蓋仿癡肥者之口吻，以譏其不懂瘦狂者用心所在。

[106] 判任：任憑；判同拚。

眼看著那些庸劣之徒逐利爭名，一如淮南王劉安一人得道成仙，家中的雞犬也都跟著升了天一般，納蘭性德寧願與好友顧貞觀，一如北宋名詩人黃庭堅與秦觀（黃庭堅行九，人稱「黃九」；秦觀行七，人稱「秦七」），哪怕多病與長貧，都不改素志地筆耕詞壇。至於那些向擾攘紅塵競相逐利的人，就任由他們取笑「瘦狂」吧！那些腦滿腸肥、飽食終日、無所用心的人，是不會了解瘦狂者用心之所在，更不會理解「瘦已勝肥，狂又勝癡」之理的。在這首詞中，容若充滿了憤世之情，卻也對自己的志向做了最真實的表白。

　　康熙帝雖然寵近容若，但是他所擔任的到底只是扈從，並非可以實現什麼理想的要職。其父明珠又處在黨爭漩渦之中，容若的近臣惴惴之憂、臨履之感，是經常盤旋心中的。更何況「霜花點鬢，時冒朝寒；星影入懷，長棲暮草」（〈與顧梁汾書〉），他不僅必須出則侍從、入則宿衛，即皇帝之出關東巡、奉天祭祖（康熙21年），也都要步步隨行，所以是「長違閨幃」的。這對於柔腸千轉、多情、專情的容若而言，無異是一種折磨。當容若侍衛康熙於山海關時，塞上苦寒，三月仍是風雪迷漫的天氣。當此之時，夜不能寐的容若動了思鄉之情，他寫下了〈長相思〉：

山一程。水一程。身向榆關[107]那畔行。夜深千帳鐙。　　風一更。雪一更。聒碎鄉心夢不成。故園無此聲。

詞中山水兼程的護衛辛苦，與夜深宿營的滿目風雪、千帳燈火，在在催動了容若的夫妻別情無限以及難解鄉愁。於是那陣陣的風雪聲聽在耳裏，聒得人鄉心碎亂、鄉夢難成，故園宅邸實在不曾有過這樣的聲音啊！這一年的秋季容若又奉使黑龍江，在萬般勞苦的行役中，他只好藉著填詞來撫平行役之苦與相思之情。〈蝶戀花〉云：

---

[107] 榆關：山海關的別稱。

又到綠楊曾折處。不語垂鞭，踏遍清秋路。衰草連天無意緒。雁聲遠向蕭關去。　　不恨天涯行役苦。只恨西風，吹夢成今古。明日客程還幾許。霑衣況是新寒雨。

當他騎馬來到了曾經折柳送別他人的地方，不禁觸動離愁，一片離情別意頓時湧上了心頭而不能自已。在淒清的秋色中，默然垂鞭的他，一再徘徊、不忍離去，但最後也只能無甚意緒地向著衰草連天的無窮邊關，踏上行役之途。想到往後不知還有多少客程，將在眼前展開？又想到古今世事如夢，何況在這樣的新寒時節裏又有飄落的霑衣寒雨，更增蕭索。於是萬般愁緒，止不住地牽纏縈繞在胸中，無怪乎容若自己都要說：「愁多成病，此愁知向誰說？」（〈念奴嬌〉）不過帶著這樣離索意緒且多愁善感的納蘭性德，到底還是來到了「冰合大河流」、「落日萬山寒」的塞外。其實多愁是納蘭性德多情的反映，也是一種情感宣洩的方式。

　　此行，他不但順利、而且可說是漂亮地，完成了康熙託付給他，要他聯合邊境各族的任務。康熙在他死後，還特意派人祭告靈前，以示不忘勞績。當時，他在雁落西風的極天關塞中寫下了這首〈菩薩蠻〉：

黃雲紫塞三千里。女牆[108]西畔啼烏起。落日萬山寒。蕭蕭獵馬還。　　笳聲聽不得。入夜空城黑。秋夢不歸家。殘鐙落碎花。

該詞在鄉心中同時呈現了雄渾的塞外景觀，在納蘭多情傷別的諸多詞作中，算是比較豪壯遒勁的一首。在僻遠的關塞下，黃塵迷漫中，群

---

[108] 女牆：城上短垣，即矮牆是也。謂之女牆，言其卑小，比之於城，若女子之於丈夫。

山生寒、馬嘶陣陣中，又有啼烏鳴城西，重以入夜之後，悲涼的笳聲迴盪空城，在在都使得納蘭在歸家不得的秋聲中，只能看著殘鐙落盡碎花，不能成眠。這樣的思鄉情愁，是時時刻刻縈繞他心中的，更何況翹首盼望，家書難至。於是納蘭又寫下了〈清平樂〉：

塞鴻去矣。錦字何時寄。記得燈前佯忍淚。卻問明朝行未。
別來幾度如珪。飄零落葉成堆。一種曉寒殘夢，淒涼畢竟因誰。

奉使在外，夫妻離別又久盼不到家書，柔腸縈掛、百轉千迴。想起了離別前妻子款款深情地忍淚低聲問道：「明早就要走了嗎？」又想到別後已經幾度月圓，不但落葉都成堆了，曉寒更是侵夢。眼看著多少光陰過盡，仍是歸家不得，種種淒涼、無盡相思蘊蓄心中，情深不能已。

　　納蘭性德是個多情且深情的人，他的原配盧氏（兩廣總督盧興祖之女），婚後三年因難產去世。納蘭奉使時雖已續娶官氏，夫妻間亦多摯愛，但是仍然對她念念不忘、悼念不已，悼亡詞不少於二、三十首。他嘗謂：「青衫溼遍，憑伊慰我，忍便相忘？」（〈青衫溼遍〉）「別語忒分明。午夜鶼鰈夢早醒。卿自早醒儂自夢，更更。泣盡風前夜雨鈴。」（〈南鄉子〉）又謂：「重泉若有雙魚寄，[109]好知她、年來苦樂。」（〈金縷曲〉）可說是一字一淚。在〈浣溪沙〉中他又一往情深地追思往事道：

誰念西風獨自涼。蕭蕭黃葉閉疏窗。沉思往事立斜陽。　　被酒莫驚春睡重，賭書消得潑茶香。當時只道是尋常。

---

[109] 古代書信用一尺素絹寫成，放在兩塊鯉魚形木板做成的書函中間，故後世每用「雙鯉」、「雙魚」做為書信的代稱。

他追憶兩人鶼鰈情深，亦如女詞人李清照之與趙明誠。李每與趙在飯後烹茶賭書，凡言中某事出自某書某卷、幾頁幾行者得飲，然兩人往往因開懷大笑至茶覆懷中，反不得飲。納蘭與妻雖未必效此，但閨房韻事，恩愛情深則是不容置疑的。他曾說：「一生一代一雙人。爭教兩處銷魂。」（〈畫堂春〉）只是當時以為可以天長地久，兩情相悅只道是尋常之事，哪裏知道後來竟天奪良緣，伊人永逝？徒留下納蘭一人無限追憶，憑弔不已。

　　詞中，納蘭獨立在斜陽下，深陷在往事的回憶裏，有無限追悔、當時未能好好把握短暫相處時光，滿懷恨憶佳人之意。他甚至還在夢中夢見亡妻歸來，澹妝素服，執手哽咽，臨別更賦詩贈言：「銜恨願為天上月，年年猶得向郎圓。」（〈沁園春〉小序）醒來因賦〈沁園春〉，其中有言：「夢好難留，詩殘莫續，贏得更深哭一場。」他又因月起興，賦〈蝶戀花〉：

辛苦最憐天上月。一昔[110]如環，昔昔都成玦。若似月輪終皎潔。不辭冰雪為卿熱。　　無那塵緣容易絕。燕子依然，軟踏簾鉤說。[111]唱罷秋墳愁未歇。春叢認取雙棲蝶。

這首〈蝶戀花〉是納蘭詞的代表作之一。他以月比人，憐惜天上明月在一個月中只有一夕能圓，其餘都缺，但如果真如其妻夢中所言：「銜恨願為天上月」，終能似月輪般皎潔常在，那麼自己已如冰雪之心，也還是願意為她重新轉熱的。此言明月雖然堪憐，明月猶得皎潔常在；自己卻已夫妻緣絕，相見無因，己悲更甚過明月。所以如今也只能徒羨簾間雙燕輕語呢喃，只能強說花間雙蝶便是兩人所化成。此詞悲凄哀婉，令人咽淚，讀來不忍。

---

[110] 昔：同夕。環：中間有圓孔的圓形玉璧，以喻月圓。玦：圓形但有缺口的玉璧，以喻月缺。
[111] 無那即無奈，沒奈何。燕子本自身輕，簾鉤亦原不固定，故謂之軟踏。

　　綜觀「清初第一詞人」納蘭性德之一生,「少年哀樂過於人,歌泣無端字字眞」(龔自珍〈己亥雜詩〉),確可爲其寫照。他是「偶儻寄天地,樊籠非所欲」(〈擬古四十首〉二十七)的烏衣門第純情詞人。對他來說,「倚柳題箋,當花側帽,賞心應比馳驅好。」(〈踏莎行〉);他愛才任俠、厭棄名利,總是陪著潦倒失意的當世雋彥同聲悲哭。他篤於伉儷,身無姬侍,集中亦無狹邪冶遊之作,在普遍聲色自奉、金釵成列的世家貴冑中,是極爲難得的。他的詞風淒婉纏綿、格高韻遠,或寫邊塞異色、或自述懷抱、或傷知友不遇、或悼亡情深,……總之在他「須知名士與傾城(美人),一般易到傷心處」的濃情下,傳世三百五十餘首詞,字字皆扣人心弦。三十一歲是一個太年輕的句點,或許就像他題贈好友顧貞觀的〈金縷曲〉所說:「灑盡無端淚。莫因他、瓊樓寂寞,誤來人世。」納蘭性德就是那個偶然誤墮紅塵的天上謫仙人,天生明慧,不耐俗塵。

　　納蘭二十二歲,初與顧貞觀定交時,兩人一見如故,恨識之晚。數日後,納蘭盛情贈詞:「後身緣,恐結他生裏。」(〈金縷曲〉)顧以爲不祥,不料卻一語成讖!納蘭在出塞時,曾經塡詞〈蝶戀花〉:

今古河山無定據。畫角聲中,牧馬頻來去。滿目荒涼誰可語。西風吹老丹楓樹。　　從前幽怨應無數。[112]鐵馬金戈,青塚黃昏路。一往情深深幾許。深山夕照深秋雨。

在悠悠數千年「無定據」的「今古河山」中,在「西風吹老」、「牧馬頻來去」的「滿目荒涼」中,「一往情深」就是納蘭性德來到紀錄多少興亡往事的塞外時,他和歷史最相契、最貼近的共通語言。在無限深情中,他咀嚼了人世間的幽怨,而後化作筆下字字珠璣

---

112 或作「幽怨從前何處訴」。「從前」也有作「從來」者。

的傾訴。他活化了已經沉寂的詞的生命，既不追隨「陽羨詞派」刻意模仿蘇辛的粗豪，也不步趨「浙西詞派」執意南宋的格律窠臼。他率真自然、純任性靈地，以耀眼光芒重新賦予黯淡了數百年的詞體，再現「家家爭唱《飲水詞》」的盛況！使得朝鮮詩人也不禁讚歎：「誰料曉風殘月後，而今重見柳屯田。」（徐釚《詞苑叢談》）納蘭性德，他是詞壇發展千餘年的最後明珠。

參考書目

一、

藝蘅館詞選	梁令嫻輯	臺北：中華書局	一九七〇
千家詞	方乃斌編	臺北：商務書局	一九七〇
全唐五代詞彙編	林大椿等編・夏瞿禪撰	臺北：世界書局	一九七一
唐宋元明百家詞	吳訥編	臺北：廣文書局	一九七一
宋詞三百首箋	唐圭璋	臺南：北一出版社	一九七一
遯庵樂府	段克己	臺北：廣文書局	一九七一
菊軒樂府	段成己	臺北：廣文書局	一九七一
遺山樂府	元好問	臺北：廣文書局	一九七一
松雪詞	趙孟頫	臺北：廣文書局	一九七一
靜脩詞	劉因	臺北：廣文書局	一九七一
貞居詞	張天雨	臺北：廣文書局	一九七一
古山樂府	張埜	臺北：廣文書局	一九七一
蛻巖詞	張翥	臺北：廣文書局	一九七一
雲林樂府	倪瓚	臺北：廣文書局	一九七一
耐軒詞	王達	臺北：廣文書局	一九七一
詞選註	盧元駿	臺北：正中書局	一九七四
清詞別集百三十四種	楊家駱主編	臺北：鼎文書局	一九七六
梅村詩餘	吳偉業	臺北：鼎文書局	一九七六
毛翰林詞	毛奇齡	臺北：鼎文書局	一九七六
湖海樓詞	陳維崧	臺北：鼎文書局	一九七六
曝書亭詞	朱彝尊	臺北：鼎文書局	一九七六
衍波詞	王士禛	臺北：鼎文書局	一九七六
彈指詞	顧貞觀	臺北：鼎文書局	一九七六
通志堂詞	納蘭性德	臺北：鼎文書局	一九七六
樊榭山房詞	厲鶚	臺北：鼎文書局	一九七六
銅絃詞	蔣士銓	臺北：鼎文書局	一九七六
曼香詞	吳翌鳳	臺北：鼎文書局	一九七六
茗柯詞	張惠言	臺北：鼎文書局	一九七六
浮谿精舍詞	宋翔鳳	臺北：鼎文書局	一九七六
味雋齋詞	周濟	臺北：鼎文書局	一九七六
齊物論齋詞	董士錫	臺北：鼎文書局	一九七六

定盦詞	龔自珍	臺北：鼎文書局	一九七六
憶雲詞	項廷紀	臺北：鼎文書局	一九七六
水雲樓詞	蔣春霖	臺北：鼎文書局	一九七六
中白詞	莊棫	臺北：鼎文書局	一九七六
復堂詞	譚獻	臺北：鼎文書局	一九七六
半塘定稿	王鵬運	臺北：鼎文書局	一九七六
雲起軒詞	文廷式	臺北：鼎文書局	一九七六
樵風樂府	鄭文焯	臺北：鼎文書局	一九七六
彊村語業	朱孝臧	臺北：鼎文書局	一九七六
蕙風詞	況周頤	臺北：鼎文書局	一九七六
觀堂長短句	王國維	臺北：鼎文書局	一九七六
東坡樂府箋	龍榆生	臺北：華正書局	一九七八
增訂本稼軒詞編年箋注	鄧廣銘	臺北：華正書局	一九七八
近三百年名家詞選	龍瑜編	臺北：宏業書局	一九七九
續詞選	鄭騫	臺北：中國文化大學出版部	一九八二
天涯情味談姜夔	何美鈴	臺北：莊嚴出版社	一九八二
腸斷西風李清照	范純甫	臺北：莊嚴出版社	一九八二
淺斟低唱柳三變	陳桂芬	臺北：莊嚴出版社	一九八二
花間集	趙崇祚編	臺北：商務出版社	一九八六
唐宋詞選註	張夢機・張子良	臺北：華正書局	一九八六
珠玉詞	晏殊	臺北：商務印書館（《四庫全書》）	一九八六
六一詞	歐陽脩	臺北：商務印書館（《四庫全書》）	一九八六
樂章集	柳永	臺北：商務印書館（《四庫全書》）	一九八六
東坡詞	蘇軾	臺北：商務印書館（《四庫全書》）	一九八六
淮海詞	秦觀	臺北：商務印書館（《四庫全書》）	一九八六
小山詞	晏幾道	臺北：商務印書館（《四庫全書》）	一九八六
片玉詞	周邦彥	臺北：商務印書館（《四庫全書》）	一九八六

漱玉詞	李清照	臺北：商務印書館（《四庫全書》）	一九八六
放翁詞	陸游	臺北：商務印書館（《四庫全書》）	一九八六
稼軒詞	辛棄疾	臺北：商務印書館（《四庫全書》）	一九八六
白石道人歌曲	姜夔	臺北：商務印書館（《四庫全書》）	一九八六
山中白雲詞	張炎	臺北：商務印書館（《四庫全書》）	一九八六
溫庭筠詩詞選	劉斯翰	臺北：遠流出版事業	一九八八
晏殊晏幾道詞選	陳永正	臺北：遠流出版事業	一九八八
周邦彥詞選	劉斯奮	臺北：遠流出版事業	一九八八
姜夔張炎詞選	劉斯奮	臺北：遠流出版事業	一九八八
納蘭性德詞選	盛冬鈴	臺北：遠流出版事業	一九八八
王國維詞註	田志豆	臺北：遠流出版事業	一九八八
唐詩選注	余冠英等	臺北：華正書局	一九九一
歷代詞選註	閔宗述等	臺北：里仁書局	一九九三
宋詞選讀	復文編輯部	高雄：復文圖書出版社	一九九四
宋詞三百首鑑賞	楊海明	臺北：麗文文化公司	一九九五
北宋婉約派四大名家詞	孫崇恩	北京：中國書籍出版社	一九九五
宋遺民詞選註	沙靈娜	成都：巴蜀書社	一九九五

二、

宋詞通論	薛礪若	臺北：開明書局	一九五八
詞律探原	張夢機	臺北：文史哲出版社	一九八一
詩詞散論	繆鉞	臺北：開明書局	一九八二
齊東野語	周密	北京：中華書局	一九八三
詞學論叢	唐圭璋	臺北：宏業書局	一九八八
靈谿詞說	繆鉞・葉嘉瑩	臺北：國文天地	一九八九
藝概	劉熙載	臺北：華正書局	一九九〇

清代詞學四論	吳宏一	臺北：聯經出版社	一九九〇
金元詞史	黃兆漢	臺北：學生書局	一九九二
唐宋五十名家詞論	陳如江	江蘇：華東師範大學	一九九二
唐宋詞十七講	葉嘉瑩	臺北：桂冠出版社	一九九二
唐宋名家詞賞析	葉嘉瑩	臺北：大安書局	一九九二
中國詞學的現代觀	葉嘉瑩	臺北：大安書局	一九九三
詞學考詮	林玫儀	臺北：聯經出版社	一九九三
人間詞話	王國維	臺北：三民書局	一九九四
南宋姜吳典雅詞派	孫康宜	臺北：聯經出版社	一九九四
唐宋詞主題探討	楊海明	臺北：麗文文化公司	一九九五
倚聲學——詞學十講	龍沐勛	臺北：里仁書局	一九九六
唐宋詞史	楊海明	臺北：麗文文化公司	一九九六
北宋十大詞家研究	黃文吉	臺北：文史哲出版社	一九九六
清詞選講	葉嘉瑩	臺北：三民書局	一九九六
優游詞曲天地	王熙元	臺北：東大書局	一九九六
東京夢華錄	孟元老	北京：文化藝術出版社	一九九八
宋人雅詞原論	趙曉蘭	成都：巴蜀書社	一九九九
清代詞學的建構	張宏生	南京：江蘇古籍出版社	一九九九
袖珍詞學	張麗珠	臺北：里仁書局	二〇〇一

三、

孟玉詞譜	沈英名	臺北：正中書局	一九七六
宋本廣韻	陳彭年重修・林尹校訂	臺北：黎明文化事業	一九七八
歷代名人生卒年表	梁廷燦	臺北：商務印書館	一九七九

國家圖書館出版品預行編目資料

詞學菁華／張麗珠著. －－初版.－－臺北
　市：五南圖書出版股份有限公司, 2022.08
　　面；　公分
ISBN 978-626-317-295-1（平裝）

1.詞論

823.8　　　　　　　　　　110017271

1XMC 詩／詞／曲選系列

詞學菁華

作　　者 ― 張麗珠

發 行 人 ― 楊榮川

總 經 理 ― 楊士清

總 編 輯 ― 楊秀麗

副總編輯 ― 黃惠娟

責任編輯 ― 羅國蓮

封面設計 ― 王麗娟

出 版 者 ― 五南圖書出版股份有限公司

地　　址：106台北市大安區和平東路二段339號4樓

電　　話：(02)2705-5066　　傳　　真：(02)2706-6100

網　　址：https://www.wunan.com.tw

電子郵件：wunan@wunan.com.tw

劃撥帳號：01068953

戶　　名：五南圖書出版股份有限公司

法律顧問　林勝安律師事務所　林勝安律師

出版日期　2022年8月初版一刷

定　　價　新臺幣300元

權所有·欲利用本書內容，必須徵求本公司同意※

五南
WU-NAN

全新官方臉書

五南讀書趣

WUNAN
Books
since1966

Facebook 按讚

1秒變文青

★ 專業實用有趣
★ 搶先書籍開箱
★ 獨家優惠好康

五南讀書趣 Wunan Books

不定期舉辦抽獎
贈書活動喔！！

經典永恆・名著常在

五十週年的獻禮——經典名著文庫

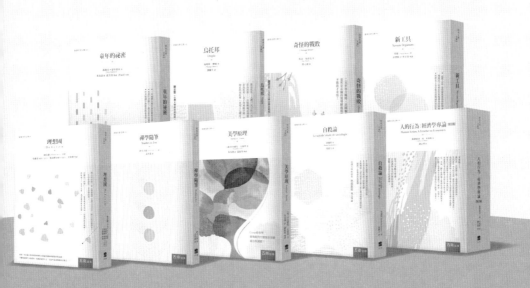

五南，五十年了，半個世紀，人生旅程的一大半，走過來了。

思索著，邁向百年的未來歷程，能為知識界、文化學術界作些什麼？

在速食文化的生態下，有什麼值得讓人雋永品味的？

歷代經典・當今名著，經過時間的洗禮，千錘百鍊，流傳至今，光芒耀人；

不僅使我們能領悟前人的智慧，同時也增深加廣我們思考的深度與視野。

我們決心投入巨資，有計畫的系統梳選，成立「經典名著文庫」，

希望收入古今中外思想性的、充滿睿智與獨見的經典、名著。

這是一項理想性的、永續性的巨大出版工程。

不在意讀者的眾寡，只考慮它的學術價值，力求完整展現先哲思想的軌跡；

為知識界開啟一片智慧之窗，營造一座百花綻放的世界文明公園，

任君遨遊、取菁吸蜜、嘉惠學子！